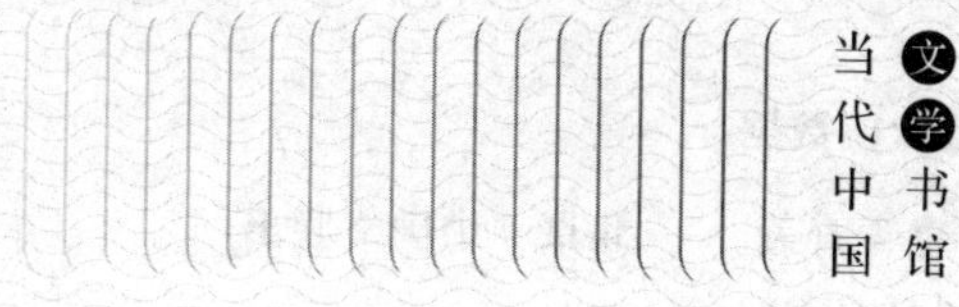

天涯芳草青青

夏青青 著

中国文联出版社

图书在版编目（CIP）数据

天涯芳草青青 / 夏青青著 . -- 北京：中国文联出版社，2017. 3（2023. 3 重印）

ISBN 978 - 7 - 5190 - 2601 - 1

Ⅰ. ①天… Ⅱ. ①夏… Ⅲ. ①散文集—中国—当代 Ⅳ. ①I267

中国版本图书馆 CIP 数据核字（2017）第 056396 号

著　　者　夏青青
责任编辑　郭　锋
责任校对　茹爱秀
装帧设计　中联华文

出版发行　中国文联出版社有限公司
地　　址　北京市朝阳区农展馆南里 10 号　　邮编　100125
电　　话　010 - 85923025（发行部）　　85923091（总编室）
经　　销　全国新华书店等
印　　刷　三河市华东印刷有限公司

开　　本　880 毫米×1230 毫米　1/32
印　　张　9. 75
字　　数　253 千字
版　　次　2023 年 3 月第 1 版第 2 次印刷
定　　价　69. 00 元

代序

悠扬琴风

天涯芳草赋

茫茫天宇，历亿兆炎凉。恢恢地轮，越亘古沧桑。青草行于四野，芳华遍列八荒。迎风千仞高岗，染碧万顷河床。蓬勃而起，披大地以霓裳。恪守正道，控风沙之难扬。身形虽小，聚众而成大方，葳蕤枯亡，志在岁岁昂扬。人言幽兰十步芬芳，我道青草天涯幽香。

青青草儿，播撒昆岗，漫烁雄关，洗碧神州赤县；青青草儿，寄情海滏，志越千山，妆点天地人间。涩涩新绿，风舞春衫，嫩芽初露，素手相牵，草色似无遥看，处子语笑嫣然。骏马驰骋，波澜无边，弯弓射雕，声震云天，沃野明朗锦绣，英雄笑舞长鞭。雁阵飞南，寂寥庄严，萧瑟风起，苍劲绚烂，知四时乎往还，慨生命兮流转。衰而不乱，星火燎原，根深方地固，物种以保全，来年生生不息，且养韬晦沉眠。

青青草儿，不辞贫贱，坚韧幽婉，列身形于巉岩；青青草儿，不畏强悍，战地斗天，固沙岸于心间。生自幽谷，长于庭院，不慕鲜花之娇艳，不羡乔木之华冠。滋阳光雨露，送碧野青岚，藐苦难为良缘，视艰辛以修炼；行之所当行，铨之所当铨，进退有度，啸傲安然。乃君子之风，有将帅之见，渺小可以喻大，一叶可以喻天。

世事兮苍黄，唯情兮难唱，低歌以咏之，不弃亦不忘。

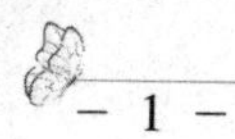

自序

作者

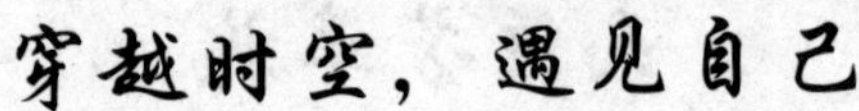

穿越时空，遇见自己

1983 年 12 月 18 日，那是一个普通的日子，没有发生任何值得载入史册的事情。那一天，或许只对我个人有意义。

那是一个寒冷的冬天。那天上午，柏林时间早上九时许，当法兰克福的人们揉着惺忪的睡眼迈着匆忙的步伐赶去上班的时候，一架在云层中盘旋许久的中国民航客机终于徐徐降落。若干时间后，一个十多岁满脸稚气的女孩，一手提着一个黑红方格的小箱子，一手拉着一个更加年幼的男孩的手，走出海关，东张西望，迟疑片刻后眼睛一亮，走向一位头戴礼帽的老派绅士。

那个小女孩，就是我。三十年前，我带着弟弟来到德国投奔祖父，三年前他回乡探亲才第一次见到的祖父。那是我生平第一次远行，一下子跨出巨大的一步，一步从故乡北方农村来到欧洲的大都市，一步从前世来到今生，开始我的新生活。

或许每一个新生命的开始都是艰难的，我的新生也不例外，旋即面对一生中迄今为止最严峻的考验。在言语不通举目无亲的异国他乡，唯一的亲人，时年七十岁的祖父，在我新生活开始的第五天，即 1983 年 12 月 23 日，圣诞前夕，遭遇意外，住院一个多月，一度生命垂危。

猛然被迫面对严峻现实，一夜之间成长，尽己所能努力维护新组成的三口之家。几个月后父母和姐姐来了，看我步履轻盈燕子般飞来飞去，诧异询问。我回头报以浅浅微笑。

顺利通过考验，我在 1984 春天第一次迎来一段闲暇时光。在复活节期间，应邀来到一位台湾友人家做客，女主人是位中文老师，我在她的藏书中发现一本繁体《唐代传奇》，第一次读到《离魂记》的故事。那本《唐代传奇》是繁体文言文，当时还不能通畅阅读繁体字，少不更事，读来似懂非懂，只是被故事情节感动，猜想当倩娘的灵魂和肉体重新相对时会是什么感觉呢？

父母来了，爷爷恢复得也不错，我真的可以开始新生活了。1984 年春天在歌德学院开始正规地学习德语，开始痛苦地在前世和今生之间拉锯纠缠。

前世，再回首那真是遥远的前世了。在前世，我毫不费力就取得优秀成绩。在今生，要从头学习一门全新的语言，要进入一个全新的学校体系，要和同年龄说母语的孩子同堂学习同样考试，那是我从来不曾有过的痛苦经验。那时我没有极力进取，努力学习外语，反而在课余拼命阅读中文书籍，写下大量书信，以此平衡心中巨大落差。熬到中学毕业，步入大学，跌倒，爬起，痛下决心放下前世种种，从心里接受新生活。

一路走来，大学毕业，走进职场，国家考试，我真的不再和前世纠缠，直到孩子出生。孩子的降生促使我反思生命，回首来时路，这才发现我已经走了这么久这么远了！这才重新回忆起儿时的点点滴滴，重新拾起少年时代的旧梦，我的文学梦哦！像前世那么遥远的文学梦。

还有可能吗？一个二十年没有碰过中文的人，还能用中文写作吗？不说别人，我自己其实也很怀疑，但是怀疑归怀疑，我还是提起笔来重新上路了。从 2010 年第一次以“天涯芳草青青”的名字在网上发帖，到 2011 年 2 月第一次在报刊发表作品。处女作《故乡的冬天》在当年《欧洲新报》主办的征文大赛中获得

三等奖，对我是莫大的鼓励。2013 年冬天，为了纪念出国三十周年而写的散文《涛声依旧，月落风霜》，在中华散文网组织的 2014 年“海内外散文诗歌邀请赛”中获得散文组一等奖，更是意外惊喜。

数年来，一直敲打键盘涂涂改改，所写文章无非童年回忆青年旧梦生活琐事等，不是大手笔，不是大文章，但是每一篇文章无不饱含真情。写文章时回忆起曾经经历的人和事，或欣喜，或黯然，或惆怅，不一而足。而这欣喜，这黯然，这惆怅，和文字交融到一起，形成生命中新的回忆，新的篇章。

今年春天，复活节后，清明节前，缠绵病榻多年的父亲去世了！父亲终于从病痛中解脱，虽在意料之中，仍然悲恸不已。为了纪念父亲——我的语文老师，领我走上文学之路的人，动念整理数年来的文章，出版这本文集。

编辑文集，整理文字，一篇篇重新看过，一篇篇时空交错的故事，有前世，有今生。重新读来，恍若穿过时空隧道，遇到事件发生

时的自己，遇到写下这些文字的自己，猛然想起《离魂记》，想起倩娘，当她的灵魂和肉体相对的那一刻，心情或许就像我重读这些文字时一样莫名难言吧。

这些文字还远远没有达到成熟优美的标准，但是她们都是我作为一个全职工作的职业女性，作为两个孩子的母亲，在工作家庭家务之余，偷出点点滴滴的时间，抽身离魂写下的文字。若你，我亲爱的读者朋友们，能从中感到愉悦受到启发，能有些许体会感悟，那便不枉此书问世的初衷了。

筛选编辑完毕，面对这些文字，遥想文集出版后捧在手里，那会是另外一种意义上的穿越时空遇见自己了。

目录

天涯芳草赋(代序) …… 1
穿越时空，遇见自己(自序) …… 2

蝴蝶翩翩

蝴蝶 …… 1
复活节的白玉兰 …… 5
Helena Lucy …… 8
昙花 …… 11
橘柚 …… 16
舅舅 …… 20
五月槐花香 …… 24
牵手与放手 …… 27
夏日香气 …… 31
一度夕阳红 …… 36
金色的星星 …… 40

砧板声声

母亲的砧板 ……43
玫瑰人生 ……48
最美的插图 ……53
熬菜 ……57
夏天的早晨 ……62
包饺子 ……66

梦回康桥

梦回康桥 ……69
寻 ……74
黄花正年少 ……78
棕榈树之梦 ……83
涛声依旧，月落风霜 ……88
明月梅花一梦 ……92
时光迷离望风烟 ……98
海棠花框里的风景 ……102
梦里的梧桐花 ……106
杜鹃花开的日子 ……110
桃花开了 ……114
罗蕾莱之歌 ……117

绿遍天涯

绿 ……128

毛毛草和太阳花……136
故乡的路……140
故乡的冬天……147
故乡的年味儿……151
最后一个春节……155
青青的核桃……161
书签……166

漫步人间

荒地上的行者……170
当我来看此花时……174
青青芳草地……177
那　天……181
大西洋，一天的四季……185
路边的野花……190
梦幻北海……194
黄色的春天……197

花开满路

荒地上的花儿……200
茉莉花串……204
榛子花和灰姑娘……206
没有罂粟的夏天……214
我和白玉兰有个约会……218
蒲公英咏叹调……222

月下轻歌

明月光……225
白玉兰诗会序……227
温柔的光……229
Mondesaufgang……231
悲欣交集在旅途……235
Lebe deine Träume 在梦想中生活……242
青灯黄卷忆故人……246
红与白……251

高山流水

文字的影子……256
云海无言……260
烟火红尘低吟浅唱……264
叶子，生命之歌……268
叶子……272
诗歌，凝练的散文……274
温暖……278
打磨文字，雕刻生命……280
[附录翻译]Skulptur des Lebens(中德对照)……283
[原创鉴赏]信笔道来，挥洒自如……286
[原创鉴赏]红白相间的花漾人生……288
[原创鉴赏]故园之恋……291
[原创鉴赏]读青青《黄花正年少》有感……295
[读后感言]相逢在文字中……297

蝴蝶

父亲，我想和你一起去看蝴蝶。

昨夜梦中你拉着我的手，带我去看蝴蝶。稀里糊涂地，我在梦中失去了你。

初春时节，阳光温暖，蓝天晴朗。一棵棵小树伸长胳膊拥抱阳光，一片片嫩叶拍手鼓掌欢迎蓝天。我背着书包蹦蹦跳跳跑去上学，路上时时和小伙伴说笑打闹，惊起树上的小鸟，洒落一路笑声。

早上八九点，你站在讲台上，目光一扫，窗外的阳光黯然失色。你悄悄走过来，牵起仰望太阳的小女儿的手，跨过门槛，走向远方。

我们脚下生风，片刻来到一个巨大的热带花园，各种各样从来没有见过的热带植物五彩缤纷，千姿百态。浓荫深处，小路隐约。我们走入密林深处，脚步慢下来，时时分开两旁纵横交错的枝蔓树叶，奇花异卉芬芳醉人，蝉声鸟鸣交汇合唱，三五成群的蝴蝶在身前身后飞舞，引着我们急切地向前走去。

向前，向前。看呀，一泓泉水清澈如镜，映出一张红扑扑汗津津的小脸。水边，一株株大树浓荫匝地，一群群彩色蝴蝶翩然飞舞。

从来没有见过那么多那么美丽的蝴蝶，目瞪口呆间一群群蝴蝶纷纷向什么地方飞去，我们紧跟着蝴蝶向前走去，一只只蝴蝶在身前身后身左身右翩然飞舞。伸出手，一只蝴蝶停在掌心，吹口气，蝴蝶嫩绿色的翅膀微微颤动金光隐现。手一挥，蝴蝶振翅飞去，我也忘乎所以地追着蝴蝶跑去。

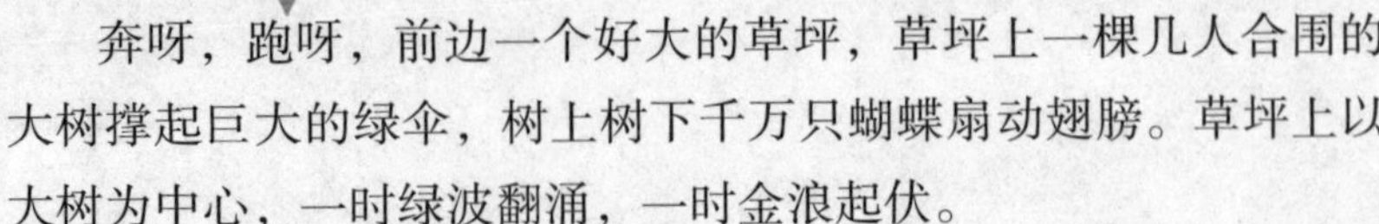

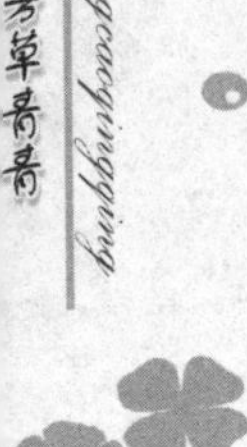

奔呀，跑呀，前边一个好大的草坪，草坪上一棵几人合围的大树撑起巨大的绿伞，树上树下千万只蝴蝶扇动翅膀。草坪上以大树为中心，一时绿波翻涌，一时金浪起伏。

忘记呼吸，张嘴呆看。好半晌，醒过神来，回头找你，这才发现你不见了！你到哪儿去了呢？惊慌间，我大声呼喊，在草坪上乱跑，惊得蝴蝶哄然飞起，绿色的翅膀遮蔽蓝天。

挥舞小小的胳膊，指挥两只小脚拼命奔跑，向所有你可能在的地方跑去。

奔呀，跑呀，不知跑了多久，跑得大汗淋漓，短发湿漉漉地贴在脸上，抬手擦汗间猛然发现，那不是你吗？！

你，还有我，不知何时我们坐在公园木制原色长椅上。秋天了，微风吹来，一片片黄叶缓缓飘落，飘落，飘到小路上，飘到草坪上，飘到一排排墓碑上。

墓碑？原来不是公园，而是墓园。墓碑上镂刻的不是中文，而是德语。

德语！跑了多久呢？不过一会儿吧，竟然跑到欧洲，跑到德国，跑到我脸上稚气已消长发飘垂，跑到你两鬓斑白目光失神！

这，这是怎么回事呢？握起你的手，问你，你不是茫然点头就是局促地说，回去吧，回去吧。

不着急，再坐一会儿吧，今天不上班，难得我们出来走走。握紧你的手，努力寻找话题，四顾间竟然看到数十只蝴蝶！

秋天，哪来的蝴蝶呢？可是千真万确，前方几米远的地方，一棵两人合围的大树，树叶几乎落光了，树下一棵不知名的青藤紧紧缠着树干，攀到主干分叉的地方，青藤的叶子仍是绿油油的，一群蝴蝶在青藤的绿叶间在大树的枝干上盘旋飞舞。橘红色的翅膀，星星点点的黑斑，在青藤的绿叶间忽隐忽现。

看呀，蝴蝶！我兴奋地指给你看。你看了一眼，茫然不见，开口还是说，回去吧。默然。看前方，欧罗巴红蝶翩飞。再回首，澜沧江绿翅翻涌。

你还记得西双版纳，记得澜沧江边的蝴蝶，记得你曾拉着我的小手在密林中穿行吗？话到口边，咽了回去。站起身，挽起你的胳膊，说，我们回去吧。回去吧。踏着一地落叶，我们向前走去，慢慢向前走去。

慢慢走，慢慢走，不知不觉间树上吐露鹅黄，绽露新绿。

竟然又是春天了吗？！风雨迷蒙中，我慢慢向前走去，伸手欲挽起风中凌乱的发丝，赫然发觉手中多了一个花圈，哪里来的花圈，那么沉重！模糊前望，身前一排队伍逶迤，清一色的黑衣。黑衣行列蜿蜒前进，正走到一棵大树下，满树白蝴蝶风中翩跹。

白蝴蝶！

黑衣朦胧，白蝶模糊，喉咙哽噎，喊你，叫你，拼命呼喊，却发不出声音来。挣扎间，蓦然醒来，蝴蝶隐去，你，你也不见了。

我在梦中失去了你！

打开窗户，清新沁凉的空气涌进来，深深呼吸。数日阴雨，今日天晴了，阳光温柔地抚摸我凌乱的发丝。

伫立窗口，无意识看向对面，对面邻居家的郁金香开得正好。又是崭新的一天，又是新鲜的春天。你，你在哪儿呢？

父亲，我想和你去看蝴蝶。

跨进院门，满眼春色。看吧，小草使劲往上长，在绿油油的风中起伏，树木枝条斑斑鹅黄，新绿未匀。下午了，小鸟仍然不知疲倦地在枝头歌唱。

我来找你了，来找你一起去看蝴蝶。有意从最远的院门走进来，长路漫漫，我要从头走起，一步一步慢慢走，不要像在梦中一样

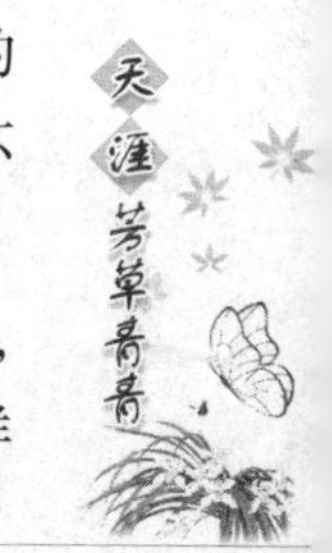

那么性急地奔跑。

慢慢走吧。园中道路纵横交错，不知道你会从哪一条小路走来，悄悄拉起我的手，像多年前一样带我去看蝴蝶，看澜沧江边绿波翻涌，看蝴蝶泉边金浪起伏。

父亲，春天来了，我等你，等你拉起我的手去看蝴蝶。

后记：

复活节后父亲辞世，头七举行追悼会。一周后，二七，再至墓地追悼。大厅前的白玉兰半数飘零，半数傲立，徘徊良久不忍离去。是夜提笔，难以为文，数日方完稿。

（2016年4月23日）

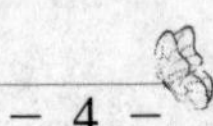

复活节的白玉兰

今年复活节没有庆祝，也没有出门踏青，却在无意中接连见到白玉兰。

复活节前照例到东墓园为祖父扫墓。

早春时节，乍雨乍晴，清晨下过雨，上午露出蓝天，于是到东墓园去看望祖父，路上想不知道墓园的白玉兰是否开过了。

步入大门，偌大的墓园静悄悄的，纵横交错的小路上看不见人影，围墙隔断红尘喧嚣。欧洲的墓园一点也不阴森可怖，更像公园。漫步林间小路，蓝天上白云悠悠，树木枝杈间阳光筛落，一只浅灰色的松鼠倏然跑过湿漉漉的沙子路，急匆匆地窜到对面大树上，再回过头来张望我一眼。

树木光秃秃的，还没有发芽。白玉兰，我的白玉兰开花了吗?寻思着快步向前。近了，更近了，抬头看不到一点白色。来到树下，仰头看那棵十几米高的白玉兰，枝丫上毛茸茸的花苞密密的，可是还没有一朵开放。呀，我来早了。自祖父逝世以来，年年期待早春扫墓看到白玉兰花开，可是常难如愿，今年再和白玉兰失之交臂。

不无遗憾地向前走去，扫墓完毕离开时一再回头，在一棵棵大树间寻找记忆中的满树白花。

父亲缠绵病榻多年，复活节前再次入院。趁复活节假日背上笔记本和两本书，到医院陪侍父亲。来到医院，走过长长的走廊，

再走到另外一栋大楼。推开病房，走近病榻父亲躺在病床上，嘴巴微张，目光茫然望向窗外。呼唤父亲，连声呼唤，看不出父亲有丝毫反应！眼珠依然看向窗外，是在搜寻窗外的阳光吗？竟不知道女儿来到身边。

强忍泪水,无言抚摸父亲双手。双手黝黑,青筋暴现。抚摸额头,双颊。过去并不明显的酒窝如今深陷。

放下背包，脱下外衣，坐下来，呆呆看父亲，看床头的点滴，一滴，一滴，悄悄滴落。

取出一本书勉强阅读。那是一本德文书，纪实文学，写一个小女孩经历的德国四十年代及战后重建的艰苦生活。读到书中的小女孩如何拾野果捡麦穗，如何用石板学写字母，眼前浮现童年时代的艰苦生活。再次回到老家堂屋，开学前买回一刀白纸，父亲用母亲裁剪用的剪刀裁开，裁成十六开，教我如何用订书钉在白纸上做记号，用母亲纳鞋底的大针按照记号穿孔，用订书钉钉成本子。再次回到田垄，跟在父亲身后种瓜点豆。更加难忘初中三年，父亲担任我的班主任，天天课堂家里言传身教，熏陶我的品质情操。

揉揉双眼，起身走近病榻，握起父亲干瘦的双手，曾经那么饱满那么有力那么温暖的一双手，目光看向窗外，寻找父亲眼里空蒙的虚无。

傍晚，走出病房，走到长长的走廊。那是医院主楼，两旁有走廊岔开去，通向另外的大楼或庭院。来时匆匆，去时缓缓，走过一道旁门，恍惚一点白色擦过眼角。退回去细看，一朵玉色白花探头进来对我微笑。

那不是白玉兰吗？！白玉兰开花了？惊疑，惊喜，推开沉重的玻璃门，来到一个四周被医院大楼围起的庭院。一株不太高的白玉兰隐藏在临门的角落里，一颗颗毛茸茸的花苞缀满枝头，少数几朵心急的花儿已然绽露笑颜。竟然在此见到白玉兰开花！展颜微笑，赏玩片刻。

复活节次日，副复活，仍是假期，再次背上背包到医院陪伴父亲。走进病房，父亲面朝门口听到呼唤声眼珠转动，不由心跳暗喜。走近，握住父亲的手，坐在床前，不讲话，只是静静地看着父亲的眼睛。曾经精光四射湛湛有神的眼睛，如今灰暗浑浊，不过他今天会看我。他眼睛会看我，真好！

傍晚离开医院时，再次走过长廊，这次特地留意，推开门走到庭院去看白玉兰。隔了一天，白玉兰花开得更多了，一朵一朵俏生生地风中摇曳。

这棵白玉兰比墓园的矮很多，可以就近从各个角度观赏拍照。对着眼前的白玉兰，想起墓园里的白玉兰，那么高大，站在那么空旷的地方，气温必然低，所以还不曾开。而医院角落里的白玉兰，地势条件得天独厚，是幸运儿，率先开放。

同样是白玉兰，一棵盛开，一棵待放，是命运的安排吧？花开花落自有时，总赖东君主。花开花落？打个激灵。那么先开的也会先落吗？

呜隆呜隆，一阵噪音越来越近，越来越响。一架直升机飞临医院，是送病人吗？心怦怦跳，看飞机飞向停机坪，一树白玉兰风中颤动，转身默然走出医院。

一个星期后，父亲走了，永远地离开了我们！

纷纷乱乱料理后事。抽空我在自家花园种下一棵红玉兰，盼望明年复活节玉兰花开。

（2016年4月3日深夜含泪匆稿）

Helena Lucy

Helena Lucy，我站在你的墓前，第一次看到你的名字，HelenaLucy。白色的十字架，小小的，上面简单的两行日期：27.02.2012 15.07.2015。三年五个月都不到。漫长的人生路，你用了三年四个月零十八天就走完了。一千二百三十四天，多么漫长，又多么短暂。

Helena Lucy，我不认识你，我只是一个陌生的路人，偶然走过你的墓前，被墓地上的一圈栗子吸引，停下脚步。几十个新成熟的栗子，被谁串成一串，在你的墓地上摆成一个美好的圆。圆心中，三五个散开的栗子，几棵小花。圆心外，两棵紫红的鸡冠花，几株白色的茅草，一棵小小的红枫。没有玫瑰，没有菊花，没有石楠，整个墓地的装饰那么与众不同。一个完美的圆，几十个栗子静静地发出暗红的光泽。我停下匆忙的脚步，抬起头来时，看到那小小的白色的木制十字架，看到你的名字，看到那两行日期，简短又沉重的日期。

Helena Lucy，我念叨着你的名字，Helena Lucy，海伦娜·露西。Helena，海伦，是希腊历史上光芒四射的美人，Helena 的意思是阳光、光明、美丽，Lucy 同样代表光明。你是美丽的吧？你是可爱的吧？你的出生曾经给你的父母带来光明吧？所以他们给你取了如此美丽的名字。我站在你的墓前，想象你有一头长长的栗色头发，奔跑时一个一个可爱的小卷随着你的脚步轻盈地飞起飘落，飞起飘落。

Helena Lucy，你是幸运的，曾如朝阳冉冉升起，给你的世界带来光明。可是，现在呢？我盯着栗色圆圈。那是你的母亲吧？在你曾经奔跑的栗子树下，她捡起一颗颗栗子，拿起一根粗大的钢针，用力扎进去，用力抽出来。一次次扎进去，一次次抽出来，把一颗颗栗子串起来，串成一串世界上最大的项链。那是你的父亲吧？他弯下腰来，平整坟墓上黑色的土地，把美丽的项链仔细地给你戴上。

Helena Lucy，有如此爱你的父母，你为何还要匆匆离开人世呢？你是如何离开的呢，是饱受疾病折磨，还是飞来横祸？你是笑着告别这个人世吗？你可曾留恋，可曾不舍？带着一连串的问号，我慢慢向前走去。

Helena Lucy，我念叨着这个名字，看到自己的老父亲。就在今天早上，父亲的头歪歪地靠在轮椅上，不肯张开嘴。姐姐端着一碗糊糊，煮好再打碎的粥，不稠不稀，浓度刚好，姐姐舀起一勺，送到父亲嘴边。父亲眼珠转动，看看身边的两个女儿，坚决不肯张嘴。

父亲，父亲？！

曾经你和无情打来的一个又一个风浪搏斗，曾经你笑着站在浪尖歌唱。现在，缠绵病榻数年后，不再能行走，不再能坐起，不再能穿衣，不再能吃饭，不再能讲话后，你被衰老打败了吗？认输，缴械，投降？不，我知道不是的。父亲，在你清醒的时候，你看到了母亲的苍老，看到了女儿的操劳，看到女儿把你抱到轮椅上后慢慢地直起腰来。在你清醒的时候，你知道生命已经离你而去，躺在那里的是一个陌生的躯壳。你看着妻子、儿女，为了那个躯壳，为了已经不是你的“你”，忙碌憔悴，眼角流下一滴泪。

父亲，你厌倦了，厌倦了依赖他人，厌倦了不能自主。你看看女儿，转过头去，不肯张嘴，用这样的方式说，这样的生命你宁愿放弃。可是你的家人，你的妻子，你的儿女，又怎能看着你放弃？怎么能，怎么忍？我抬头看天，苍天无语。

Helena Lucy，我念叨着这个名字，站在祖父的墓前。墓碑旁的玫瑰被谁修剪过了，我弯腰整理憔悴的花草，点燃一支粗粗的红蜡烛，站在那里，看烛火跳跃，跳跃。祖父，八十多岁一向健康的祖父，因感冒住院，下班后我到医院看望。祖父精神很好，谈起童年的清贫，谈起青年的战火，谈起壮年的漂泊，也谈起出院后的计划，满足地说，现在走而无怨。当天夜里祖父去了，没有太多的痛苦，潇洒转身，留下家人面对晴天霹雳。

Helena Lucy，我念叨着这个名字，默默向前走去。秋天了，一片片黄叶悄悄飘落，飘落。墓园的林荫路上，黄叶堆积。前后左右，一排排墓地伸展开去，沉默不语。他们，生前有过怎样的人生，离开的时候可有不舍，可有牵挂？我不知道。我唯一能肯定的是，现在还有人记挂他们，细心地打理墓地，一如生前照顾他们。

我踏着一片片落叶走出墓园，来到轻轨火车站。我要坐车到繁华闹市去，去为一位老人庆祝八十四岁生日。轻轨哐当哐当地来了，又哐当哐当地开走了。坐在车上，我一直念叨这个名字，Helena Lucy。Helena Lucy，美丽的，光明的，光芒四射的美人。

（2015 年 10 月）

昙 花

祖父辞世十五周年之际，聊为心祭。

昙花，两朵盛开的昙花。肥肥厚厚疏疏朗朗的绿叶中，伸出两根红褐色长长的花茎，末端翘起硕大的花朵。外围的花瓣稀疏细长，中间的花瓣茂密丰满，一丝一丝，一瓣一瓣，洁白的花瓣密密托起中间淡黄的花蕊，淡淡幽香飘浮在空气中，灯光下昙花美得夺人心魄。

十五年前，我初次看到昙花盛开的模样，当时为她的美丽深深倾倒。没过几天，却满怀厌恶地把盛开的昙花丢进垃圾桶！

十五年前，父母家中养了好多年一直没有开花的昙花突然开放了。在严寒的冬天，并不是花期的时候，昙花竟然开放了！母亲兴奋地打电话来告诉我这个消息，并说她拍了照片等我来看。明白昙花开放的时间非常短暂，我当时没有考虑回父母家中欣赏昙花。过了几天，母亲再次打来电话说，昙花又开花了，而且不是几个小时就凋谢，会开一两天。早慕昙花美名，恰逢周末，于是乘车来到父母家中观赏。

那天晚上，那盆昙花从窗台搬下来，放到茶几上，我和母亲、祖父分坐在周围的沙发上，细细欣赏盛开的昙花，深深呼吸昙花的馨香。那是我第一次见到昙花开放，盛名之下果然无虚，灯光下高贵圣洁的昙花是如此美丽，仿佛不属于人世间，不期然想起

《红楼梦》里在春天死去却在秋天突然复活开放的海棠，心内隐隐不安，竭力克制自己不要流露负面情绪破坏气氛。

那是我参加工作初期，常常出差，四处奔波，通常星期一的凌晨起身出门星期五的深夜才从外地回来，周末累得不愿动窝，只想赖在家中，有段时间没到父母家中去，母亲和爷爷看到我都很高兴。我一向体质较弱，工作劳累，冬天常常生病，一场重感冒才刚好，也让家人牵挂。我们边赏花边聊天，母亲和爷爷询问我的工作，询问我们正准备搬入的新居。

那时，时年八十多岁的爷爷感冒了，我们的谈话时时被咳嗽声打断。爷爷的外祖父是中医世家，从小耳濡目染，爷爷自己也懂医术，养生有道，天天运动健身，善于食疗调养，一向身体很好，头脑灵活思维敏捷，特别是一双手，丰润灵活，丝毫没有老年人的干枯涩黄，好多朋友曾经惊叹说一点不像八十多岁老人的手，前不久还自己到香港去探望老友，所以我虽然关心，却不担心。

之后的一个星期，知道爷爷感冒没有起色。星期五中午我在工作的时候，接到家中电话说爷爷痰堵气喘，医生建议住院观察。那几天恰巧我没有出差去外地，而是在本地工作，下午特地提前下班赶到医院去看望爷爷。

在医院门口碰到刚刚探望过爷爷的父亲，来到病房看到爷爷才吃过医院提供的西式晚饭精神很好。爷爷躺在单人病房的床上，我坐在旁边，我们聊了很久。我是最早来到爷爷身边的家人，刚到没几天，爷爷因为意外事故住院好久。在语言不通的陌生环境里，身边没有可以依赖的长辈，后退无路，我只有勇往直前尽自己所能照顾爷爷。几十年孤身在外漂泊的爷爷深受感动，多少年过去了，对那段时间念念不忘，多少次在人前背后夸我。那天晚上，爷爷再次深情回忆，感叹一个十多岁的小姑娘如何悉心照顾一位病人，使他深深感受到家庭和亲人的温暖。最初的患难使我和爷爷一下子从陌生变成亲近，我成为爷爷钟爱的孙女。

可能人生的道路永远是S形的吧。成年后，我没有听从长辈的安排，而是选择了走自己的路，因此一度和爷爷的感情疏远了。几年时间独自一人默默承受外面的风雨，不再对家人敞开心扉，直到我用成绩证明自己的选择，用自己的努力赢得赞赏。

彼时，我和先生正在装修房子，准备从婚后租住的小屋搬到属于我们自己的新居。爷爷仔细询问我们新居的格局，询问我们预订的家具的样式，询问搬迁的日期。我一一作答，说好等爷爷身体好转出院后抽空陪他去看看我们的新居。

聊完现状又回忆起童年，爷爷的前半生在战乱中度过，遗憾自己没能继承一脉书香好好读书。父亲，爷爷的独子，在特定的历史环境中，求学的道路注定更加坎坷曲折。幸而孙辈中好几位以硕士毕业于国外学府，爷爷深感欣慰。对于我无意在学术上继续深造，而要参加竞争激烈的国家考试寻求专业职称的决定，习惯以为"唯有读书高"的爷爷未必支持，但是表示理解，唯一遗憾的是因此我要孩子的计划不得不推迟。

时间一分一秒地过去，我们聊了两三个钟头。好几年没有这样长时间平心静气地交流了，我和爷爷都感到心头澄明愉悦，爷爷甚至说"现在走，也可以无憾了"。"怎么会呢？"我慌忙打断爷爷的话，"等你身体好了，来看看我们的新房子。过几年再抱重外孙。"爷爷轻轻抚摸我的手，淡淡微笑。

在那个寒冬的夜里，祖孙二人面带微笑，回忆过去展望未来，计划春暖花开的日子。

后来大姐的女儿来到医院探望陪伴爷爷，并且母亲等一会儿会再送来她亲手烹制的家乡饭菜，爷爷一再催促我回去吃晚饭休

息，于是我告别爷爷，说好周末再来看他就离开了。

没想到，没想到，此一别竟成永诀！没想到第二天清晨，在睡梦中接到母亲电话匆匆赶到医院的时候，爷爷已经永远地离开了我们！看着爷爷平静安详的遗容，我不能相信，我不愿意相信，半天前还活生生存在的生命就此离去！抚摸爷爷依然年轻依然丰润却不再温暖的手，我痴痴呆呆无法痛哭。

迷迷茫茫地从医院出来，回到父母家中，看到昙花悲从中来，这不祥的东西！我端起花盆毫不犹豫地下楼把它直接丢进楼下的垃圾房！

那几天接连下着大雪，纷纷扬扬的雪花弥漫整个世界，天地间混混沌沌模模糊糊。父母处理事情有困难，我请假一个礼拜亲自打理爷爷的后事，迷迷惘惘地穿梭在异乡的都市，迷迷糊糊地做出必须做的决定，但是我不能相信这一切，不能相信爷爷从此走了，也无法痛哭出声。

一个礼拜后，星期五下午召开追悼会。追悼会后，在饭店款待从各地赶来的数百位各界人士，那时候我好像才真正明白爷爷走了，压抑的泪水冲破堤岸肆意流淌。

之后，好多年心情一直不能平复，每每想起爷爷生前最后一夜，痛恨自己没有珍惜最后的机会最后的时间。

在追悔中度过多年，国家考试一举通过，爷爷盼望的重孙相继出生，搬到更大的新居，整日为了生活追逐奔波，终于自己生病了。病愈出院的时候，再看到蓝天绿树红花碧草，再次真切地感受到生活的美好与生命的可贵。与其在追悔中失去更多，与其在追逐中失去自我，何不珍视现在的一刻，珍惜和亲人在一起的日子，把握生命中的每一天，活出自我，活出别样精彩。

十五年过去了，回想起爷爷的最后一夜，回想起祖孙相对微

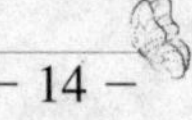

笑的画面，仿佛十五年前的昙花再次开放，静静地，在灯光下，绽放美丽，散发馨香。

（2014 年元月）

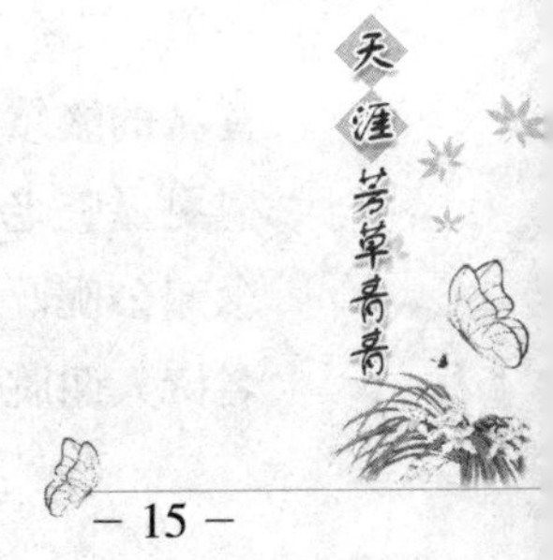

橘柚

柚子是圣诞节的当令水果，假日时间充裕，我喜欢慢慢剥柚子吃。饭后泡上一壶茶，坐在沙发上，拿起已经剥去外衣的柚子，细心地剥开白色薄膜，随着手指移动，一丝丝纹路清晰的果肉逐渐显露出来。低头凝视片刻，一丝丝果肉幻化成一段段旧日时光，想起带我逐渐认识柚子的人，想起那永远逝去的岁月情难自抑。

第一次听说“橘柚”的时候，我还是少不更事的小女孩，生活还没有开始，幻想中的未来是一片湛蓝的天空任我翱翔。

第一个让我了解柚子的人是父亲，也是我的语文老师。他引领我走进一个充满诗情画意的世界。

那是在初一的语文课上，父亲在课堂上讲解李白的《秋登宣城谢跳北楼》。

“江城如画里，山晚望晴空。两水夹明镜，双桥落彩虹。人烟寒橘柚，秋色老梧桐。谁念北楼上，临风怀谢公。”

“这首诗写诗人在秋天的傍晚登上北楼，放眼看去宣城景色如画。两条河流，宛溪和句溪，夹城而流，溪水澄澈，好像明镜一般。双桥，凤凰桥和济川桥，仿佛天上落下的两道彩虹飞架河上。宣城的缕缕炊烟增添了橘柚的苍寒之色，秋天的景色映衬得梧桐树更显苍老。谁知道这个时候我站在萧瑟的秋风里，在北楼上怀念谢公呢。橘柚是一种南方的水果，在秋天成熟。谢公指南朝著名诗人谢眺……”

父亲一身深蓝色的衣裤，站在三尺讲台上，手执粉笔在黑板上写下这首诗，转过身来讲解诗意。那时的教室是北方常见的平房，两面各安装了三扇窗户。教室后面栽了一排梧桐树。冬天梧桐树的叶子落光了，阳光穿过光秃秃的枝丫照进教室，照在父亲刚劲有力一丝不苟的字迹上，照在正当盛年神采奕奕的父亲身上。

年幼的我坐在教室的前排，崇敬地看着讲台上的父亲，专心听讲不敢片刻走思，随着父亲的声音，走进前人的诗意，也第一次记住了“橘柚”这种水果，心想长大了一定要尝尝橘柚的味道。

在国内的学生时代是我生命中的一段黄金年华，生活清贫却无忧，被父母宠爱老师喜爱同学热爱，想象中的橘柚味道清甜可口，想不到亲口尝到的时候，才发现橘柚的味道竟是浓浓的酸带着淡淡的苦。

第一次吃到柚子的时候，我刚开始步入生活了解现实。初次尝到的柚子既不诗意，也不可口，彻底打碎了我对柚子的幻想，像我当时的生活一样让人失望。

那时我在海外求学，要从头学习几门外语，和从小在这个语言环境里长大的同学们同窗共读，这对一向喜爱中文的我是极大的挑战。陌生的生活环境让人无所适从，语言障碍造成我的学习成绩和在国内时无法相比，一切的一切给我的少女时代蒙上一层灰色，心里充满失落。

第一个带我品尝柚子的人是爷爷，他教我学会坦然面对现实生活中的不完美。

20 世纪 80 年代末，某年冬天的一天，下午爷爷从外回来，高兴地招呼我来吃柚子。

“今天在市中心的农贸特产市场买来的，很少见，买回来给你们尝尝。你还没吃过吧？”

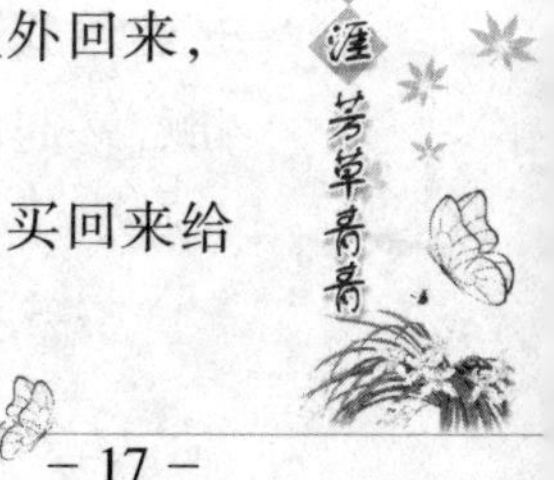

爷爷边说边把一种硕大绿色的水果放到客厅的茶几上。

“这就是柚子吗？”我好奇地打量着下边滚圆上边略尖仿佛梨形的水果，马上想起“人烟寒橘柚”的诗句。

“这就是柚子，尝尝看。”

爷爷剥去柚子厚厚的绿色外衣，掰下几瓣果肉递给我。我接过来学着爷爷的样子，把里边白色的薄膜剥开，露出里面一丝一丝米白色纹路清晰的果肉，掰下一点放到嘴里，浓浓的酸夹杂着淡淡的苦，一种全新的味道在舌尖蔓延开来。

“啊？又酸又苦？这就是柚子？”停顿片刻，我才继续咀嚼细细品味我向往已久的味道。

“一点点苦，一点点酸，慢慢就习惯了。好吃，维生素很多，很健康的水果。”

爷爷看看我微微皱起的眉头说，似乎别有深意。看着爷爷，我慢慢咀嚼品味。

可能和爷爷的某段生活有关吧，他非常喜欢柚子。那时候柚子比较少见，但是他看到必买。跟着爷爷我慢慢学会欣赏柚子的酸和苦，逐渐喜欢上了它，吃的时候总想起爷爷在客厅里对我说的话，一边咀嚼一边品味，这就是生活的味道吧，浓浓的酸夹杂淡淡的苦。

那时我深信又酸又苦就是柚子的味道了，没想到还有一天能够吃到清甜可口的柚子。

多少年过去了，爷爷永远地离开了我，父亲也不再朝夕陪伴，现在给我买柚子陪我吃柚子的人是先生。我们一起奋斗，一起打拼，一起品尝生活的酸甜苦辣，也一起发现不酸不苦清甜可口的柚子。

爷爷去世后，忙于在职场打拼，我没有时间特地到专卖各种

海外食品的农贸特产市场寻找，因此好几年没有吃过柚子。

几年前，随着全球一体化的进展，似乎一夜之间这里到处可以看到柚子，亚洲市场有，本地超市也有，黄色的柚子套在红色的网罩里，醒目地放在水果摊上。某天和先生一起购物时，不经意间扫过，眼前一亮，仿佛故友重逢，马上买了一个。回到家，先生帮我打开，剥去厚厚的外皮，掰下一点果肉放到嘴里咀嚼。没有期待中的酸苦，反而是甜的！生长在南方的先生告诉我这是蜜柚，不苦不酸。

“怪不得呢，原来不是一个品种，味道也不一样。”

我掰下一点果肉慢慢咀嚼，品尝似曾相识的味道，一口气吃了好多。

知道我喜欢柚子，从此圣诞节先生总不忘为我买几个，节日慢慢吃。

看看手里的果肉，掰下一点放到嘴里，抬起头来慢慢咀嚼。吃完一瓣，再剥开另外一瓣。一瓣再一瓣，恰似人生之路，一程又一程。如今爷爷辞世已久，再不能和我一起品尝清甜可口的柚子。如今父亲年迈，当年讲台上的英姿只能追忆。如今单纯的小女孩已经长大，自己做了母亲，不会再幻想生活是一片湛蓝的天空，但是会尽力呵护孩子眼里的蓝天。

端起茶杯，轻轻啜饮一口香醇的冻顶乌龙，看着面前的两个孩子，坐在地毯上和小阿姨玩游戏。今年的圣诞节气候反常地温和，明亮的阳光穿过落地玻璃窗照射进来，洁白的窗纱把阳光镂刻成美丽的图案投射到地板上，地毯上，也投射到孩子身上。听他们开心大笑，看他们打打闹闹，丝丝温暖泛上心头。

放下茶杯，拿起柚子，掰下几丝果肉，放到嘴里慢慢咀嚼，柚子的味道真甜！

舅 舅

“姨，没法走，不要进去了。就是进去了，地方也不好找。就在这里拜一下吧，尽到心意就行了！”

站在田间小路上，陪同前来的外甥再三对我说。

连续几天大雨，田间小路一片泥泞。静静地站在那里，望着眼前茂密的玉米地，一棵棵玉米舒展着碧绿的叶子在微风中发出轻微的沙沙声，一片淡黄的花粉悄悄洒落。

那是你么，舅舅，是你在对我说话吗？我回来了，十二年后从万里之外回来了，可是你—，你在哪里呢？

我的舅舅是一位老实巴交彻头彻尾的农民。既没有经天纬地之才，也没有可歌可泣的事迹，甚至连外貌也没有一丝一毫惊人之处，长得和农村随处可见的老农一样，好像沙滩上一粒微小的沙子，混在人群中丝毫不会引人注意，可是他是我唯一的舅舅，在心中的地位自然非其他亲戚可比。

家母是家中幺女，上有一位哥哥三位姐姐。舅舅是家中唯一的男丁，和家母年龄相差很大。母亲的家乡离我的老家比较远，有百十来里地，这在当年交通不便的农村是相当远的距离了。母亲出嫁时，外公外婆（老家方言称为：姥爷姥娘）已经年迈。在我还是婴儿的时候，二老相继辞世，我对两位老人完全没有记忆。外公外婆去世后，舅母（老家方言称为：妗子）当家。因为姐妹众多，那时候在农村家家普遍三四个孩子，二姨、三姨的孩子还要多。每次姐妹回娘家带来一堆孩子，舅舅家的日子也不宽裕，这么多外甥难免遭妗子白眼。虽然外公外婆去世后，嫁得比较远的两位阿姨和母亲一样很少回去，但是每年正月，按照故乡的风俗外甥们必须来给舅舅拜年。每年过年要招待一大群外甥，让妗子不高兴。大家心里明白，不想舅舅在中间为难，母亲就以路途遥远孩子年幼不能自己去为由，过年自己不回去，也不让我们去，所以儿时难得见到母亲娘家的亲戚。很少见面，对舅舅不太了解，关于舅舅的记忆，只有两个画面深刻脑海。

第一个画面是儿时的。记忆中的舅舅在秋天的下午，走进我家的小院，背上背着口袋，一身灰黑色的衣服，黑布鞋上满是尘土，脸上多半有汗水。进门后，舅舅把背上的口袋放到地上，拉下毛巾擦汗，再端起碗来喝水，然后才开口说话。这时如果母亲在家，她通常会说："怎么又自己走过来了，让孩子们骑车子带你来吧！"舅舅憨厚地笑笑，淡淡地说："还是自己走吧，求人不如求己！"

这个画面通常在每年的中秋前夕上演。我的老家属平原，基本不栽果树。幼时家境拮据，水果是奢侈的东西，不会去买。在故乡，过年蒸年糕、蒸枣大卷（一种夹了枣子的花卷）需要红枣，我家没有枣树，红枣也是缺乏的东西。而外婆家却是有名的雪花梨之乡，秋天雪梨成熟枣子红了，舅舅就会在中秋前夕给我们送雪梨和枣子来。舅舅年轻的时候自行车还是非常稀罕的东西，他没有学会骑自行车，这么远的路，背上背着几十斤重的东西，全靠自己两条腿走！走上大半天，不吃不喝，下午才能到我家。休息一晚，第二天再走回去。中秋的晚上吃着舅舅送来的水果，想着有舅舅真好！过年的时候，看着夹杂红枣色彩鲜艳的年糕、枣大卷，总想起舅舅慈爱的笑容。

这么多年过去了，舅舅一身风尘背着口袋走进院门的样子还

记忆清晰。儿时惦记的是水果和枣子，长大了之后想得更多的是舅舅的话：求人不如求己！现在的我惊讶于没有受过高深教育的舅舅能够说出这样的话。求人不如求己，这句话深刻心底。碰到困难的时候，想起这句话，我会咬牙坚持自己努力！

脑海中第二个和舅舅有关的画面，是春天的果园。湛蓝的天空下，一排排梨树上盛开着洁白的花朵。舅舅站在梨树前，上身是中式对襟的褂子，下身是宽松的老式黑色长裤，古铜色的皮肤，脸上刻满岁月的风霜，在一片洁白的梨花丛中不好意思似的微微张着嘴露出一丝拘谨的笑容。

那是十二年前在更换工作地点的间隙我回老家去看望舅舅时，应老人要求为他拍的一张照片。虽然舅舅没有明说，但是我猜测　他是希望我为他拍一张办后事时用的照片吧。再回老家时，妗子已经去世，不愿求人的舅舅自己独自生活，所幸一生劳碌的老人身子硬朗，生活完全可以自理。一帮早已长大成人的外甥们惦念舅舅，轮流前来看望。每个人都不会空手而来，老人晚年生活可算幸福。

那天我们在嫁到附近不远处的表姐（大姨的女儿）家吃饭，舅舅、大姨、舅舅家的表哥、大姨家的表哥都在，是一次难得的聚会。席上舅舅絮絮叨叨问我们在欧洲的生活，问我们这样东西有没有，那样东西能吃到吗。了解到我们难以吃到舅舅家乡的水果和新鲜的枣子，一再说现在去不了了，路太远，送不过去了，脸上一脸愧疚。听到舅舅这么说，我连忙安慰老人说，我们回来好了。舅舅听了很高兴，可是过了一会儿又说，你们在外国忙累，回来花费也大，还是不用常回来了。回乡时间有限，饭后我们即起身告别，车开出很远，回头还见到舅舅、大姨、表姐等人模糊的身影。

从老家回来忙于适应新的工作环境，准备国家考试，之后有了孩子，更加忙得晕头转向，没能再回老家去看望舅舅。那次一别，便成永诀。舅舅去世时，我的调皮王子刚出生，没能回去为舅舅送行。拍好的照片曾经寄回去，不知道是否派上用场。

十二年后我回来了，带着孩子重回故土，寻访故旧，这次回乡的目的之一就是祭拜舅舅。舅舅和众多农村人一样长眠在自己劳碌了一辈子的田地里，没有坟头，没有墓碑，更没有鲜花，在茂密的青纱帐里甚至难以确定具体位置，和他自己抛洒了无数汗水的黄土地紧密结合再不可分。

“舅舅，我回来了，我回来看您了！您也看到我了吧？”

微风吹过，摇曳的青纱帐幻化成舅舅的笑容。站在泥泞中，我深深注视茂密的青纱帐，在心底默默献上一炷清香。

（2011 年 9 月 4 日中秋前夕初稿）

（2012 年 9 月 8 日十二年后再次返乡归来后修改）

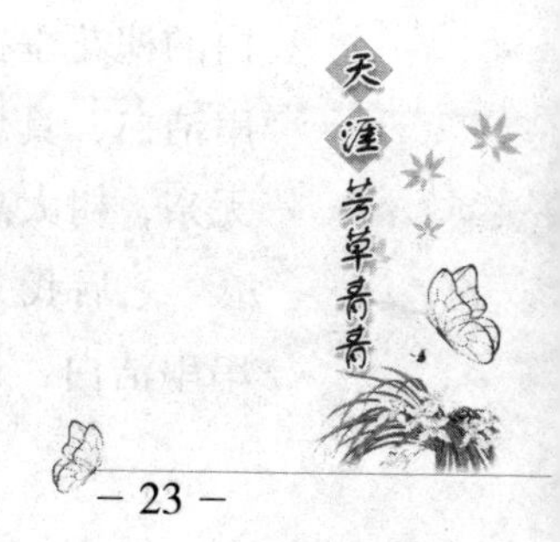

五月槐花香

在我的故乡杨柳成行，榆槐遍地。每年春天，槐树开花了，一串串洁白的槐花缀满枝头，淡淡的甜香沁人心脾。槐花没有桃李的称艳，没有枣花的馥郁，没有梧桐的美丽传说，非常普通，无人珍惜。我虽曾无数次把玩、品尝那一串串晶莹洁白，它们却不曾进驻我心，萦绕我梦。

及至离乡，曾经因为怀念香椿的清香而狂吞口水，曾经因为难忘韭菜的味道而在异乡寻寻觅觅，曾经因为妄想重享青枣的甘甜而费尽心机，却不曾为那一串串洁白的芳香做过一丝一毫徒劳的努力。如果不是在七年前偶然再嗅到那一缕清香，大概我已经把它永远尘封在记忆的角落里遗忘了。

七年前的初春时节，我转职到现在的公司工作。新环境，新工作，同时发现自己初次怀孕，工作、生活都掀开新的一页。正是五月中，一天早上再次经过每天匆匆走过的一个小小公园时，一股淡淡的甜香扑鼻而来，令我一怔，那么熟悉，又那么陌生。抬头四顾，这才注意到小公园里竟然种着五六棵槐树，一串串洁白的槐花垂挂枝头。那是我在异乡第一次再见到槐花，望着那串串洁白，真想伸手摘一串下来，尝尝它的味道可和故乡的相同。无奈，树太高，那串串洁白于我是可望而不可即。

之后我上下班经过小公园时，都会把脚步放慢，抬头看着那串串洁白，耸起鼻子用力多吸入一点它的芳香，儿时的回忆也慢慢重现脑海。

我的老家是普通的北方农村小院，房前屋后种满树木。在北屋后面临街种着一棵槐树。在我的老家不流行种植果树，也几乎没有人专门种花，所栽种的基本是容易成活、容易成材的树木。树木长大后，可以盖房子，可以打家具。农村人更注重实用。所以在我的老家能开出美丽花朵而芳香四溢的树木，仅此一棵槐树。每年春天，槐树开花的时节，我都会爬上梯子，来到房顶，深深地呼吸槐花的甜香，摘一两串槐花，把一朵朵槐花慢慢送进嘴里，细细品尝。槐花香味清淡，入口丝丝甘甜，可以回味良久。

还记得儿时奶奶和父母总对我们诉说，饥荒年代槐花榆叶都可以救人一命。我没有经历过饥荒年代，但是小时候，我们为了尝鲜，每年也总会做一两次“苦累”吃。“苦累”是音译，不知道该用哪两个字写。它是用新鲜的嫩榆叶和槐花拌上家中能够找到的杂面蒸制而成，吃时佐以捣碎的大蒜加上酱油和醋。如果说好吃，那是言过其实。但是每年春天如果不吃一次，就好像春天没有去踏青一样，令人若有所失。

不知道为什么现在想起槐花时，我总会想起已经去世多年的祖母。祖母去世时，我尚年幼，对祖母的记忆已经模糊了，清晰的似乎只有祖母溺爱比我小不到两岁的弟弟，我家唯一的男丁，疼爱大姐，她的长孙女，对我这个第三个孙女并不重视。幼年心中，对此愤愤不平。祖母辞世时，也没有感到永远失去亲人的锥心之痛。等到我慢慢长大，了解到祖母一生坎坷，可以平心静气地理解她为什么溺爱弟弟时，我已经无法对她有所表示了。随着时光流逝，祖母的身影越来越淡，越来越模糊。

直到再次看到槐花，才又倏然想起祖母，她的身影再次向我走来。是因为想起儿时吃到的祖母做的“苦累”吗？是因为我在

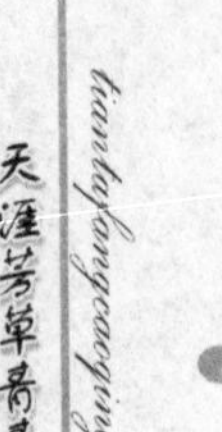

异乡终于了解到祖母在战火纷飞中独力带大父亲，在此起彼伏的政治斗争中惨淡维护这个家的苦和累吗？是因为我将为人母，可以从一个母亲的角度看待问题了吗？还是因为祖母和槐花一样平凡，但是又和槐花一样芳香四溢呢？我说不清楚。我只知道多年以后，在异乡我终于开始珍惜那平凡的槐花，终于开始回味它的甘甜，终于懂得欣赏它的美丽，开始深深遗憾幼年的自己对它的忽视。

自从发现那几棵槐树以后，特别期待每年的五月，期待槐花飘香的季节。

从此留心周围的树木，注意看还有没有槐树。后来还真的被我发现一种非常相像的植物。花朵金黄，远远就可看见，花形和槐花一模一样，只是颜色不同，也没有槐花的香味。不知道它的名字，我把它称为“假槐花”。可叹它徒有槐花的外表，却没有槐花的芳香，令人想起“橘生淮北是为橘，生于淮南是为枳”的老话，心下怅然。进而深思，离乡日久，自己是否也在不知不觉中褪去洁白，失去芳香，变成“假槐花”了呢？心中怵然自省。

公司在一年多前搬离旧址，去年春天没有看到槐花。

今年又到五月，又是槐花飘香的季节。真想再看到那串串洁白，真想再深深呼吸它的芳香，真想问一声故乡的槐花可曾依旧？

后记：

七年前（2003年），再次看到槐花，就一直想写一篇关于槐花的文章，今天终于完成心愿。

牵手与放手

午后，阳光肆无忌惮地探头进来，把笑脸印满整面落地窗。青青放下书本走到窗口，一片蓝色亮得刺眼。纯粹明净的蓝天，没有一丝白云。道路两旁树木披着金黄的舞衣，一片片金灿灿的叶子闪闪烁烁，灿烂的舞衣风中翩飞。草地上茵茵绿草热切招手，枝叶间不知名的小鸟婉转啼唤。

青青听到了，也看到了，忍不住想出去走走，欣赏树叶的舞蹈，回应小草的召唤，倾听小鸟的歌唱。

“我们一起出去散步吧！”她对两个孩子说。

“天气热，不用穿外套，记得戴上帽子遮阳。”在玄关，她关照两个孩子。

推门走出去。住家附近幽静，周末汽车很少，孩子大了，让他们自己跑吧。没有牵手，她任孩子自己在马路上蹦蹦跳跳。

转弯，向前，前面是大马路，十字路口有红绿灯，没等她开口说什么孩子已经停下来等候。绿灯，她自然地伸手去拉两个孩子的手。咦，只有一只手？！她惊讶地转头。

“妈咪，我已经十岁了，我上中学了！可以自己过马路，不用你牵手了！”大儿子绷起脸认真地对她说。

她怔在那儿，大脑拒绝理解，不能明白大儿子在说什么。

大儿子率先一个人走过马路，她拉着小儿子的手机械地迈动脚步。

马路对面是一大块空旷的草地，小儿子也挣脱她的手，跑着追哥哥去了。

她站了一会儿，看着孩子在草地中心奔跑的背影，下意识地抬起手来，看看。

长方形空旷的草地，小路环绕草地一周。她沿着小路走去。

绿草如茵。如同夏天，如同春天，如同一个个春天、夏天、秋天。

金秋，树木应当也是穿上金黄的舞衣在跳舞吧。

她不能肯定。怀抱小小的婴儿，她走出医院，全部注意力放在怀中的襁褓上，丝毫没有留意周围。登上汽车绝尘而去，再抱着孩子第一次走进家门。

客厅，冬天的阳光斜斜地照射进来。

她并没有注意。她全神贯注地看着面前。小小的篮子，小小的婴儿，小小的手，肥肥胖胖。她坐在对面，拉着小手，摇动摇篮，轻轻哼唱即兴编的小曲。小小的手指，白白嫩嫩，一不小心会跌得粉碎的白玉，她小心翼翼地握住那无价之宝。

夏天，客厅一角一团团粉嫩的海棠垂挂下来。

小婴儿长大了，自己站起来，努力指挥自己的双腿移动，有些迟疑，有些缓慢，脚步蹒跚。她蹲在一米远的地方，伸出双手，双眼肯定地看着孩子的眼睛，“来，找妈咪来！慢慢地走。”右脚向前移动了一点，左脚再向前。一点，一点。终于她拉住孩子的手，搂在怀里，眼里盛满阳光。

圣诞节，白色的星星在圣诞树上眨呀眨。

陌生的客厅。好久没到这里来了，她四处走走。发现妈妈不见了，孩子熟练地移动小腿四处找，焦急地找，急切地叫“妈妈姨，妈妈姨？”“妈妈姨”，那是初学讲话发音不清的孩子为“妈咪”独创的新名词。

看到向前伸出的小手，寻找妈妈的手，她慌忙拉住。

“妈妈姨，妈妈姨，拉拉手！”孩子稚嫩的声音，让她内疚。

“妈咪拉手，妈咪拉手！妈咪不走开了！”她保证。

她拉着孩子回到桌子旁，孩子拉住她的手不肯放开，眼皮越来越沉，头垂到桌子上，枕着她的手睡着了，甜甜地睡去。她坐在旁边，不忍惊动那安眠的天使。

秋天，拥挤的轻轨车内。

她牵着孩子的手。大清早她赶去市中心上班，顺便把孩子送到幼儿园。周围人好多，好挤。

“妈咪给你讲个故事吧，你要听什么？”

“我要听小羊的故事。”

小羊和小羊一家，那是她为大儿子创造的世界。

“从前有小羊一家，有羊爸爸、羊妈妈、羊宝宝，还有羊弟弟，一家子快快乐乐地生活在一片树林里。”她牵着孩子的手，这样开始讲。每天这样开始，同时脑子飞快转动，羊宝宝一家今天发生了什么事情呢？

秋天，阳光灿烂的日子。

她牵着孩子的手，提着四四方方的大书包。孩子抱着几乎和他一样高的Schultüte，一个蓝色圆锥样的东西，上面开口处松松地系着。那是她送给儿子的礼物，她为了他第一天上学特别制作的，里面放着糖果、文具和她为他写的两个故事。他开始走出人生第一步，紧紧依偎着妈妈，打量周围陌生的环境陌生的大人陌生的孩子。她牵着孩子的小手，一起向前走。

又一个秋天，牛毛细雨似有若无。

她牵着孩子的手，他背着另外一个书包，跨入另外一所学校。一所更大的学校，人更多。跨进学校大楼，放开妈妈的手，他的

脚步没有迟疑，轻快地走向一个暑假没见面的老同学，询问他们在哪个班级，还有谁在哪里。

她站在那儿，微笑着，看孩子走到更多更大的孩子中去。

夏天，大西洋畔，蔚蓝的海水掀起白色的浪花。

她闲闲地在海堤漫步，右手拉着大儿子，左手拉着小儿子。大儿子跑开去追赶海鸥，小儿子趁机抢过她的右手，大儿子回来发现自己固定的位置被弟弟占了，气得拼命去争夺，要抢回妈妈的右手。两个孩子拉来扯去，一个人拉手，一个人拉手腕。她的胸间潮水涌动。

这不是昨天的事情吗？今天，一夜之间发生了什么事情呢？青青想不通。

向前走。绿茵茵的草地，开满了紫色的矢车菊。一丝一丝细细长长的花瓣，淡雅的紫色漂浮在绿色的草地上。

紫色，这是秋天的颜色，秋天的矢车菊。艳丽耀眼的火红，那是夏天，夏天的罂粟。明艳温暖的金黄，那是春天，春天的蒲公英。而冬天，冬天是白色的。

从春到夏，到秋，到冬，一年四季，每个季节各有自己的颜色。她转过身来往回走，草地中间孩子仍在奔跑，不知疲倦地奔跑。她举步向孩子走去，该回家了，牵着孩子的手回家吧。

放手是明天的事情，今天牵着孩子的手回家吧。

夏日香气

人生的很多日子是一滴水，无色无味，倒入一杯水中便再也难以分辨。另外一些日子是一杯酒，喝下会痛苦，会欢笑，会流泪，会唱歌。还有一些日子是空气，无法触摸，无法紧握，然而确实存在的空气，空气中淡淡的香气，若有若无。

想起那个夏日的时候，青青微微闭上眼睛，让凉爽的海风吹拂面颊，让淡淡的香气充盈心胸。

夏日午后，身穿一件舒适的紫色连衣裙，手拿一本书，青青走出旅馆房间，抬头看看天空，一片明净的湛蓝无边无际，几缕淡到透明的白云自在游走。小院里没有其他人，她走到阳伞下的小桌旁坐下来，手中的书放到桌子上，打开来翻到上午看到的地方。

好奇的微风探头过来，沙沙翻动书页。她注视蝴蝶般翩飞的书页，唇角漾起一丝笑意。原来大西洋也喜欢散文呢，马上派遣海风来接着看上午看到的文章。

你先看吧，她抬起头闭上眼睛，我要晒晒太阳。移动椅子，坐到阳光下。午后的阳光依然毒辣，可是阵阵海风从大西洋吹过来，丝毫感觉不到炎热。

和上午在沙滩上一样。

她闭着眼睛，再次看到细细白白的沙滩，五颜六色的伞花。一把蓝色的阳伞撑开来，她坐在毛巾上看书，海风吹过来翻动书页。

看完一篇，她抬起头注视前方。前方，细细白白的沙滩低凹下去，伸展开来铺到海里。依稀看到先生站在浅水里盯着两个孩子戏水。中午涨潮了，蔚蓝的海水卷起一道道水墙，推动一个个白色的浪头前赴后继地扑向沙滩。两个孩子趴在玩具冲浪板上冲向浪头，被打翻到海里，再爬起来继续冲向下一个浪头。

强劲的海风吹过来，她的长发在风中飞舞，被海水洗过的空气，湿润润咸乎乎的，隐约带着淡淡的腥气。她侧耳倾听风中可有孩子的欢笑和惊呼。

她眯起眼睛，侧耳倾听大西洋的潮声。隔了两三座楼房，潮声轻微舒缓，似乎大海是一个硕大无比的摇篮在晃动。涨潮时狂暴的大海也有如此温顺的时候，难以想象呢。

睁开眼，打量小院。大街上的人声被前边的房子隔断了，完全听不到嘈杂的声音。矮矮的墙壁环绕小院，隔成一个独立的世界。一棵棵夹竹桃形成一面美丽的花墙，白的如雪，粉的像霞。紫红的三角梅爬满另外一堵墙，密密麻麻的花瓣层层叠叠地遮住绿叶。角落里的两棵木槿开着碗口大的花，猩红的花朵点缀在墨绿的叶片间，微风吹来，恍似热情奔放的少女一身绿裙鬓插红花在翩翩起舞。

心中一动，她翻开李广田的《花潮》。

“昆明有个圆通寺……有风，花在动，无风，花也潮水一般的动，在阳光照射下，每一个花瓣都有它自己的阴影，就仿佛多少波浪在大海上翻腾……”

她不自禁地抬头看看周围的花朵，白色的，粉色的，紫红的，猩红的，虽然没有形成波浪似的花潮，但是五彩的花墙也令人迷醉。

她翻动书页继续看下去。

轻微到几不可闻的脚步声悄悄接近。她停顿两秒，继续翻动书页。韩石山，《女儿的嫁妆》。

“女儿十五岁了……”

一双小手摸过来，捂向她的眼睛。

“宝宝，别闹了！妈咪看书呢。”她的声音不高，继续看书。

“Mist（糟糕），你怎么知道是我呢？”身后的男孩说。

“因为我是妈咪。弟弟在哪里呢？”

“我在这里！”另外一个更小一点的男孩突然冒出来。

“你们自己玩一会儿吧，妈咪想看书。”

“你总是要看书，看书！不陪我们玩。”

“等一会儿妈咪陪你们玩。”

她眼睛顺着字迹移动。“这几年，她学业上有多大长进，我不知道……”

“Hm（嗯），我们玩什么好呢？”大男孩问弟弟。

“我知道，我知道！”弟弟站在她身后，伸手拉起她鬓边一绺头发，“我给妈咪弄个新发型！”边说边歪头看着手里的头发。

被称为“宝宝”的哥哥，也伸手拿起另外一绺头发，想一想，用手指梳理两下，分成两股，试图绞成辫子。

弟弟跑回房间，取来梳子和橡皮筋、发夹，学着妈妈的样子，想要把头发夹起来。

两个孩子在身后各拿一绺头发，又拉又拽。

她安然不动，继续看下去。

“别说孩子了，我现在爱和孩子们在一起嬉闹玩耍，又何尝不是一种心灵上的补偿呢？”

她停顿一下，若有所思，把书翻开来，倒扣到桌子上。

“来，你们想玩什么？”

“我们想去海边！去海边玩冲浪！上午我们玩得可带劲了！

有那么大的浪头，比我还高，我冲上去了！”弟弟边说边比画。

“你被浪头打翻了，搂着肚子叫疼，现在还想去呀？”哥哥不留情面地揭发。

“去海边不行，爸爸在午睡呢。等一会儿还有客人来，我们要在旅馆等他们，然后一起出去吃晚饭。你们运动运动好了，晚上多吃点儿东西。”

“OK，妈咪你看我们打拳吧？”

“你们打吧，妈咪看你们练拳。”

两个男孩相对站好，抱拳。弟弟抢先飞起一脚，哥哥慌忙退后闪避，伺机抬脚反击。弟弟避开，出掌。哥哥闪开，拿向弟弟肩头。

两个孩子你来我往，缠斗到一起。她坐在旁边，面露微笑。

阳光移动，短墙的阴影投射到孩子身上。她习惯地抬起手腕，才发现度假时没有戴手表，站起来，“我们进去看看几点了，是不是该叫醒爸爸，换衣服准备出去吃饭了。”

拿起书本、梳子，她和孩子走进房间。

换上一套正式的真丝套装，她坐到梳妆台前，两鬓的头发乱蓬蓬的，盯着镜子，仿佛看到两个孩子在身后玩弄头发，唇角上翘，拿起梳子从上往下慢慢梳理长发。

梳妆台旁边是打开的窗户，透过白纱窗帘窗外朦朦胧胧。

哐当一声，门猛然被撞开，小男孩一步跳进来，大男孩随后也冲进来，后边跟着他们的父亲。

她从镜子里看着生命中的三个男人走进来，一步步走近。

打开的门猛然卷起一股风，吹过房间，吹起她的长发，掀起窗纱飘向窗外。

窗外，猩红的木槿颤动。绿衣少女，如云绿鬓，红花轻颤，舞姿翩翩。

明亮的房间里，湿润的空气中，丝丝缕缕的香气萦绕飘浮。

（2014 年 1 月）

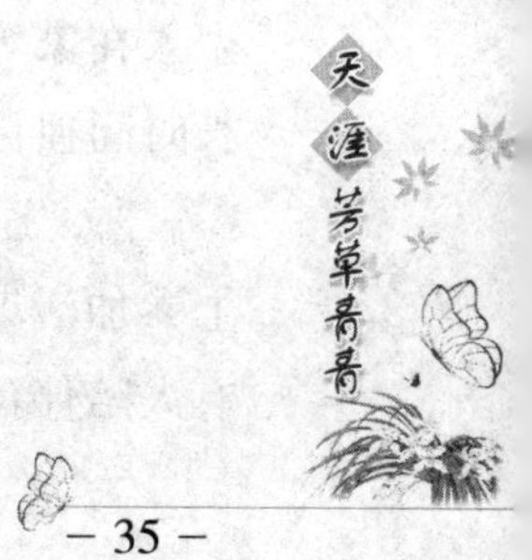

一度夕阳红

夏日天长，吃过晚饭，打理好家务，修剪过花园，天色居然还很亮，忍不住坐到花园里的长椅式秋千上，轻轻荡动秋千。

眼前的花园一片葱茏，常绿的篱笆、各种浆果灌木环绕着绿色的草坪，下午割过的草地散发出浓烈的青草气息。秋千斜斜面向西方，抬头看去，不再炎热的阳光依然耀眼，一缕缕淡金色的阳光穿透远方树木的枝叶，投射到客厅的落地窗上，再反射到花园的草地上。

夏天的傍晚和春天的傍晚不一样哦。坐在秋千上，默默在心中构思一篇文章，一篇描写一个春天傍晚的文章。在那个春天的傍晚，我和年幼的阳光王子曾一起目睹绚丽的晚霞在西天燃烧。

遥望西天，回忆和阳光一起在树木的枝叶间跳跃闪烁。

那是几年前的春天，经过一两个月的努力，一个很多人参与的大型项目接近尾声，那天晚上要召开庆功会。庆功会的日期早就公布了，可是我对于是否出席一直难以决定。那天是星期三，先生照例陪伴调皮王子上音乐学校，还不到七周岁的阳光王子一个人在家等我提早下班回来。如果我参加庆功会，那么小的孩子长时间独自在家，实在不能放心。

去，还是不去？一直在心里犹豫。因为了解我一向绝少在晚上参加活动，下午我的上级特地来问我是否出席。我就坦白把没有人陪伴孩子的难处告诉他，他听了思考片刻后说：“那你带孩子参加好了。带孩子出席，比不出席要好。”听了这句话，不好再拒绝，于是到了先生要陪调皮王子上课的时间，匆匆把阳光王子接过来带到办公室，一边走一边嘱咐他在公司不可以乱吵乱闹。

庆功会在公司大楼最高一层的“远眺厅”举行，居高临下可以俯瞰城市全貌，天气好时，可以远眺阿尔卑斯山，用来举办各种活动非常合适。我们坐电梯来到顶楼，迈步走出电梯前没有忘了对孩子笑一笑，再握着他的小手走出去，走向大厅。一路上不断有相熟的同事惊讶地过来寒暄，阳光王子抬头看着对方，清清楚楚地一一回答，清脆稚嫩的童音引人纷纷回首。

走进远眺厅，第一次见到三面是落地玻璃窗的房间，阳光王子骨碌碌转动眼睛四处张望，我微笑着拉他在一个不惹眼的角落里坐下来。一会儿，庆功会开始了，一个接一个发言，说着在这种场合应该说的话。一直拉着孩子的小手，根本无心听那些千篇一律的感谢词。反而是阳光王子好奇地打量发言的人，侧耳倾听他们的发言。

正式部分结束餐会开始的时候，时间已经不早了，没有犹豫立刻起身拉着孩子来到自助餐台前挑选适合的食物。吃好东西，带他四处浏览城市风光。那时窗外夕阳沉落，整个天空好像冶金熔炉，沸腾的金水在慢慢流淌。金色的火焰，红色的火苗，灰色的青烟，和蓝色的背景构成世界上最大的油画。平时极少在晚上出门，难得在这个时间登上这么高的地方，见到如此绚丽的彩霞，阳光王子惊讶地看着窗外，睁大眼睛小嘴微张眉毛上扬，一副不相信的表情。

秋千微晃，唇角轻扬，当天情景历历在目。

“妈咪，你在想什么？为什么笑呢？”阳光王子打开客厅的门走出来，坐到秋千上。

“妈咪在想和你一起看到的晚霞。你还记得吗？”“什么时候呢？”

“你上小学一年级的时候，有一天晚上妈咪带你到公司大楼的顶层参加一个活动，吃过晚饭后，我们看到非常美非常美的晚霞。”

“想起来了，我还记得！”阳光王子自豪地说，“那天晚上的天空很特别，很奇怪，不是蓝色，不是黑色，而是很多很多颜色，金色，红色，橙色，灰色，紫色，随便混在一起。”

“对，你还记得什么呢？”

“那天晚上的天空好像有人在画画，可是他不会画，不知道该画什么怎么画，所以随便把颜色乱抹乱画，一边画一边改。记得后来我也画了一幅画。妈咪，我画的画还有吗？”

“还有，妈咪收在一个夹子里放在地下室，什么时候想看就可以找出来看。你还记得后来看到什么吗？”

“后来……”阳光王子迟疑着。

“后来你回过头来跟妈咪讲话的时候，看到下边的轻轨车站，还有进进出出的火车。从高处看下去，那些火车，还有公路上的汽车，像你的玩具一样大小。你把脸贴到玻璃窗上，专心看火车汽车，忘记了窗外的彩霞。”

“真的吗？我记不清了。”

“那时窗外出现更多的灰色和黑色，本来像火一样燃烧的天空渐渐暗下去，天慢慢黑下来。你站在窗边，灯光把你的样子清晰地照到玻璃窗上。”

凝视远方，当日的画面重现。

灰黑色的玻璃窗，背景中隐约透着一丝火红一丝金黄，阳光王子小小的身子，红扑扑的小脸，清澈的眼睛，一心一意盯着下边的火车汽车。

“妈咪，你在看什么？”

“妈咪好像看到你当时的样子。你站在窗边看火车汽车，妈咪站在旁边看你，窗户外边是正在沉没消散的晚霞。妈咪要把这个故事写成文章，永远记住我们一起看到的晚霞，那么美！”

“妈咪，我现在还不会看你写的文章，写完后你念给我听吧。”

“好，妈咪念给你听。再过好多好多年，你长大了，妈咪老了，我们再坐在一起读文章看晚霞。”

“和现在一样，妈咪，看太阳沉下去了。”

遥望西天，伸出手臂抱住我的王子，轻轻荡动秋千。

远处，在树木的枝叶间跳舞的阳光不见了，绿得发黑的树荫后隐约透出点点橙黄的光晕，边缘一点点红在西天洇开来，洇开来。

又是一度夕阳红。

（2011 年 11 月初稿，2013 年 7 月重写）

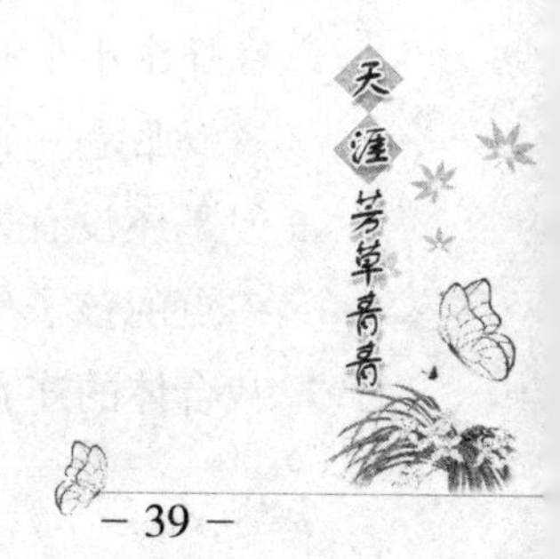

金色的星星

从小特别爱看星星，夏天暑热难当，晚饭后，总会顺着梯子爬到屋顶乘凉，躺在树荫下，仰头看墨蓝的天空，一颗颗银白的星子闪呀闪的。那时常想，星星是天空的眼睛吧，我好奇地抬头看它，它也好奇地探头看我。躺在星光下，在父母家人的聊天声中睡去，深夜再被抱下房去的感觉真好。

转眼间我已长大成人，多少次在不同的季节、不同的地方看过星星闪烁。不论看星星的季节、地点、情形多么不同，总有一点是相同的。眼里看到的星星总是那么高，那么远，总是发出银白的光。直到一直到今年秋天，无意中近距离见到金色的星星。

深秋的傍晚，下班时已经暮色朦胧，急匆匆赶往公车站。在十字路口正想快步冲过去时，红灯亮了，无奈收住已经抬起的脚步，冲着前面斑马线上正在慢悠悠走到马路对面的人干瞪眼。

前面两大一小三个背影。一个短发苗条的背影推着一辆婴儿车走在前边，已经过了马路。后边一个魁梧的身影拉着一个小小的身子，正向对面走去。显然是一家三口。不经意间我的目光落在那个小小的身影上。

那是一个小女孩，两三岁的样子吧，已经能够自己平稳走路，但是还没有力气走很长的路，所以母亲还推着婴儿车，那种给大一点的孩子坐的可以简单折叠的童车。小女孩身穿一条深蓝色剪裁合体的连衣裙，衬托得身材越发苗条纤瘦，脚步舞蹈般轻盈。

曾经渴望上天赐给我一个女儿，过马路后不自觉地盯着那个小女孩。女孩手拿一条树枝在空中挥舞，边走边问爸爸什么，然后不等回答，弯腰在路边的栗子树下捡起一颗暗红的栗子，回过身来对爸爸粲然一笑。

含笑注视这家人,放慢脚步。走在最后边的爸爸已然人到中年，四十多岁的样子，戴着眼镜，眼睛一直注意女儿。走在前边的妈妈恰巧回过头来，露出一张清秀的脸庞，三十左右的样子。

眼睛盯着小女孩，走近了，这才看清她蓝色连衣裙领口的一圈金色的小星星，裙下穿一条同色袜裤，上面同样撒落星星。暮色中小女孩单腿蹦蹦跳跳，不时弯腰捡起什么，随着女孩轻盈的步伐，金色的星星起起落落。

公车来了，上车前回头一望。暮色中那一家三口靠近了，父亲牵着女儿的手一起向前走。

多么和谐温馨的画面呀！这个小女孩日后会记得这个傍晚吗？估计不会，但是她一定会记得爸爸妈妈的关爱。

坐到车上，还在想那一家三口。爸爸妈妈会记得今天这个傍晚吗？也未必一定记得，但是脑海里会留下模糊的印象。不是吗，我和孩子不也曾经多少次这样走过，我还记得每一天每一次吗？记得吗，坐在车上暗问自己，孩子童年具体的事情还记得多少呢？

记得阳光王子第一次接触雪。那时他才几个月大，坐在婴儿车上，婴儿车用塑料布罩起来，顶部有开口好换空气。下雪了，一片雪花恰巧被风吹进开口的地方，落到孩子脸上，凉凉的，他“啊”的一声大叫起来，吓了爸爸妈妈一跳，以为发生了什么事情呢。揭开罩子，更多雪花飘落，一个个美丽的六角形在孩子脸上化成水流下来，阳光王子伸手去摸。爸爸妈妈相对一笑。

记得一个圣诞节，一岁多的阳光王子刚会走路，还走不大稳。

平安夜一大家人聚在一起庆祝，姐姐弟弟的孩子，比阳光王子大六七岁的表哥们，跑来跑去在玩，阳光王子见到了，挣脱妈妈的怀抱，也去跟着表哥们跑，摇摇晃晃地，但是坚持跟着跑。从那以后，阳光王子走路走得很好了。

记得调皮王子从小脾气倔，很有个性。还不会讲话的时候，就坚持自己意见，喜欢和人吵架。他表示不同意见的方式方法简单直接而有效，就是板起脸来瞪着眼睛，大叫一声“A！”让爸爸妈妈哭笑不得，刚上小学的表哥时常笑着回答“B！”

记得一个狂欢节，下午公司放假幼儿园关门，中午接了调皮王子回家。那天阳光极好，天气反常地温和，没有什么特别的事情，步行一段路回去。一路上，母子手拉手，孩子指指点点问路边见到的树木花草，絮絮叨叨地说幼儿园的趣事，中间经过一家花店，进去看看。孩子看着偌大的大厅，那么多各种各样的花儿，东看西看，看得眼花缭乱，小声要求可不可以买一盆。答应孩子买了一盆小小的紫花，提在手上，提着阳光，提着春天，漫步回家。

回家！猛抬头，公车已经到站了，慌忙下车。过了十字路口，抬头已经能够看到房间的灯光。两个孩子是在灯下学习吧？一边学习，一边等妈妈下班回家，听到开门声会快步跑过来，拥抱妈妈，询问一天工作可好。

微笑步行回家，一直抬头看着窗口的灯光，晕黄的灯光是更为温暖的星光，恒星的星光在对我微笑。

母亲的砧板

天下的母亲不都是那样平凡不起眼的一块砧板吗？不都是那样柔顺地接纳了无数尖锐的割伤却默无一语的砧板吗？

——张晓风《母亲的羽衣》

每年的十二月是一年中数日子的一个月。孩子掰着手指头数日子，计算还有多少天到圣诞节，盘算会收到什么样的圣诞礼物；一家主妇也在数日子，计算还有多少天到圣诞节，考虑烘烤什么点心制作什么大餐，需要何种材料，什么时候采购，什么时候烘烤点心，什么时候准备大餐。

最累人的是圣诞节必备的特色小点心，看着可爱，吃着可口，可是需要材料众多，制作非常费时间。每年我都会安排一个周末，突击烘烤圣诞节特色点心。

那是一个星期六，先生带孩子上中文学校去了。早饭后，取出早已准备好的各种材料，取出不常用的大砧板，我一个人忙乎起来。黄油，白糖，鸡蛋，杏仁粉，榛子粉，柠檬皮，柠檬汁……一样样排列开来，按照顺序先后加入各种材料，和好几个面团，放入冰箱。

前期准备工作就绪，把砧板和烤盘等家什搬到客厅的餐桌上，开足暖气，拉开落地窗的窗帘，打开音响让音乐在房间里流泻，坐下来一个个慢慢制作圣诞点心。中午孩子放学回来，进门看到

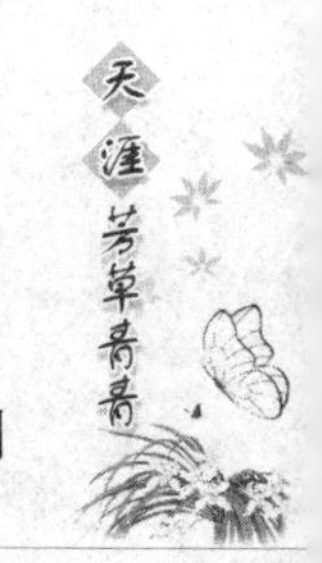

妈咪在烤点心，马上跳起来仰着小脸看妈妈，说：“圣诞点心？！妈咪，我也要做，我可以帮你吗？

“可以”，我笑着回答，“等一下，你们一起和妈咪用模具做小猪、小鱼、小鸭子吧。”

“好啊，好啊。”两个孩子满口答应着，抢着跑到厨房找出一块小砧板，翻出另外一根小些的擀面杖，放到餐桌上，坐下来眼巴巴地看着妈妈。

笑笑，分给他们每人一小块面团，两个孩子一把抢过来，马上在自己小小的砧板上开始擀，可是这特制而且在冰箱醒过多时的面团很硬，不容易擀成片，几分钟后两个孩子先后放弃。

了然笑着给他们一个白眼，收回面团，在我用的大砧板上擀成厚薄合适的面皮，取出各种模具，小猪、小鱼、小鸭子、圣诞树、星星、月亮、心形、圆形，应有尽有。两个孩子抢着把模具一个个摁到面皮上，一边不停嘴地抱怨另外一个正好抢走自己想用的模具。几分钟后，面皮上满满地摁满模具，我用刀托起模具，把里边成型的点心取出来，放到旁边的烤盘上，分配阳光王子用小刷子往上边刷一层蛋白，分配调皮王子负责装饰，随意在上边放上杏仁片、巧克力碎屑或者杏仁糖做的花瓣、蝴蝶。母子三人流水线作业分工合作，视线相接时会心一笑。

冬天温暖的阳光透过落地玻璃窗照进来，照着椭圆的餐桌，照着忙碌中的母子，照着烤盘上各色各样越来越多的圣诞点心。一盘满了，放进已经预热的烤箱烘烤，拿着另外一个空盘子走进客厅，抬头阳光晃眼，明亮的光束中一粒粒微小的灰尘在跳舞。凝视微小的尘粒，有片刻恍惚，透过阳光中的一粒粒灰尘，看到以前久远的日子，那久违的时光，那久违的微尘。

那是在老家的北屋，北方常见两明一暗的平房，一张硕大门板似的砧板支在明间一角，母亲坐在砧板后，揉动一个很大的面团，揪成一小块，一小块，两手揉搓小块面团，揉成一个完美的蘑菇帽，放到旁边的篦子上，一会儿篦子上就站满一圈圈白色的大蘑菇。

那是春节前，母亲准备正月里待客用的干粮。当时只有十来岁的我看着母亲的手不停地动，变出一个个玉白的馒头，睁大眼睛十分惊奇。姐姐大了，得到允许可以帮忙揉面。我还小，看了一会儿，被分配到厨房拉动风箱烧火。水烧开了，迫不及待地跑到堂屋汇报。正好篦子满了，我抢着把篦子端到厨房去，小心翼翼地，有些吃力，有些自豪。

蒸好馒头蒸花卷。一小块面团擀开来，切成大小不同的几块，每块折叠起来，再把较小的一块放到较大的一块上面，最小的放到最上面，用筷子在中间一摁，面皮便成为一体不会再散开，中间和两头各夹入一粒大红枣，两手再次整理固定一下，乳白的尖塔夹着三点红色，片刻后一个色彩诱人的枣大卷挺立在砧板上。

每年这个时候最盼望的是午后，各种需要准备的东西基本完成后，母亲总会笑着抬起头，瞟一眼盯着砧板盯着面团的孩子，拿起一小块面团，擀成扇形，用刀划开几个小口，再分别捏紧。这时候我的眼睛一眨不眨，看着母亲再擀出一个小小的圆形，和尾巴捏在一起，嵌入红豆，一尾生动的鱼便出现了。母亲拿过另外的面团，三下两下一个小老虎、一个小兔子和小鱼一起站到砧板上。母亲的手不停，或擀或搓或捏，继续变出一个个小老虎、小兔子、小鸟和小鱼，也变出孩子脸上的笑容。

至今清楚地记得母亲端着一盘蒸熟的小动物，穿过阳光迈过门槛的时候，全身轮廓被阳光镶上金色的光环，身前一粒粒灰尘在阳光中跳舞。我抬头仰望门框中的母亲，一身阳光，一身温暖。

一粒粒灰尘，一束束阳光，一个个日子，汇成人生的长河。眨眨眼，我自己也做了母亲，椭圆的餐桌旁两个孩子抬起头在看他们的母亲，奇怪母亲为什么在客厅门口呆立片刻。

太阳西斜光线暗淡下来的时候，从烤箱端出最后一盘点心，开始收拾混乱的厨房和客厅。一番忙碌，最后拿起洗过的大砧板，准备放入抽屉。一直在旁边看着母亲忙碌的调皮王子，突然拉着妈咪的衣襟说："妈咪，这个砧板好大，是魔法砧板，会变出各种好吃的东西。"

"魔法砧板？"我一怔，继而点头，"对，是魔法砧板，每个母亲的砧板都有魔法，会变出各种孩子想要的东西。砧板越大，魔法越高深。你见过姥娘的砧板吗？比妈咪的砧板还要大，大好多。"

看看手里的砧板，虽然用了十几年，可是不常用，看起来还是半新不旧的样子。再抬头凝视调皮王子的眼睛，透过孩子清澈的目光，清晰地看到母亲的砧板。

一张硕大的砧板，原色，不知道什么木头做的。那是母亲在老家用的砧板。在艰难的岁月里，母亲在砧板上变出简单可口的饭菜，变出一张张逐渐长大的笑脸。千万次被砍过剁过切过，硕大的砧板中间微微凹下去。

一张极大的砧板，玉白色，看不出什么材料做的。那是母亲在这里用的砧板。西方家庭普通用的砧板比国内的小多了，母亲用起来很不趁手，多方打听才在专业商店买到现在用的砧板。买到的时候，母亲可高兴了。在异国他乡，在这张极大的砧板上，母亲用通过各种渠道得来的材料炸油条、包粽子、捏饺子、蒸包子，尽可能让一家人吃到家乡当令的食品，而且馈赠众多亲友。多年下来，玉白色的砧板上留下纵横交错数不清的刀痕，中间变得微黄。

多少年过去了，孩子们逐渐长大各自成家，母亲漆黑闪亮的头发一根根变白，姣好的面容一点点变老，挺直的身子微微弯曲。即使如此，每到过节母亲依然在厨房忙碌着，忙着变出更多东西，给孩子，给孙子。想到此，有些酸涩，有些羞惭，一把拉过调皮王子搂到怀里，悄悄抬手拭去眼角一点晶莹。

平安夜当晚，和往年一样我们到父母处和全家一起过节。带上我准备的东西，坐进车内，注视车灯投下的光束，仿佛看到冬天的阳光，阳光中母亲在厨房围着砧板忙碌着。年迈的母亲依然在砧板上变魔法，变出可口的饭菜，变出孩子的笑容，变出家的味道，家的温暖。

（2014 年元旦）

玫瑰人生

幽静宽敞的花园，篱笆密密如织，绿树浓荫如盖，绿草绒绒如茵。洁白的石子铺就的小路弯弯曲曲，角落里一个玲珑的六角亭，原木底座，原木盖顶，中间的玻璃窗打开着，门口的柱子上一朵朵缀满蔷薇。

小亭子内，一张不大的桌子，铺着粉色的台布，一个小小的心形蛋糕，新鲜的草莓，饱满鲜艳使人垂涎欲滴，两副精致的咖啡杯盘，银白的勺子叉子，一把细高微微鼓出圆肚子的咖啡壶，细密雪白的磁片上一丛深红的玫瑰盛开，正如亭子前面花园里的玫瑰，典雅的深红秀丽端庄。

坐在亭子内，抬眼打量对面深爱的人，细读他眼里的情意，双颊晕红，偏过头去看不远处的玫瑰。阳光下，花丛上，两只银白的蛱蝶振翅飞舞追逐嬉戏，殷红的玫瑰衬得蝴蝶越发莹白如玉。微风吹过，淡淡的芳香迷人欲醉。

周六，先生陪孩子上学去了，一个人在家中打理家务。早春，该修剪玫瑰了。做好午饭的准备工作后，从车库取出大大的剪刀，戴上厚厚的园艺手套，走向花园的时候，想起少女时代的玫瑰梦，唇角微微弯起。

哦，如诗如梦的少女时代，浑不知世事的黄金年华。

多年后，我的玫瑰梦实现了吗？

实现了吗？一边暗问自己，一边走向花园。

小小的花园里，又飘来不少去年的落叶。放下剪刀，收拾落叶，露出下面黄褐色的土地。

十来年前搬进这栋花园洋房的时候，随大流在门前的花园铺上草地。过了两年，草根深长地下密密纠结。种花的时候，一点一点铲断草皮，一寸一寸往下挖，挖掉草皮，露出黄褐色的土地，挖开小坑，种下廉价买来的玫瑰花根。

从此日日浇水，玫瑰根长出小小红色的嫩芽，一点两点；长出纤细的枝丫，一枝两枝；长出充满期望的花苞，一朵两朵……

收拾好落叶，拿起剪刀修剪玫瑰，按照在过去几年内自己摸索的经验修剪。今年春早，玫瑰已经冒出一点点红芽，过不了多久，嫩芽会长成绿叶，一片，两片；会长出花苞，一朵，两朵。

永远忘不了第一朵花开的日子。

在一个阳光明媚的五月，下班回来，打开车门，不由自主地看过去。呀，一朵黄玫瑰的花苞悄悄绽开一点点，在一片绿叶后羞涩地探出头来。豆蔻年华的少女，绿衣黄裙，倚门回首，却把青梅嗅。

从此每天下班回来，必然在门口停留，看看哪一朵新开了？猜测下一朵绽放的会是哪一朵呢？数一数开了几朵了？

回到家，换上休闲服装，取出剪刀，剪下憔悴的花朵，不忍舍弃，插到瓶中。几天后，捡起一片片掉落的花瓣，放到顶楼的阳光下，晒干。将晒干的花瓣收集起来，收在一个小小的草编篮子里，放到浴室。走过的时候，拿起几片，闻一闻，回想花开时娇艳的样子，淡淡怅然。

剪好一棵，走向另外一棵……

一棵又一棵的玫瑰开花了，黄色的，粉色的，紫色的，白色的，还有深红的，一朵又一朵。你不让我，我不让你，都开满了花赶

趟儿。玫瑰花香引来一只又一只蜜蜂，在门前“嗡嗡”飞舞。

修剪玫瑰，拔除下面的杂草，成了日常功课。经常两手黑黑的指甲，难以洗干净；经常手指被刺破，沁出鲜艳的红色。

天气炎热的夏日，浇花成了每天傍晚的功课。从花园的水龙头接上水，拖着长长重重的水管，走到前面花园，打开喷头浇花，水龙直射花根。有时候故意把水龙头开成细细的水雾，喷水到枝叶花朵上，看碧绿叶子青翠滴落，看带露玫瑰眼波流转。

修剪完毕，放下剪刀，整理剪落的花枝。弯腰捡起一把，抬起头来在厨房的窗户上看到淡淡的影子。

玫瑰种在前面临街的小花园，从来没有像少女时代幻想的那样，坐下来边喝咖啡边赏花，反而是在厨房做饭的时候，可以从窗口看到外面的玫瑰。

周六，先生和孩子上中文学校去了。中午，站在厨房里准备午饭，做孩子要求的炸酱面。取出大面盆，倒入面粉，加水，和面。面和好，放到一边醒着。打开冰箱，拿出黄瓜切丝，一刀刀码好放入盘中。西红柿，切块。鸡蛋，打碎，拌匀。找出不沾底的锅，开火，做西红柿鸡蛋汤。另外一个小锅，同时开火，炸酱。油热了，肉放下去，搅动，甜面酱放下去，随着刺啦刺啦的声音，浓烈的酱香升腾飘散。

转身打开抽屉，取出擀面用的大砧板。嗡嗡嗡，一只蜜蜂从打开的窗口飞进来。转头去看，几年过去玫瑰长高了，一枝殷红的玫瑰凑近窗户，似乎想要看看我在忙什么。一枝墨绿的叶片，两朵殷红的花朵，斜斜插入天然画框，构成一幅美妙的静物写生。

停顿片刻，惊讶片刻，微笑片刻。回过头来，放好砧板，开始擀面。孩子要回来了，他们肚子饿了，要吃东西呢。

一切准备就绪，只等下面了，站到窗口张望，等孩子回来。

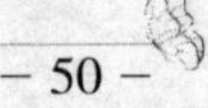

看玫瑰花开，等孩子回来。

厨房里浓浓的酱香，厨房外淡淡的花香。

拿着一把剪落的花枝走向垃圾桶。

少女的梦里，没有枯枝，没有垃圾桶。

某日，离他们平常回来的时间过去很久了，还不见人影。在厨房焦躁地走来走去、胡思乱想的时候，想起少女时代的玫瑰梦。而今属于我的玫瑰娇艳绽放，却那么不同。想起有朋友告诉我，我种的花，这里称为“玫瑰”（Rose），中文却应当称为“月季”。“玫瑰”和“月季”，是相似又不同的姐妹。脑海蓦然浮现席慕蓉的诗句：

我爱，在今夜
回看那来时的山径
才发现，我们的日子已经
用另一种全然不同的方式
来过了，又走了

脚步慢下来，细细品味“我们的日子已经用另一种全然不同的方式来过了”，来过了，又走了。人生，这就是真实的人生吧。

曾经那样渴盼着它出现的青春，却始终—

门外传来砰砰的敲门声，醒过神来，慌忙去开门，孩子一步跨进来，扑到怀里，欢呼“炸酱面，炸酱面，好香！”

打开专门收集可沤肥的生物垃圾的垃圾桶，投入枯枝。收拾干净，捏捏不小心被刺破的手指，回到家中，用肥皂仔细洗手，然后走进厨房。

方方正正的厨房，前方是黑黑亮亮现代化的炉灶，右面通向

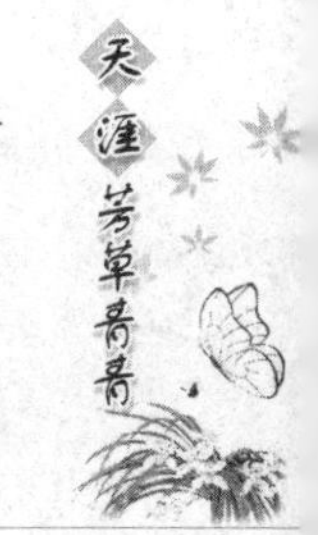

客厅，左面是窗户，窗外是玫瑰花园。

切菜的工作台上，一盘翠绿嫩白的黄瓜丝，一盘红艳艳的西红柿块，一碗粉红的碎肉。围上围裙，开火，油热了，肉放下去，酱放下去，随着刺啦刺啦的声音，浓烈的酱香升腾，升腾飘散，飘到窗外。

窗外，经过一冬的休憩，刚刚修剪过的玫瑰伸展懒腰，小小的嫩芽在阳光下揉揉眼睛。过不了多久，红红的嫩芽会长成绿绿的叶子，会开出娇艳的花朵，会有淡淡的花香飘散。

窗外淡淡的花香，窗内浓浓的酱香，淡淡的花香会混合浓浓的酱香随风飘散。

（2014 年 3 月）

最美的插图

星期二傍晚，在办公室枯坐一整天后，踏着薄暮走回家。在车库前，看到先生正开车出去，挥挥手，知道他今天要到学校参加阳光王子的家长会。插入钥匙拧动，推门，听到声音，两个孩子叫着“妈咪，妈咪！”“咚咚咚”跑下楼来。

个子较高的阳光王子先跑下来，立刻说：“妈咪，对不起，蛋糕吃完了！马上被抢光！”在他身后瘦瘦的调皮王子抱着胳膊噘起嘴来，“我没吃到蛋糕！”阳光王子答道“我也不是故意的，大家喜欢吃，马上吃完了。我有什么办法！”调皮王子依然噘着嘴，满脸黑线地站在楼梯角落里。

抱抱两个孩子，问哥哥阳光王子，“大家说好吃吗？”阳光王子满脸阳光，笑着点头。搂着孩子的肩膀，问：“自己会烤蛋糕，第一次吃自己烤的蛋糕，感觉很好，吃着特别香吧？”阳光王子抬起头，晶亮的眼睛看着妈妈：“可是我只会烤这一种。”“妈妈慢慢教你烤更多种蛋糕，好吗？”阳光王子还没有回答，调皮王子钻到妈妈怀里说：“我也要学，我也要学！”妈妈笑着张开双臂把两个孩子搂进怀里说好。

夜里，坐在顶楼陪孩子学习时，先生回来了。上楼来，讲述家长会上重要的事情，最后说：“你知道他的老师还说什么？”不解抬头。先生笑容满脸不无得意地说，老师问他今天带去的蛋糕是他自己做的吗？按照什么配方做的？太好吃了！听到这句

话，阳光王子和妈妈相对而笑。

先生下去了，坐在电脑前，下意识地打开电脑照片，找到留作纪念的那张照片：长条形的巧克力蛋糕，上面淋了一层巧克力，还有一粒粒的巧克力嵌在上面。面对照片，阳光王子第一次烤蛋糕的经历浮现眼前。

那是上星期四，下班回来阳光王子问：

“妈妈，我学校有作业，需要你帮忙，可以吗？”

“什么作业？”

“要烤一个蛋糕，星期二带到学校去。”

“什么蛋糕？”

“随便什么蛋糕都可以。”

“什么课的作业？”

“计算机课。”

哦，我点点头，明白老师是要孩子学着思考如何做一件事情，考虑好事情的一个个步骤，然后严格按照步骤去做。

烤什么蛋糕呢？我自己经常烤的蛋糕比较复杂，不适合让初学烤蛋糕的孩子做。周末特地到超市去看，选定这款长方形的巧克力蛋糕，买好作料。

星期天下午和阳光王子站到厨房，先把配方拿给他，让他仔细读过后，再拿过作料、器皿，一一指明介绍，问他，现在第一步要做什么？孩子眨眨眼：

“把黄油放到盆子里？”

“不对，第一步是要做准备工作，是什么呢？”我启发。孩子眨眼思索。我伸手打开烤箱。

“第一步，烤箱预热，预热需要时间，所以要先开烤箱。”指着烤箱的各个操作钮，告诉他如何使用烤箱。

“第二步，拿过模具来。模具需要抹上黄油，再撒上一层面粉，这样避免蛋糕粘在模具里倒不出来，你试试看。”

阳光王子犹豫着切下一块不硬的黄油，拿在手里，一点点抹遍模具，撒上面粉，抬头问妈妈是否行了。妈妈点点头，“现在把手洗干净，准备开始做蛋糕。”

阳光王子洗过手，再指导他如何把作料按照顺序放到盆里，如何使用搅拌器搅拌，如何把搅拌好的面糊加入巧克力颗粒，倒入模具里，摇晃平整，放到烤箱里，开启厨房用的闹钟定时间。

一段时间后，打开烤箱，用餐刀在模具中间划上一刀。阳光王子不解，告诉他这么做是为了让热量更均匀地穿透蛋糕。

一个小时后，蛋糕出炉，顺利倒出模具凉着。这时候要用热水隔水化开巧克力，把溶解的巧克力倒在蛋糕上面，让他用餐刀把化开的巧克力涂抹均匀，再撒上装饰的巧克力颗粒。

好了！一阵手忙脚乱后，阳光王子放下手上的东西，偏着头来打量自己的成果。黑黑的巧克力蛋糕看不出有什么特别好的。看出孩子眼里的疑惑，微微一笑说：“你带到学校尝过就知道了。”等在旁边的调皮王子立刻说：“你要把剩下的带回来给我吃哟！Bitte，bitte！（请求你！）”

“你知道做蛋糕的诀窍是什么？”阳光王子猜了几次，妈妈都摇头，“最要紧的是要明白做事情的先后顺序，步骤不能出错。这和为计算机写程序相似，首先要明白你想做什么，然后要把整个过程分解成一个一个小步骤，一个一个小步骤做好，最后就一定能成功了！”

接着补充，“这是为什么计算机课的老师会留这样的作业的原因。不过呢，妈妈希望你自己记住学会如何看一篇东西，真正理解那篇东西的内容，再按照上面写的自己去做。这对你以后会

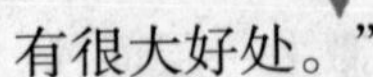

有很大好处。”

阳光王子似懂非懂地点头。

“慢慢你就会明白了。”妈妈再补上一句，“当然能够吃到自己烤的蛋糕也很不错，什么时候想吃了，可以自己烤，不用找妈妈了。以后你烤蛋糕给妈咪吃吧？”边说边促狭地笑，阳光王子抗议大叫“妈咪！”

今天他至少明白蛋糕真的好吃，也知道自己能够烤出好吃的蛋糕了。想到这里，不禁对着照片里的蛋糕微笑。黑黑的蛋糕也对我咧嘴而笑，贴到网上吧，晒晒！

说做就做，立刻贴到网上。第二天网友们纷纷回帖，认识很久经常交流的网友“风去花还在”说，幸福的，自豪的，温馨的，这才是一篇好散文。晚上含笑回复说，不，这不是散文，而是一部长篇，需要用一辈子来写的长篇，这是其中的一小段。

写完，再看看照片，觉得这照片真是这部长篇中最美的插图，至少是最美的插图之一。

遂抽时间写下这段文字，作为这幅最美的插图的说明。

（2015 年 10 月 29 日）

熬菜

在国外生活很久了，不经意在语言、思维、处事方式上有了细微的改变，不可避免地沾染一些洋气。在入乡随俗的同时，刻意保持故乡的一些风俗习惯，所以在离开家乡好多年后，仍然保留一些土气。土气和洋气兼具一身，在圣诞节特别察觉到这一点。在这个很洋气的节日里，我们喜欢吃的不是西方的烤鹅烤鸭，不是中式的大鱼大肉，而是老家最普通的熬菜。即使是我在国外出生的两位王子，平常对中餐西餐同样喜欢，可是在圣诞节最渴望吃到的竟也是熬菜，这种最土气不过的菜肴。

和往年一样，我们今年也是在父母那里过节。早已各自成家的姐弟们，分处不同行业，平常各忙各的，难得同时聚首，一年中唯有圣诞节大家同时休息，携带各自的小家庭回到父母处一起庆祝圣诞。为了减轻母亲负担，每人都会带几样菜肴、点心过去。

和往年一样，过节的准备工作琐碎繁杂，总是要拖到最后一刻才能把一份份礼物包好，把一盒盒点心装妥，把一样样生食、熟食分门别类装入合适的器皿。圣诞夜傍晚，我匆匆忙忙地进进出出，一趟趟把满满当当的盒子、袋子、盘子搬到汽车后备箱，催促先生和孩子赶快上车。

坐进车中，督促孩子扎好安全带，先生发动引擎，车灯倏然亮起，汽车缓缓退出车库，遥控关上车库门，这才靠在椅背上松了一口气，默默注视车灯投下的光束，心中暗想：节日开始了。

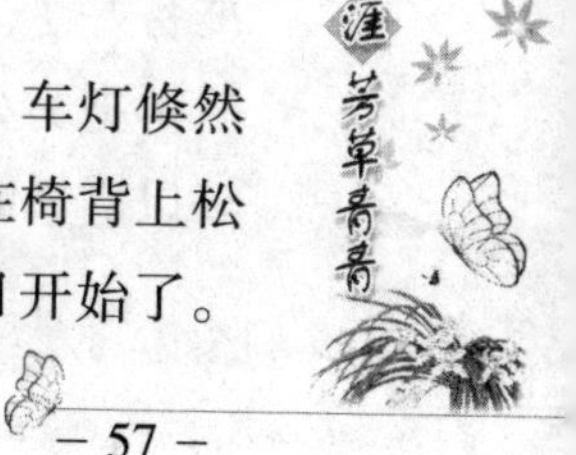

又是一年，好快，好快……

“妈咪，今天也有熬菜吃吧？”阳光王子不无担心的声音把我从冥想中拉回。

“当然有，姥娘一定会熬一大锅，管你吃饱，还可以带回家来，明天继续吃。你喜欢吃熬菜？”我明知故问。

“圣诞节我最喜欢吃熬菜了！妈咪，你会做熬菜吗？你为什么不做给我们吃呢？”

“妈咪从小吃熬菜，怎么可能不会做呢？冬天天冷的时候，熬一大锅菜，热热的，烫烫的，加上松松软软的馒头，吃下去好舒服。可是做熬菜需要时间，做少了不划算。你看姥娘平常也不做，只有过圣诞节、新年、春节这样热闹的节日，来的人多，姥娘才做呢。”“妈咪，你给我们说说怎么做熬菜吧。”调皮王子插话说。

“熬菜用的主要材料不同，有好多种，妈咪小时候最常见的有冬瓜，有白菜。这里白菜多冬瓜很少，姥娘熬菜都是用白菜。

熬菜需要很长时间，很多东西要准备，先要把洗好的白菜叶切成一小块一小块，烧开一锅水煮一煮，去掉白菜的生气。需要宽宽的粉条，这种粉条和细细的粉丝不同，吃起来很劲道。在这里买不到这种粉条，要从老家带过来。粉条也要先煮过。然后还要猪肉，要有肥有瘦的肉，先在水里煮过，捞起来，切成片，另外拿一个小锅，放油放佐料慢慢炖，炖烂入味。另外还要准备油炸豆腐，买回来的豆腐，切成三角片，在水里泡过，去掉豆腥味，再炸成油豆腐。这样最主要的材料：白菜、粉条、豆腐和肉，就准备好了。用一个大锅把白菜、粉条和油豆腐慢慢熬慢慢炖，最后再把另外炖好的肉加进去，尝尝咸淡，放上绿绿的香菜叶，就可以盛来吃了。

你看，单是准备这些东西就要半天工夫呢，另外还要发面蒸

馒头花卷，所以妈咪平常没有时间做，有时候给你们做简单的熬番茄青瓜吃，那也算熬菜的一种，做起来比较简单。现在说这么多，你们也记不住，以后妈咪教你们熬菜。”

“你小时候常吃熬菜吗？”调皮王子追问。

“妈咪小时候冬天常吃熬菜。你们说的白菜熬菜，过春节天天中午都会吃。春节是中国的新年，和这里的圣诞节一样是一年中最盛大的节日，大家过节不工作，会趁这段时间看望亲戚朋友，天天家里有客人来，中午熬一大锅菜吃。姥娘熬菜，妈咪坐在旁边烧火，棉花秸劈劈啪啪发出轻微的响声，通红的火苗蹿出灶膛，锅盖边缘冒出丝丝热气，熬菜的香味随着热气飘散。很特别的香味。老家过年家家熬菜，可是姥娘的熬菜和别家的味道不同，吃过的人都伸大拇指夸，说是吃过的味道最好的熬菜。知道为什么吗？”我故意停下来卖个关子。

“不知道，妈咪你快说吧。”阳光王子心急地催促。

“那是因为姥娘用自己特别腌制的醋调味，炖好的肉味道就是和别人家不一样。”猛抬头，目的地已经在望。“别问啦，到了，一会儿你们就能吃到姥娘的熬菜了。”

把各种东西搬下车，来到房间放好，一通忙乱的招呼交换礼物，惊讶地发现有段时间没见的孩子长得更高更大了，长成英俊少年端庄少女，中年人或多或少增添了意料中的白发，而老一辈似乎更见老态，分外惊心。

母亲和姐姐在厨房忙碌着，一盘盘菜肴端上桌，一个个杯子斟满，大家分三桌落座，举杯敬酒祝福后，一年一度人员最齐的家庭聚会开始了。

我和几个孩子坐在旁边一桌，看看满满一桌东西，孩子们简直不知道吃什么了，炸得香香酥酥的鸭子吃两块，肥而不腻的蹄

膀尝两口，色香味俱佳的清蒸鱼戳两筷子，最受欢迎的是妈咪亲手做的鲜竹卷，那是他们爱吃的，一块块色泽金黄，外皮焦酥，内馅可口，吃到嘴里眉飞色舞，连连要求妈咪要经常做。一边吃，一边夸，眼睛一边瞅着厨房，妈咪心里明白他们等什么呢，索性起身到厨房，拿起大勺子盛了满满一汤盆熬菜端出来。

两个孩子看到妈咪把熬菜放到桌上，立刻把自己的小碗伸过来。每人一碗。阳光王子最爱吃豆腐，为他多盛几块豆腐。调皮王子喜欢用花卷蘸菜汤吃，多给他一些汤。阳光王子夹起豆腐塞到嘴里，马上又张开嘴巴，大叫“好烫！”

“你慢点吃吧，没人和你抢。这里一大盆，厨房里还有一大锅呢。”妈咪让他宽心的话效果不大，阳光王子依然大口大口地吃熬菜，来不及细嚼就吞下去。

调皮王子把花卷掰开，掰成一小块一小块，泡在汤里，用勺子挖着吃。

妈咪自己也盛一碗，就着花卷慢慢品味熬菜的味道和小时候可有不同。

一会儿，姥娘从另外一桌走过来，立在旁边看两个最小的孙辈吃熬菜，笑着问好吃吗？两个孩子顾不上说话，只是猛点头。吃完一碗还要，姥娘亲自给他们盛。

趁这个空当，阳光王子说：“姥娘，你的熬菜最最好吃了！”调皮王子不甘落后，竖起拇指说：“最最最好吃了！”

姥娘笑得额头舒展眼角皱纹加深，“好吃多吃一点，等一会儿让你妈妈给你们再带回去，明天接着吃。”

饭后，大家聚在一起吃水果尝点心聊天，谈天说地，问长问短。时间很快过去，告别出门时，母亲没忘端出一盆熬菜来让我们带回去。

回家路上，阳光王子几次提醒父亲开慢一点稳一点，“后备箱里有熬菜，明天还吃熬菜！”边说边咂嘴，恨不得马上再来一碗的样子。

妈咪好笑抬头，透过后视镜，看着后边嘴馋的孩子。收回目光，注视前边，一束灯光照亮前边的道路。

多年后，他们不一定能够学会自己做熬菜，知道怎么做也不一定真的自己动手做，但是他们或许因此会牢牢记住姥娘，在圣诞节格外想起姥娘，想起他们吃过的姥娘做的熬菜。

（2013 年圣诞节）

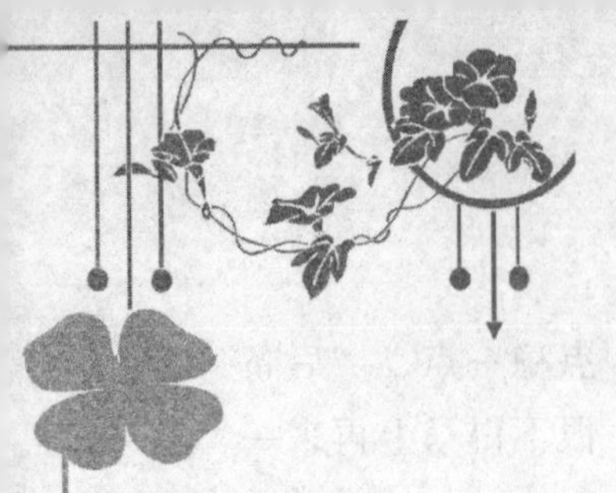

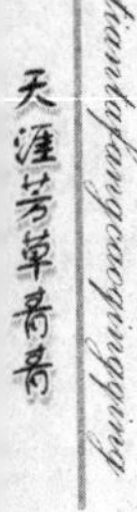

夏天的早晨

周末的早晨，不用赶着起床上班，还是在大约平时起床的时间醒来，看看床头的闹钟，六点刚过，时间还早，再赖几分钟吧。

躺在床上盘算今天的安排。今天是星期六，孩子要上中文学校学习，由先生陪同去。今天也是朋友的孩子举行坚信礼的日子，一早就答应准备一个奶油水果蛋糕带去。奶油水果蛋糕最好是当天做当天吃，否则用面粉和鸡蛋烤的底盘容易被浸湿变软，口感变差，所以昨天晚上下班后只是把蛋糕的底盘烤好，计划今天早上在自家花园采摘新鲜的覆盆子做奶油覆盆子蛋糕。覆盆子果实的形状像一个倒扣的小盆，颜色殷红，味道鲜甜，是夏天可口的时令浆果。和很多人一样喜欢覆盆子，搬到这里来以后，在花园的角落里种下两棵。覆盆子的生命力旺盛，不需要特别的照料也长得很好，时不时从地下冒出新芽茁壮成长。几年过去，已经必须挖去新苗，限制它在花园的草地蔓延。识时务的覆盆子就杂在篱笆中生长，甚至长到篱笆外边去。想采摘外边的覆盆子，必须出门绕过几家邻居的花园，从后面接近采摘。

胡思乱想几分钟爬起床来，洗把脸拿着一个小盆走出家门。夏天的朝阳洒满门口，目光自然地投向门前的玫瑰花圃，又一朵黄色的玫瑰悄悄绽放了，花瓣上还有细小的露珠，黄色的、深红的、粉红的、白色的玫瑰，一朵朵在朝阳下娇艳欲滴。玫瑰下边薰衣草的花枝也开始变紫，伸手从花枝中滑过，把手指放到鼻端轻嗅，

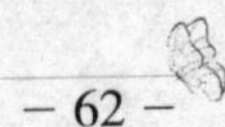

浓烈的香气直冲鼻端。

陶醉片刻后，顺马路左转，向前走过几家邻居的门前，家家关门闭户百叶窗低垂，显然主人还没有起床。走过邻居的家门向右转入绿化地带的小路，左右两边的草地上种植了各种不同的灌木丛，清晨晶莹的露珠在草叶上闪烁，两三只小鸟在草地上跳来跳去，一边寻找食物，一边抬起头来张望，一只小花猫慢吞吞地走近，机警的小鸟在花猫进入它的警戒圈后，立刻展翅飞上路旁的小树观望。

往前再向右沿着小路走过邻居家的花园，离开小路穿过灌木丛，来到自己家花园的外边，把小盆放在地上开始采摘。覆盆子的枝条细长叶片茂密，果实藏在叶片下，需要仔细寻找。慢慢沿着篱笆拨开覆盆子的枝叶采摘，一颗一颗又一颗，大的如拇指，小的像花生，颜色鲜艳媲美樱桃。

摘完花园外边的覆盆子，走出灌木丛，回到小路上。时间很早，路上不见人影，只有不知名的小鸟藏在树上，在枝叶间叽叽喳喳地欢唱。没有人声喧哗，没有交通聒噪，放眼看去一片葱茏，初升的朝阳在花草树木间闪烁。

眯起眼睛看看湛蓝的天空，慢慢顺着另外一条路，绕个圈回到家中，采摘花园里边的果实。在最初种下的角落，覆盆子滋生蔓延长得枝条茂密，有的地方需要分开枝条踮起脚跟伸长手臂才能摘到果实。小盆里的覆盆子逐渐多了起来。

窸窸窣窣，身后传来轻微的脚步声，回头一看原来是先生起床了，也来帮忙采摘。“覆盆子真多，已经差不多够了，你再摘几个，我先回去打奶油了。”

回到厨房清洗浆果沥干水分，从冰箱拿出流质的 Schlagsahne（新鲜奶油），用机器搅拌打成坚硬的糊状，加上 Frischkäse（奶

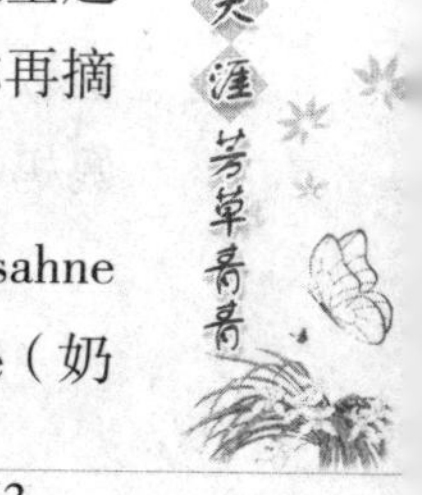

油奶酪）搅拌均匀，把混合物放在昨天烤好的蛋糕底盘上摊均匀，用厚厚吸水的厨房用纸轻轻地把覆盆子上的水分吸干，然后仔细地把一颗颗果实整齐地排列成一个个圆圈，排满整整一层，再在水果上面浇上一层烧好的 Tortenguss（蛋糕凝固剂），一个颜色鲜艳诱人的蛋糕就完工了。

打奶油的时候先生进来，把他采摘的覆盆子洗干净和其他的水果放在一起，开始准备孩子的早饭。

在摆水果的时候，孩子起床下来了。

“妈咪，妈咪，你在做什么？”

“你看呢？”

“在做蛋糕。”

“那为什么还要问呢？来，这盆里还有奶油，要不要舔着吃？”

“好啊，给我！”

一边舔奶油，一边问：“有剩下的覆盆子可以给我吃吗？”“可以！”妈妈微笑回答。

“妈咪，你做的蛋糕真漂亮！”

“来，剩下的水果给你吃。吃了水果，赶快吃早饭，爸爸已经准备好了，吃了饭去上学。”

嗯嗯，嘴里塞满水果的孩子含糊答应。

把做好的蛋糕放到冰箱里，转过身来收拾厨房的各种用具，一一清理干净，擦干水收好，再准备自己的早饭。烤面包，炒火腿鸡蛋，泡茶，热豆浆，再把所有的东西端到客厅，坐下来开始吃饭。这时吃过早饭梳洗过的孩子背着书包下来了，坐在一边看妈妈吃早饭。

“妈咪，你今天要做什么？”

“妈咪吃了饭，要洗澡换衣服，等某某阿姨来拿蛋糕，接妈

咪一起去教堂参加坚信礼，然后再回到阿姨家等你们放学了一起来吃午饭庆祝，会有好多人来呢。”

“妈咪，午饭后，我们可以吃蛋糕吗？”

“可以！”

“可以吃冰淇淋吗？”

“可以！”

“噢，我真高兴！今天有蛋糕，还有冰淇淋！妈咪，我爱你！”

孩子跳起来亲亲妈咪的脸颊。

“好了，好了，快点准备上学吧！”

“妈咪，再见！”

“再见！好好听话，不要让爸爸着急！在学校里好好听课！”

站在门口看着先生和孩子坐到车里，目送他们离开。时间过得真快！转眼呱呱啼哭的婴儿已经长成小学生，背着书包上学堂了。关上门前抬头看看晴朗的天空，太阳比早上出门的时候升高了好多。

夏天是收获的季节，收获春天的果实。夏天也是耕耘的季节，耕耘秋天的丰收。一个收获的早晨就这样过去了，还有漫长忙碌的一天在等待着呢。

（2012 年 7 月 8 日）

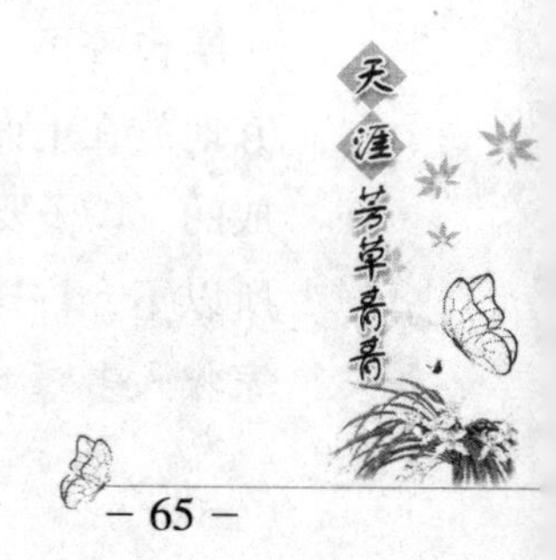

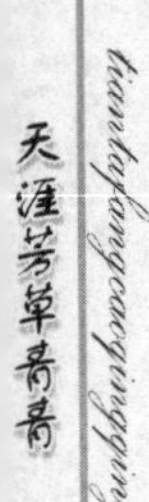

包饺子

咚！咚！咚！一刀刀剁下去，白菜在刀下一点点变得细碎。她的思绪也在刀下变得细碎。

咚！咚！咚！那是多少年前了？一年一次，腊月里杀了猪后父亲坐在硕大的案板后舞动菜刀，把瘦肉剁碎。咚咚咚的声音要响几个小时，才能结束。那时的农家吃肉都是自给自足，不会去买。每年只有过年杀了猪后，把瘦肉剁成肉馅，才有瘦肉饺子吃。平时要吃肉饺子只有肥肉丁做馅。剁肉馅是体力劳动，每年都是由父亲亲自动手。肉馅剁好浆起来，整个正月有客人来，包饺子就靠它了。

咚！咚！咚！正月里客人来了，刚吃过午饭，就开始准备傍晚时为客人送行的饺子。先是咚咚咚的声音响起，剁的是白菜，这时候操刀的是作为女主人的母亲。剁完白菜，再剁粉条和其他配料，然后调馅。为照顾不同口味，饺子馅有肉的，有素的。同时有人和面。面和好，馅子也调好。女人们不分主人客人，坐下来一齐动手包饺子。一般由一个手快的擀饺子皮，其余的人围坐一圈包饺子。每隔一个人就放一个圆篦子，包好的饺子要整整齐齐地放在上面，排成一圈一圈。一圈没有放满是不可以另开一圈放的。饺子要面朝一个方向，不可以相背而立。据说这代表不和，所以不允许这样放。女人们一边包饺子，一边闲话家常。去年你家收入多寡，今年他家有什么计划，那位亲戚家的新媳妇漂不漂亮，那位邻居家的新女婿能不能干，谁家孩子的读书成绩更好……似乎还没有聊两句，饺子就包好了。那时她还小，不能参与包饺子，只能遵循长辈的教训坐在一边多听多看少讲话。因为客人当天还要回家，所以在半下午就煮饺子吃晚饭。吃完饺子，客人要动身时，女主人总要和女客人拉拉扯扯推推让让，一定要让客人带走一点剩下的饺子。整个正月除了初一、十五，几乎每天都是同样的内容，几个女人团团围坐包饺子的画面深印她的脑海。

叮！叮！叮！又是刀声响起。有些沉闷，不是故乡肆无忌惮的刀声。那是她在异乡度过的第一个春节。初来乍到，人际生疏，语言不通，第一次远离父母，身边只有年幼的弟弟和年迈的爷爷。她和弟弟来到异乡还不到一个礼拜，爷爷出意外住院一个多月，生活迫使年少的她担负起一家之主的责任。要过春节了，爷爷也终于出院回到家中。过年不能没有饺子，她想。趁着爷爷和弟弟午睡的时候，她悄悄下楼去超市买来碎肉和白菜。先和好面醒着，她才开始剁白菜。为了不影响爷爷和弟弟午睡，她特意在案板下垫上厚厚的毛巾消音。一边剁白菜，一边回想在老家看到的包饺子的程序。剁好白菜，去水，和碎肉放在一个面盆里，加盐加油调味道。然后她坐下来，在案板上洒下一点面粉，取出和好的面团，切成小块，把小块面团搓成粗粗的一根长条，长条剁成一小块一小块的，然后开始擀皮，擀好十来张饺子皮，她开始第一次试着包饺子。饺子的形状歪歪扭扭的，不像元宝。没有圆笸子，她把饺子放在方盘上。包完擀好的饺子皮，再擀皮，然后再包。从头至尾，没有另外一双手帮忙，没有一个人和她谈谈说说。爷爷和弟弟午睡起来，她已经包好够三个人吃的饺子。爷爷看看一盘饺子，摸摸她的头，没有说话，只是在吃饺子的时候连声说这是他吃过的最好吃的饺子。她自己尝一尝，才知道盐放少了，味道有

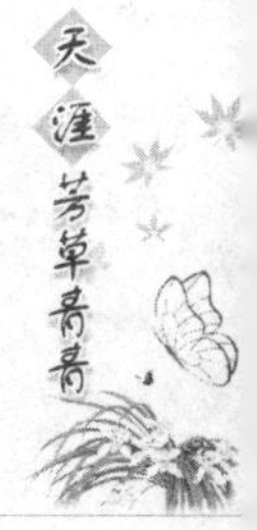

点淡。

咚！咚！再来两刀，白菜剁好，她准备去水。现在又是春节，又是她一个人在家人午睡时准备包饺子。和过去不同的是，她如今已经长大成人，多少次包过饺子，一切已经熟极而流，不用再思考。等待吃饺子的人，也从爷爷和弟弟变成先生和儿子。先生和儿子睡觉的房间不在隔壁，而在楼上，关上门，她一点也不用担心剁白菜的声音会吵到先生和儿子。想到儿子，她嘴角浮起一丝微笑。等一会儿儿子起床了，一定又会和往常包饺子时一样，要来帮忙一起擀皮。擀着擀着，儿子变成“雪人”。包好饺子拍拍身上，掉下来的面粉把红地毯变成白地毯。

白菜去好水，和肉馅放在一起，加盐加油加调料，调好味道。现在的她再不用担心味道会太淡或太咸。坐下来，她准备开始包饺子。要快一点，在儿子下来之前多包一点，她想。还是先擀好十几张皮再包，还是没有圆篚子，只有方盘。不过现在她包的饺子，一个个圆滚滚的是标准的元宝了。渐渐地圆滚滚的元宝在方盘上排成的方阵越来越壮观。

（2010 年春节）

梦回康桥

轻轻地我走了
正如我轻轻地来
我轻轻地招手
作别西天的云彩……

伴随轻柔的音乐，浑厚的男中音，一幅幅优美的画卷在梦幻的远方徐徐展开。

圣诞假日偶然听到一位诗友朗诵《再别康桥》，找来更多不同版本的朗诵，反复听，思绪沉浸在康河里，手抚河畔的金柳，脚踩飘摇的青荇，漫步榆荫下的彩虹，回望西天的云彩，满载一船星辉，夏夜里曼吟放歌。

我想所有读过这首诗的国人都会向往康桥，幻想康桥之美，期待到康桥一游，寻觅诗中那一幅幅美丽画卷。可是找得到吗，能够找到想象中的画面，能够找到诗人心中的浪漫笔下的梦幻吗？我不知道。

我很幸运，曾经到过康桥，在我还是花季少女的时候。

那是20世纪的事情了，初到欧洲，插班到中学，语言是一座难以逾越的高山。为了攀登英语这座高山，曾经在暑假时和姐姐到伦敦“牛津语言学院”学习语言，一星期五天上课，周末学校组织郊游，我们一起到剑桥短暂一游。

剑桥美吗？美。那一可曾看到诗人笔下描绘美景？有，也没有。

我们在一个美好的夏日来到剑桥。英国的夏天是一年中最美的季节，阳光温暖而不暴烈，空气湿润而不潮湿，蓝天疏朗且开阔，不多不少的几片白云恰到好处地点缀蓝天。我们乘坐大巴来到剑桥，没有固定安排的行程，随心所欲自在闲步。

剑桥是一个古老的小城，和欧洲典型的老城一样，街道不是平展展毫无意趣的柏油路，而是古老的青砖铺路，大块大块的青砖，边缘磨损，表面被踩得光滑。这样的道路不适合大步疾走，走在上面会自然而然地放慢脚步。小城没有美式压得人喘不过气来的摩天大厦，街道两旁清一色是古色古香的建筑，常春藤在墙壁上随意涂鸦，玫瑰花俏立庭院一角，矮矮的木篱笆上爬满盛开的蔷薇，一朵一朵在绿叶和尖刺间绽放，颇有格林童话《睡美人》里沉睡的城堡的意境。这里那里露出一两块风雨侵蚀的砖瓦，一座座房子是一个个神采奕奕的老人，脸上写满阅历，却不见风霜，举手投足间透露自信和智慧。古老的小城，舒适，温馨，暖人。

来到剑桥，当然不可错过名闻天下的大学。剑桥的大学，不是一个统一的综合大学，而是分立的一个个学院，零散分布小城。学院太多了，在小城漫步也不可能错过。古老的学府，堂皇的大楼，也不过三五层楼高，但是数百年浸淫历史文化，每一个角落都在不经意间散发浓浓的书香，行走其间，呼吸可闻，伸手可触。

最爱各个学院主楼前大片大片碧绿的草地，绿茸茸的，没有野花，没有杂草，修剪打理得恰到好处。长长厚厚的绿色地毯，真心被诱惑，想坐到草地上，甚至躺下来，在草地上翻个身，感受绿草压在身下的感觉。

当然，我没有那么做。我接受的传统保守的教育，不允许一个淑女当众坐在地上，更不必说躺到草地上了。记得那天，我穿了一条白色长裙，上面疏疏淡淡几朵蓝色的莲花，也真的不适合坐到草地上。可是那一天，我确实被剑桥的草地魅惑了，第一次清晰深刻地认识到青青芳草素颜之美。

中午了，中学时代，自己没有收入，用父母的血汗钱出国学习，我们姐妹尽量节省，买了简单的三明治和牛奶，坐到康河边的长椅上野餐。

康河，并不宽阔，也说不上壮观，绿色的河水静静流淌。是的，康河是绿色的，河底很多水草，河边很多柳树，周围大片大片的草地，一切的一切把康河染成绿色。正午，蓝天掬起一河绿水揽镜自照，白云拉起青荇悠然闲步，阳光则披起华丽的舞衣与碧波共舞。一群一群的野鸭子慵懒浮游而过，间或一两只白天鹅轻踩荡漾的清波，舒展白色的翅膀。偶尔划过一条小船，也许一个人，也许两三个人，说说笑笑慢慢划出我们的视线。

我和姐姐坐在长椅上，享受那里静谧安闲的气氛。饭后沿河边走去，试图探索康河，可是河流太长了，最终只能极目远眺，看蓝天绿水白云化为一幅写生，静止在天的尽头。怅然立在河边的柳树下，清风扬起我的裙裾，蓝色的莲花忽绽忽藏。

多少年了，我在剑桥的时间很短暂，对我也几乎没有什么影响，淡淡一别，经年不曾想起。今天听着朗诵，沉睡已久的画面蓦然鲜活起来，清晰的画面和诗人描绘的几分相似，几许不同。

康桥，康河，真的那么美，那么与众不同吗？客观地说，未必。在康桥之后，我还到过很多美丽的古老的小城，亲眼看到类似的画面。那么为什么诗人眼里的康桥如此之美呢？我想这和诗人的经历有关吧。

众所周知，青年时代的诗人曾经在剑桥留学，剑桥是其一生

的转折点，所以在重履旧地再别康桥后，倾尽心血倾注真情写下这首传唱千古的诗篇。真正触动诗人的也许不是康桥之美，而是和康桥密切结合成为一体的美好回忆。诗人念念不忘的，也许不是康河的柔波，而是在康桥度过的青春年华。

是呀，青春，原是每个人终生难忘的。青春时代，在经历的当时，是漫长的，充满迷茫，甚或痛苦。可是再回首时，青春是那么那么的短暂，当初漫不经心的经历变得那么美好，那么珍贵。一个短暂而模糊的梦，让人怀疑是否真的曾经经历，一如我的青春时代，我的康桥之旅。

到康桥到英国学习的时候，正是我一生中暗淡的年华。在中学苦苦读书，成绩始终不尽如人意。跨出中学校门的那一天，是我平生最轻松最愉快的日子之一。中学毕业，步入大学，开始另外一段苦旅。勤工俭学，经济拮据，前途未卜，这一切写满青春的书页。可是再回首时，当时的苦恼迷惘已成云烟，深刻心中的是希望，是未来，是朝气蓬勃，是积极拼搏。

在回忆中，没有了考试的压力，没有了前途的迷茫，青春被美化了，被诗化了，正如短暂的康桥之旅，原本再普通不过的一次短暂旅游，原本在欧洲很普通的一个小城，可是有了小城的文化氛围做背景衬托，有了这首动人的诗歌渲染，那次短暂的旅游在回忆里变得诗意而梦幻。

亲到康桥的时候，没有读过这首诗，也没有诗人浪漫的联想，今天且让我听着优美的朗诵，闭上眼睛，再次漫步康桥，看：盈盈青柳下，茵茵碧草上，清风正扬起我的裙裾。

悄悄的我走了
正如我悄悄的来

我挥一挥衣袖
不带走一片云彩

挥一挥衣袖，不带走一片云彩？不，我要扯下一片蓝天，裁成一朵莲花，让蓝色的莲花顺康河柔波而下，直到天的尽头，梦的远方。

（2016 年元旦）

寻

青青的生活一向极有规律，有了孩子后更是如此，每天早上在固定的时间离家到办公室，每天晚上在相似的时间离开办公室回家，几乎一成不变。一天天日出日落上班下班，看着钟点完成公司工作督促孩子学习，几乎没有时间思索此刻该做什么，更加不会在路上寻寻觅觅。可是那天，一点小小的意外，让青青再次踏上寻觅之路。

那是初冬的一天，青青一大早起床，没有到办公室，而是坐轻轨到市中心洽谈公务。两个小时后，走下轻轨车站，准备乘车到办公室，还没完全下到站台已经发觉情形异常，不是上班高峰时间，居然有好多人来来往往声音嘈杂。停下脚步，凝神听广播，原来发生机械故障隧道封闭暂时无法通车。

无奈之下，青青走到市区公交路线图前，查找另外的路线。十几分钟后，青青坐在电车里前排座位上，注意听站名播报，眼睛随意打量车外。哐当哐当，电车平稳地行进，拐入一条街道。转弯时，街角一条粉红浅灰的格子裙一闪，一个短发的背影隐没。青青惊讶地站起身来，眼睛盯着窗外，急忙按下停车键。“下一站圣安娜广场。”标准刻板的播报声响起。“圣安娜广场？”青青更加怔住。

几分钟后电车停下来，青青快步跳下车，大步往回走，眼睛急切地寻找，寻找那条一晃而过的裙子，粉红浅灰相间的格子裙，还有那个短发轻扬的背影。到哪儿去了，那个背影在哪条小巷里消失的呢？

青青东寻西找左瞧右看，再也找不到了，那个青春飞扬的侧面。找到又如何呢？青青放慢脚步。找到又如何。可是实在太像了。有一刹那，青青真的以为穿过时光隧道，再次看到三十年前的自己。

圣安娜广场，三十年前。青青直视前方，目光空蒙。三十年前——

三十年前，少女时代，一头短发，满脸稚气，孤身一人在一个陌生的都市里寻寻觅觅。用了三个月时间，第一次找到圣安娜广场。三个月……

七月艳阳似火，一条红色的连衣裙在大学区急切穿梭。学习德语半年，急于重返校园的青青，手拿歌德学院语言班的同学写下的地址，两次转车几次问人后，终于在英国公园旁一条幽静的小街里找到外国学生学历鉴定处。抽号，等待，走进房间。鉴定处满面书卷气的女士，接过青青递过来的中文学历证明，翻过来倒过去看过几遍，抬起头说，抱歉，外文证明需要翻译公证。过了两个星期，同一个女士看过公证翻译件，再次说抱歉，鉴定处只接待大学生，您是中学生，还是找移民局吧。

八月冷雨绵绵，一把红色的雨伞在市政局的办公区域迅速飘移。又是手拿纸条，上面写着辗转打听到的移民局负责学生事务的机构名称。又是问询，抽号，等待，走进房间。一个衣着随意家庭妇女样的女士，听青青说明来意，反复翻看学历证明和翻译公证，抬起头来说，抱歉，我们从来没有接待过从中国来的中学生，不知道怎么帮助您，您还是去找市立（问题）学生咨询师（Städtischer Schulberater）吧。

九月秋风扑面，一条红色的丝巾在风中猎猎翻飞。又一次奔走。在繁华闹市，手拿纸条几次询问，找到一幢古老典雅的小楼。走

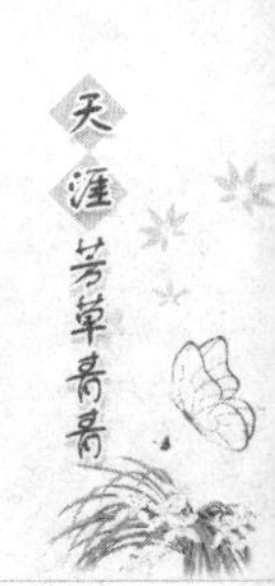

上三楼，等候，进入房间，这次面对一个戴眼镜的大胡子。大胡子客气地请青青坐下来，问有什么他可以帮忙的地方。

我要找一个学校，请您帮我找一个文理中学吧！我来自中国，在中国正上中学，在这里学习德语半年了，我要重新回到学校学习，我要上大学，请您帮我介绍一个学校吧！青青扫机关枪似的开口。我已经找过好几个地方，去过外国学生学历鉴定处，去过移民局，用了两个月时间才找到您这里。如果—如果您也说抱歉无法帮忙，我，我不知道该怎么办，还能找谁了。

从来没有接触过这么小的亚洲学生，大胡子惊讶地打量面前的女孩，坚毅的目光和稚气的面庞很不相称。你真的要上文理中学吗？除了文理中学（Gymnasium），还有实体中学（Realschule）和普通中学（Hauptschule）可以考虑，你可知道文理中学要求修两门外语，你学习德语半年，要和在本地生长从小说德语的孩子一起学习—

我愿意学习，我也能够学习！青青顾不上礼貌，打断大胡子。我要上大学，所以必须上文理中学，我一定要上大学，请您帮助我吧！

经过深入交谈，大胡子了解青青的家庭背景，也考验青青的语言能力。在第三次会面的时候，大胡子终于拿起电话，拨通了圣安娜女子中学的校长室。

十月阳光灿烂，一条粉红浅灰相间的格子裙翩然飘下电车。蓝天深邃，白云轻淡，树叶金黄，青青第一次站在圣安娜广场。安静的街道，整齐的房屋，整洁的花园，几家商店夹杂其间，远处一座教堂的尖顶高耸。这就是我要学习的地方吗？圣安娜女子中学，S 校长，会谈会顺利吗，我真的能够从这里毕业顺利上大学吗？能吗？

不，不要多想，不要怀疑，寻找道路，朝着目标走吧！青青甩甩短发，收回游移的目光，看看手里的地址，开始寻找圣安娜大街。

寻，找，问，走……

寻，找，走……

毕业后二十多年没来过这里了，青青慢慢走过去，咖啡店、药房、面包房，似曾相识，可是感觉陌生，一边走一边寻找久违的感觉。

走下去，圣安娜大街的街牌名出现了，方向果然没错，右转，巍峨高耸的教堂尖顶出现了，圣安娜教堂，每个学年开始、结束的时候，都会集体前去做礼拜的地方。再往前，两座乳白色大楼丁字形比肩而立。那就是圣安娜小学和圣安娜中学了。青青唇角微扬。

三十年前，第一次找到这里的时候，找错地方去了小学，后来一位好心的小学老师领青青到中学大楼。匆匆忙忙上楼，找到校长室的时候，已经迟到几分钟。敲门，在秘书带领下走进校长办公室，S 校长，一个发型和撒切尔夫人极为相似的中年女士，从偌大的办公桌后抬起头来。

想起“撒切尔夫人”，嘴角漾开一丝微笑。不仅发型像撒切尔夫人，作风也颇像撒切尔夫人的S校长，五年后，在毕业典礼上，握手祝贺青青毕业的时候，眼睛里难得地不无温暖不无赞许。

毕业二十多年了，大学，工作，专业考试，按照自己选定的目标，在陌生的地方寻找道路前进。只是—只是近年脚步迟缓人也懈怠了。那个短头发红裙子的少女到哪儿去了呢？下意识地抬起手来抚摸长发，再低下头去—灰色长裤，黑色大衣，黑色手袋，看不到一点红色。不，不对，伸手拉出红色的围巾，还是有一点红色的，一点不易发现的红色。

站在校园外伫立多时，整理一下围巾，青青向前走去。背后有风吹来，红色的丝巾在身前飞舞。

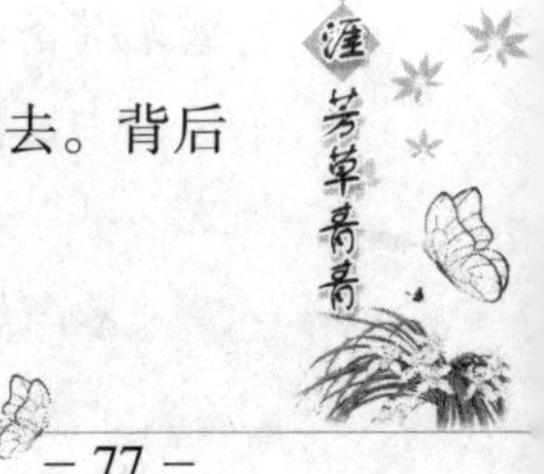

黄花正年少

含着泪，我一读再读
却不得不承认青春，
是一本太仓促的书

——席慕蓉《青春》

我们向往某个地方，也许不是因为那里的历史悠久风景秀丽，而是向往梦想中的远方。我们喜爱某种花，也许不是因为那花儿多么美丽，而是花儿的芳香令人迷醉。我们喜欢某首歌，也许不是因为那首歌多么动听，而是因为那首歌，那首歌里有太多太多的回忆。

早晨，起床后到楼下厨房准备早餐，烧开水，热牛奶，烤面包，泡茶，削苹果装盒，三明治装盒，冲楼上大喊，叫孩子起床。

早饭后，监督孩子刷牙，催促他们收拾书包穿衣服带上便当，匆匆忙忙出门。帮孩子把书包放到后备箱，坐下来扎好安全带，看看时间，还不晚，这才松口气。靠在椅背上，等先生发动马达。

汽车开动，车内的CD自动开始播放。什么时候换了CD呢？毫无准备的那熟悉的旋律响起，蓦然如遭雷击。

“日出嵩山坳，晨钟惊飞鸟，林间小溪水潺潺，坡上青青草……”

琴声悠扬，歌声飘扬，思绪飞扬。

车子向前行驶。

冬天的早晨，天才蒙蒙亮，蛋青色的天空上几乎透明的月亮，草地上一层薄薄的白霜，白霜下隐约透着绿色，道旁的树木确然是光秃秃的，完全看不出一点生机。

公路上车辆如流，汽车平稳地向前行驶。

车子向前行驶。

好多年好多年以前，在乡间公路上，车子向前行驶。

初夏的夜晚，被太阳晒了一整天的大地暗暗散发缕缕热气，淡黑色的天空隐隐透着蓝色，几颗星星闪亮的眼睛大胆地仰望明月，半圆的明月害羞了，低头扯过一层白纱，试图遮掩脸上淡淡的红晕。

乡间新修的公路上，拖拉机突突地开着，看不到其他车辆。拖拉机的拖斗上站满了人。站在拖拉机上，我的心仍在县城的电影院里。

第一次不是在露天看电影，第一次不用自己带板凳去，第一次不是徒步走路去。三十年前少林风席卷全国，吹到老家的时候，我第一次，也是唯一的一次，和村里很多人，也有很多同学，坐拖拉机到县城看电影，看《少林寺》：

日出嵩山坳，晨钟惊飞鸟，林间小溪水潺潺，坡上青青草……

幽静的山谷，绿草茵茵，溪水潺潺，羊欢狗跳。歌声中，无瑕轻挥鞭子。真美！绝美的人儿，唯美的画面。多希望那挥鞭的人儿是我。

是我多好！轻轻地叹口气，有些害怕呼出的那口气会把隐秘的心思透露给人。再吸一口气，微风送来小麦的清香。月色下，谁的眼睛如星子般闪亮？微风中，谁的心潮在麦浪里起伏？怦怦怦，是身旁哪个人的心在跳？

蛋青的天空褪色转白，淡淡的月亮几乎看不见了。汽车转弯时，看到天边一抹绯红。

“……春去秋来十六载，黄花正年少。”

歌声悠悠，思绪悠悠。

春去秋来十六载，黄花正年少。

黄花正年少。那时正青春年少，何尝有十六载呢。

星期天学校不上课。早饭后，阳光透过梧桐树碧绿的叶子在招手，无意识地来到学校，想看看教室旁的一排梧桐树，想看看阳光在树叶间跳舞，想看看树叶在地上画画。

校园里看不见人影，教室的门虚掩着，里面熟悉的声音在说笑。推门进去，四个男同学正围在讲台前谈论昨天看的电影。L君、X君、S君和我的堂兄B君，都是从小一起长大的同学，班里的骨干，说说笑笑不拘形迹。个子较矮的L君，正伸手踢腿模仿电影中的一个招式，X君、S君和堂兄哈哈笑着，说他比画得不对，然后自己上前示范，其他人却纷纷反驳。

看到我走近，他们继续说笑。觉远为什么一定要出家呢？不知谁这么说。另外一个人大声说，你们还记得最后那首歌吗？“少林，少林……”一边说，一边唱起来。其他人跟着唱，一边唱，一边回忆歌词，一边争论。

静静地站在旁边，听着，看着，笑着。没有插话，没有跟着唱，只是跟着笑，大声笑，毫无顾忌地笑。

夏日的太阳照射进来，照在个子较矮的L君身上，照在年龄最小的X君身上，照在成绩骄人的S君身上，照在最熟悉的堂兄B君身上。

教室外面的梧桐树叶片翩飞，阳光在稚气的面庞上闪耀。

哦，那早上八九点钟的太阳，阳光溢满心房。

太阳。

天际的绯红洇开来，太阳还没有升起。

"……风雨一肩挑，一肩挑。"一曲终了。不假思索，伸手按下重播。

旋律流泻，歌声轻泻，思绪飞泻。

三十年前，在那个夏日的上午，那么开心地笑着，全没想到几个月后会风流云散，各奔东西。

重相逢，重相逢在十六年后。

十六年后，再访校园。崭新的校舍，没有梧桐树，没有那个夏日的阳光。

第二次和同学们聚会时，在幽暗的KTV包间内，特意点了这首歌。L君不在，堂兄也不在，X君、S君已经是高级工程师，为我回来高歌一曲，听到这首歌却没有什么反应。

那个古老的夏日已经逝去，和校园里的梧桐树一样永远地逝去，不再回来。

再次聚首，又是十几年后了。

在省会的高级饭店里，十几位同学团团围坐。L君黝黑的面庞颇见沧桑。S君开始发福谢顶，很符合他的集团老总身份。最年轻的X君，其实也不过年轻半岁，看起来风华正茂，沉稳成熟，没有一点老态，同样是集团高层了。回去时间不算短，却一直没有见到堂兄，不知近况如何。

席间还有两三位三十年没见面的女同学，大家回忆起求学时的趣事，一个个细数每个人的绰号，一件件细说当年的顽皮，哈哈大笑。

笑声中，三十年时光如烟。

红灯，汽车停下来。

“……风雨一肩挑，一肩挑。”又是一曲终了。不假思索，再次伸手按下重播。

旋律重复，歌声重复。时光不能重复，青春不能重复。

“妈咪，你为什么这么喜欢这首歌，要听好几遍？”后排孩子的问话打断我的白日梦。

“为什么？……”一时语塞，我该怎么说呢？该怎么告诉一个十岁的孩子，这首歌里有妈妈少年时的阳光流淌，有妈妈少年时代朋友的面庞，有妈妈关于青春的回忆？

车子开到公司大楼前停下来，该下车了。打开车门，回身冲孩子挥挥手，笑笑说：“因为这首歌——很好听。”

车子开走了，定定神，眺望天边。东面，鱼白色的天空上，一片殷红一片嫣紫一片橙黄，隐隐透出红光。太阳即将升起。

在艳丽的朝霞中，那个古老的夏日隐约可见。

在那个永远不再回来的夏日，黄花正年少。

（2014 年 1 月）

棕榈树之梦

顶着烈日，踏着涛声，我来了！来看你，我梦中的棕榈树。

你长高了！笔直的树干，棕色的叶柄，翠绿的叶子，阳光下颔首微笑，正是我梦中的样子。按捺住怦怦心跳，举起相机拉近镜头定睛细看。一张张翠绿的叶子，一根根硕大的羽毛，那可是你写下却无从投递的信笺？一节节棕色的叶柄，一页页厚重的日记，一层一层堆积的可是你丝丝缕缕的思念？颀长的身影，笔直地挺立，莫非你在眺望，眺望遥远的天边？一丝不易察觉的微风拂过，绿色的羽毛迟缓地颤动，好像你在摇头，莫非你在抱怨，抱怨我迟来了这么多年？

哦，我的棕榈树，你可知道你是我青年时代的梦想，可知道我们如何结缘，可了解你出生之前的故事？

看，跟我一起来看吧，穿透墙壁穿越时空你可看到一对年轻人，他和她，站在门口惊讶地打量面前的大房子？那房子和他们租住的小公寓真有天壤之别。那是他们第一次奢侈地去度假，应邀来到这座当时主人常年不在的房子。你知道当时的花园是什么样子吗？你不可能知道，也不可能想象。当他们兴奋地提着行李走向门口的时候，一转身被门口一人多高小树一样的野草绊个趔趄。怎么可能，怎么会有这么高这么粗的野草？！他们不相信地抬头打量花园，这才注意到花园里没有葱茏的绿色，没有缤纷的彩色，而是一片单调的黄色。暗黄的沙土，枯黄的野草，蔫黄的花叶，

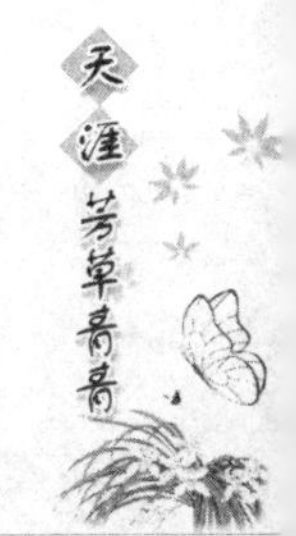

少数活着的花草在烈日下苟延残喘。

如此大的花园，竟如此荒芜，真太可惜了！虽然他们是来度假休息的，还是立即忙碌起来，清理枯死的花草，刨除小树样的杂草，每天浇水灌溉，看着仅存的花草果树一点点恢复生气，喜形于色，似乎那是他们自己梦寐以求的家园。

后来他们一次次到这里做客，一天天在阳光下耕耘，花园里的色彩一点点增加。房子正面右手边一片亮丽的紫红，层层叠叠的三角梅亲亲热热地挤在一起，几乎看不到绿叶。小院门和车库大门中间一片娇嫩的粉红，一只只长长的喇叭奏响热带风情圆舞曲。大门左边，盛开着他少年时代的故友“地道花”，橙色、红色、黄色、白色的小星星密密麻麻地在撒在绿叶中。还有那一棵棵的果树。屋后的柠檬常年挂着果子青黄相间，前边花园里的石榴不小心咧嘴而笑，隔开前后花园的短墙上爬着甜掉牙的葡萄。后边花园里他们亲手栽下的桃树、杏树、李子、梅子虽然还没有结果，可是篱笆边那一排猕猴桃浑圆硕大的叶子已经形成一道茂密的绿色篱笆。

知道为什么会有你吗？知道的，你当然知道！知道她第一次见到和你一模一样的棕榈树的时候，立刻被那绿色的羽毛所迷惑，梦想有一天会有一棵颀长的身影挺立在花园里，梦想忙碌过后她躺在屋后荫凉处，躺在浮动的花香里，听大西洋涛声拍岸，看绿色羽毛风中起舞。知道的，你当然知道！知道她怎样把种子埋在花盆里，怎样日日探望天天浇水，怎样看着一片嫩嫩的叶子悄悄冒出头来。那，就是你呀！她看着你一点点长高，长出一片又一片的叶子。然后她走了，另外的人来照顾你，几年后把你种到花园里，种到她心仪的位置，从她卧室的窗口，从她屋后看书的地方，一抬头就能看到的位置。

你站在花园里，可曾期待那熟悉的身影？可曾盼望那温婉的笑容？多少年过去了，她一直没有来，你一可曾失望怨恚？多少年过去了，你可还记得她的模样？你是否认出她，她，就是我，青年时代的我？多年后，我来看你，来听你讲述别后时光。

微风吹过，绿色的羽毛沙沙作响，那是棕榈树在对我诉说，诉说别后时光。

好久不见了，我的朋友！一别经年，时间改变了你我的模样，但我们还是认出了对方。上次一别，曾经有另外的人来照顾我，照顾花园里的姊妹们，可是后来好长时间没有人来，没有人来浇水，没有人来修剪，这里被所有人遗忘了。然后有陌生人住了进来，不再离开，告诉我他们是这里的新主人。新主人把前边花园里的姐妹们全部铲掉了！三角梅、凌霄花、地道花，还有石榴、梅子、李子、猕猴桃，全都没有了！只有我还在，还在这里等你归来！你为什么这么久没有来看我呢？

哦，对不起，我来迟了！这些年我在耕耘另外一块土地，另外一个花园。我喃喃低语。且听我说，且听我说。

初次来到这里的时候，我还是在校学生，除了青春除了梦想之外一无所有。毕业后步入职场，从零开始学习。工作初期频繁出差，收拾行李准备出发成了最平常的功课，最初的兴奋逐渐变成麻木甚至厌倦。可是每年总有一次，我还是会怀着喜悦的心情收拾行李，抛下工作中的难题，远离寒冷的气候，飞到大西洋畔，来享受灿烂的阳光，来感受海水的清凉，来看你一天天长大的模样。

一次次飞来，这里的花园一点点繁茂；一次次休假，我和他的工作也一天天步入轨道。可是工作安定后，我不能安于现状，再次寻求挑战，毅然决定投入竞争激烈的国家考试，在繁重的工

作之余拾起一点一滴的时间准备考试，因此再没有悠闲的假期，也不能再来看你。

随后两个孩子接踵而来，我做了母亲，有十来年除了工作足不出户安心照顾孩子，奶粉尿片成为生活中的新课程，牙牙学语声成为最动听的音乐，蹒跚摇晃的小小身影成为最动人的风景。

如今孩子一天天长大，背起书包走进学堂。当年不敢奢望的梦想也实现了，我和他有了属于自己的花园，在那里种树、栽花、拔草、施肥、耕耘、灌溉。花园里一片葱茏，有碧绿的草地，有芬芳的鲜花，有甘甜的果实，更有孩子的足迹和欢笑。

坐在自己的花园里，自然想起第一个我洒下汗水的花园，想起你，我梦中的棕榈树。终于我来了，时隔十多年，带着孩子和我的他一起来探望你。你看到了吗，我的孩子在奔跑？你听到了吗，我的孩子在欢笑？

湛蓝湛蓝的天空下，翠绿的羽毛轻快地点头，告诉我，看到了，也听到了！

坐在旁边公园的石凳上，遥望我的棕榈树，那不再属于我的棕榈树，还有那不再属于我的花园，和逝去的青春一样再难走近。收回目光，打量公园的花草，当年这里杂草丛生难以行走，如今花繁树茂，最难得在热带的烈日下这里竟然还有一片茵茵碧绿的草地，和我自己花园里的草地一样，两个孩子在草地上笑着闹着，像在自己家里一样。

静坐阳光下，呆呆看，痴痴想，两个孩子不耐烦了，跑过来摇醒梦中的妈妈，吵着要去沙滩玩。醒过神来，起身挥手作别我的棕榈树，带着孩子踏着涛声向大西洋走去。

这一路上，我们还会看到很多棕榈树，很多相似又不同的棕桐树。

后记：

时隔十多年，再访里斯本郊区的 CostadaCaparica，告别青年时代梦中的棕榈树，特为文纪念。

（2013 年 8 月）

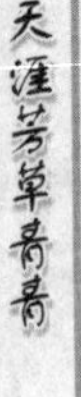

涛声依旧，月落风霜

—出国三十周年之际，遥寄故友

寂寞清秋，冷雨敲窗；夜静更深，孤灯独亮。

异乡漂泊，撑一叶小舟，溯岁月归航；天涯无眠，点一盏渔火，把昨天寻访。

遥遥眺望，云层沉沉，你的笑脸在哪一层云朵后隐藏？静静谛听，雨声切切，你的歌声在哪一片雨声里回响？

涛声依旧，你轻轻地唱；月落风霜，我静静地想。

仲春时节，碧水荡漾。谁在轻叹，谁在低唱。

十六年，我回来了！回到我魂牵梦萦的故乡。

平平展展的街道，不再尘土漫扬。亮亮堂堂的住房，不见旧时模样。空空荡荡的老宅，不闻笑语回荡。

茫然行走在故乡，熟悉又陌生的村庄。田野里青青麦苗茁壮，田垄间嫩嫩野花绽放。采花的女孩，砍草的姑娘，去了何方，去了何方？

穿过弯弯小路，越过行行白杨，默默跪倒在农田中，那没有任何标志的土堆旁。捧起黄土一把，滑落清泪两行。

十六年，我回来了！回来探访童年的时光。

新盖的学校，新修的操场，哪里是我童年失落的足迹；新栽的小树，新建的围墙，哪里有我少年欢语的同窗。我手拉手在操

场上奔跑的同窗，我肩并肩在教室里学习的同窗。

而今，豆蔻年华的少女，脸上流露出母爱的华光；满面稚气的少年，身上闪射着成熟的光芒。

席间把盏，脱略当年青涩痕迹；语笑言欢，暗暗搜寻旧日面庞。KTV 内，灯光幽暗；内心深处，情感激荡。

斜倚兰窗，眺望道旁。垂柳依依，烟雾轻飏；湖水浩渺，粼粼波光。华北展现，江南幻象。故乡，我的故乡，而今似乎成了异乡！

腾腾烟雾中，喧哗笑语间，你站起来，你要为我歌唱，唱这《涛声依旧》，唱这“月落风霜”。

幽幽暗暗的包间内，你的面庞模模糊糊，你的声音清清亮亮：

某某，你还记得吗？这是你出国后第一次回老家，却不是我们第一次相拥相望。上次，上次见面，八达岭上，我也曾为你唱过这《涛声依旧》，唱过这“月落风霜”。五六年悄然流逝，往事历历宛然昨天一样。

《涛声依旧》？八达岭上？不自禁地上前几步，走近你的身旁，透过歌声，透过目光，透过岁月的怀想。依稀听到昨天的涛声，依稀看到岁月的过往。

过往，金秋时节，八达岭上，我曾歌唱，唱《涛声依旧》，唱“月落风霜”。

那是出国十一年后，你归来的过往！

相约金秋北京重会，侣松园内再话衷肠。幽静的四合院内，茂盛的梧桐树旁。我们再次相拥，我们热泪流淌。阳光在树荫中轻快起舞，树叶在阳光中闪闪发亮。

十一年，朝思夜想，难忘一起走过的童稚岁月；十一年，鸿

雁来翔，难诉别后的思念忧伤。十一年，我寄去一本本挂历陪伴你远方的孤雁；十一年，你写下一封封书信鼓励我人生的迷航。

重相逢，你曾盼望的短发早已留长，绣缎飘洒，丝般闪亮。重相逢，我曾心爱的辫子悄然剪去，时髦短发，俏丽清爽。重相逢，你我都改变了模样，改变了模样。

重相逢，笑过，哭过，携手走过首都的大街小巷。十月小阳春，秋色暖洋洋。暖了天空，暖了大地，暖了你我的心房。

蔚蓝的天空下，古老的长城上，你我手相牵，你我心相傍。爬上一座烽火台，走到高处，无人在旁，鼓足勇气跟你一起唱，一起唱，一起唱《涛声依旧》，一起唱“月落风霜”。

这首歌，听过多少次，每次都会看见你的脸庞；这首歌，唱过多少回，每回都会想起你的发香。

又是经年，故园相聚，你归来自远方，远方的远方。就让我再为你唱一次歌吧，依然唱《涛声依旧》，依然唱“月落风霜”。涛声依旧，岁月长河奔腾流淌；月落乌啼，千年往事化作风霜。

怔怔凝视你朦胧的面容，静静倾听你的歌声飞荡。

歌声飞荡，思绪飞翔。飞回八达岭上，飞回话别时光，飞回童年岁月，飞回久远的过往。

过往，金秋时节，八达岭上。

长城蜿蜒，斑斓红黄。流金岁月，并肩遥望。纯净的蓝天是我们童年的澄澈，奔流的云朵是我们少年的飞扬。

过往，天寒地冻的冬天，执手话别的晚上。

瑟瑟的北风里，你握着我的手，陪我各处告别，串街走巷。

寂寂深夜，悄悄院落，僵硬的手指把门扉叩响。同学的母亲执意下厨，做了两个菜一碗汤。找来附近的几位同学，让我们在一起坐一坐，暖暖心扉暖暖胃肠；让我们在一起说一说，知心话语同窗情长。

矮小的炕桌，昏黄的灯光。丝丝冷风门缝钻进，腾腾热气氤氲而上。依依话别的夜晚，团团围坐的姑娘。模糊了岁月，丰盈了回想。

吃的什么，喝的什么，说的什么，都在流光中淡漠，都在尘缘里苍茫。只记得你端起杯子，说我从小喜欢听你唱歌，你要再为我歌唱。让歌声陪我在路上，让歌声伴我到他乡。

凝视你温暖的笑脸，凝望你清澈的目光。静静看两条一模一样的辫子，被灯光投射到墙上；静静听绿水纵横青山叠嶂，《驼铃》声声驿路悠长。小屋中，灯光朦胧歌声绕梁；驿路上，驼铃摇落满天星光。

过往，童年岁月，纯真欢畅。

我们曾在春天细看桃花竞放，我们曾在夏天仰望星月闪光，我们曾在秋天静听秋虫吟唱，我们曾在冬天漫赏雪花飘扬。

我们一起做梦，一起欢笑，一起歌唱。

过往，久远的过往。

过往逝去，冷雨敲窗；夜静更深，孤灯独亮。

追寻过往，眺望前方。

撑一叶小舟，沿岁月滑翔；点一盏渔火，把明天探望。

明天，你我两鬓苍苍。明天，你我相视凝望。明天，你再为我歌唱。涛声依旧，你轻轻地唱；月落风霜，我静静地想。

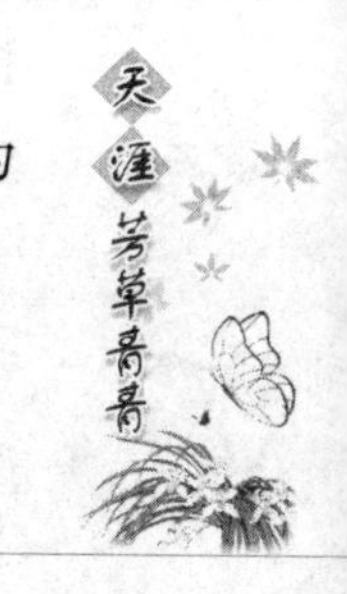

明月梅花一梦

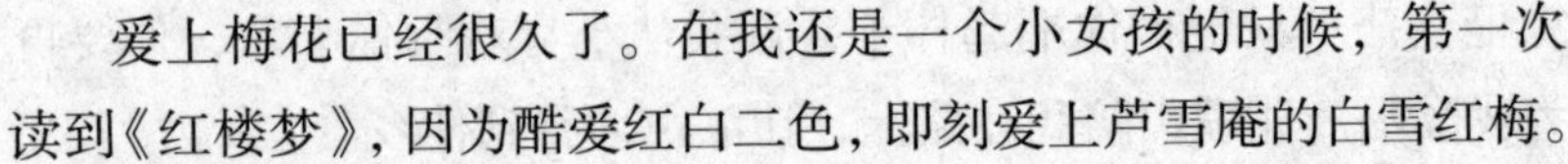

爱上梅花已经很久了。在我还是一个小女孩的时候，第一次读到《红楼梦》，因为酷爱红白二色，即刻爱上芦雪庵的白雪红梅。

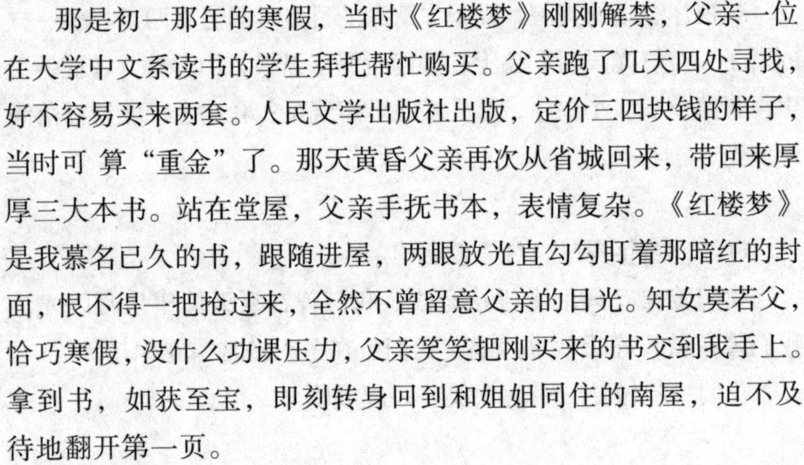

那是初一那年的寒假，当时《红楼梦》刚刚解禁，父亲一位在大学中文系读书的学生拜托帮忙购买。父亲跑了几天四处寻找，好不容易买来两套。人民文学出版社出版，定价三四块钱的样子，当时可 算“重金”了。那天黄昏父亲再次从省城回来，带回来厚厚三大本书。站在堂屋，父亲手抚书本，表情复杂。《红楼梦》是我慕名已久的书，跟随进屋，两眼放光直勾勾盯着那暗红的封面，恨不得一把抢过来，全然不曾留意父亲的目光。知女莫若父，恰巧寒假，没什么功课压力，父亲笑笑把刚买来的书交到我手上。拿到书，如获至宝，即刻转身回到和姐姐同住的南屋，迫不及待地翻开第一页。

那个寒假两个多星期，我上午读《红楼梦》，下午读《红楼梦》，晚上还是读《红楼梦》。在南屋的书桌前灯光下读《红楼梦》，在西屋（厨房）风箱边借着灶火读《红楼梦》。有客人来，打过招呼马上逃走去读《红楼梦》。饭后麻利地刷锅洗碗收拾打扫，然后跑走去读《红楼梦》……

或许在一个阴云密布的冬日，坐在灶台前拉风箱做饭的时候，我第一次在心底勾画梅花之美。看，大片雪花纷纷扬扬，混沌世界天地茫茫，隐隐一座小山，山脚下一个灰砖青瓦的小院，几十株红梅探头墙外昂然怒放，在一片银白的背景上浓浓涂抹鲜艳的红，艳得夺人眼目，美得惊心动魄。

继续读下去，芦雪庵傍山临水，河滩之上几间茅檐土壁，横篱竹牖，四面芦苇，一道竹桥。在那里，烤鹿肉，即景联诗，分咏“红梅花”，《访妙玉乞红梅》。身披大红猩猩毡的怡红公子擎了一枝红梅，踏雪而歌。进得屋内，把梅花插入瓶中。那枝梅花两尺来高，旁有一枝纵横而出，约有两三尺长，其间小枝分歧，或孤削如笔，或密聚如林，花吐胭脂，香欺兰蕙。香欺兰蕙？读到这里呆呆看着灶火沉思，梅花有多么香多么美呢？这样一枝梅花插到我家堂屋条几上的那对青花瓷花瓶，我也吟诗可好？吟诗……

沉思间，灶火暗下去，脸颊红起来。

读《红楼梦》，第一遍囫囵吞枣，第二遍不求甚解，第三遍……

在北方农村简陋的房屋内，当然不无向往大观园奢华优雅的环境，不无羡慕红楼中人锦衣玉食的生活，但是那些离我太远太远了，真正触动我心的是大观园结社吟诗的风雅。通读《红楼梦》，喜欢上古典诗词，开始有意识地寻找古典名篇，学习背诵。《红楼梦》中诗词曲赋，短到对联、五言诗，长到《葬花吟》《桃花行》《芙蓉诔》，都能背诵如流。一首首诗歌，一场场热闹，恨不能亲身参与。

爱上梅花已久，梅花却一直离我很远很远。初读《红楼梦》，大观园的梅花是雪中看花，影影绰绰。两年后远走欧洲，梅花和故乡一样是天边明月，遥不可及。

遽然出国，语言环境生活环境陡然改变，手足无措中愈加痴迷于中文书籍。当少年维特用他的烦恼来苦恼我时，当墨菲斯特和浮士德周游斗法折磨我时，当斯图亚特女王把我一起拖进爱情、

王权和阴谋的旋涡时，我怎能不怀念“入世冷挑红雪去，离尘香割紫云来”，怎能不低吟“疏影横斜水清浅，暗香浮动月黄昏”，怎能不轻叹“零落成泥碾作尘，只有香如故”，怎能不幻想罗浮山下的梅花仙子在月夜和我畅谈共饮呢。

出国初期，一边苦读外语，一边拼命阅读大量中文书籍，抓一本中文书似乎抓住一把故乡泥土，写一封中文信仿佛扯住故友一片衣角。可是严峻的现实不允许我不打起精神努力学习，努力融入，终于渐行渐远渐无书。《红楼梦》，梅花，吟诗，结社，故乡，文学……一切的一切，模糊成遥远的前生。

职场熙熙，终弃旧梦；柴米碌碌，愧对前盟。多年后，我在《白玉兰诗会序》中写下这样一句做总结。为了工作，为了生活，不得不挥别文学梦，中文书籍随之束之高阁，直到一次次搬家时才掸去灰尘，再次检视。

每当此时总会摩挲出国时带出来的三卷《红楼梦》，翻看目录，回忆各个章回内容。共读西厢，黛玉葬花，宝钗扑蝶，湘云醉眠，探春结社……一幕幕画面浮现。看到“芦雪庵”三个字，眯起眼睛，冰天雪地里两个大红的身影冒雪而行。那是宝玉和宝琴吧，他们遥指前方红梅，是在曼声吟诗吗？

宝琴，吟诗。打开书页，翻找宝琴题的诗。首先看到真真国美人诗：

昨夜朱楼梦，今宵水国吟，
岛云蒸大海，岚气接丛林。
月本无今古，情缘自浅深，
汉南春历历，焉得不关心？

月本无今古，情缘自浅深。汉南春历历，焉得不关心。昨夜、今宵，朱楼、水国，焉得不关心。

再翻，翻到《西江月 · 柳絮词》：

汉苑零星有限，隋堤点缀无穷，三春事业付东风，明月梅花一梦。几处落红庭院，谁家香雪帘栊？江南江北一般同，偏是离人恨重！

明月梅花一梦。明月，梅花，一梦。手抚书卷，似乎看到父亲当日把书交给我的情景，这才领悟父亲复杂的目光里分明有追忆，有珍惜，有感慨，更有沧桑。

泥上偶然留指爪，鸿飞那复计东西。沉迷旧梦，默吟诗句，良久还是要合起书卷，再次打包，搬入新家后小心翼翼地放入书橱。

几次收拾，几次搬迁，最后在有了孩子后搬到现在住的地方。两个幼小的婴儿一天天长大，看着他们仿佛重回自己的童年。从他们牙牙学语开始，即努力教他们学习中文，让他们了解父母生长的国家。孩子的琅琅读书声惊醒我沉睡已久的旧梦，于是人到中年再次提起笔来，周末一边陪孩子学习中文，一边自己构思文章敲打键盘。数十年过去，文字生疏了，可是痴心未改，一篇两千字的散文，可能一改再改，三稿，四稿，五稿，六稿，甚或更多。写文，并没有收入，却乐此不疲，从不深究为什么。

爱上梅花虽久，遗憾一直无缘一亲芳泽。非常意外地，在这个冬天梅花竟然向我走近了许多，似乎触手可及。

又是一个腊月，几天前认识多年的一位阿姨发来她自己种植的梅花照片，大为惊讶，真想不到在德国居然有人能够自己成功培植梅花！梅花，第一次在离我不远的地方绽放！

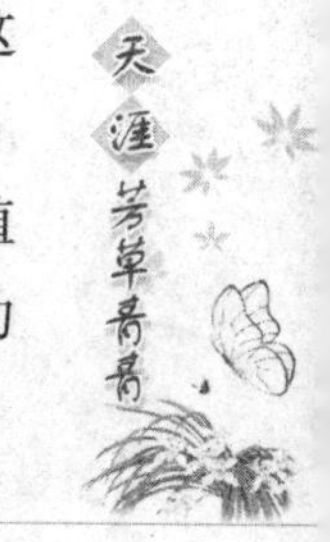

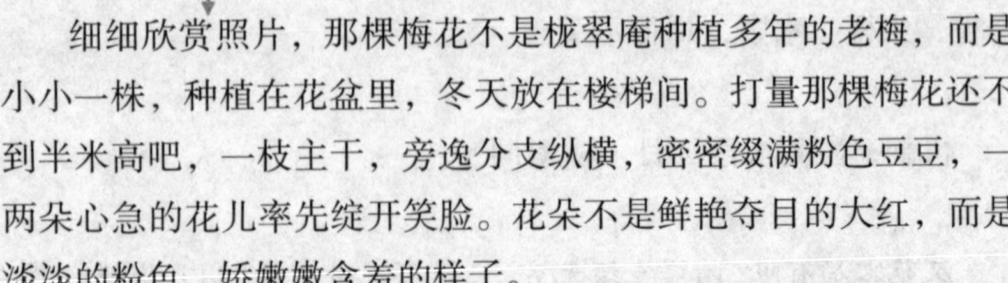

细细欣赏照片，那棵梅花不是栊翠庵种植多年的老梅，而是小小一株，种植在花盆里，冬天放在楼梯间。打量那棵梅花还不到半米高吧，一枝主干，旁逸分支纵横，密密缀满粉色豆豆，一两朵心急的花儿率先绽开笑脸。花朵不是鲜艳夺目的大红，而是淡淡的粉色，娇嫩嫩含羞的样子。

彼国气候和家乡不同，移栽的很多故乡植物在这里难以成活。我家花园里的香椿树几次冬天被冻死，不知道阿姨费了多少心血才养活这株梅花。

看着粉红娇嫩的梅花，自然想起最初爱上的大观园的红梅，想起淡忘已久的《红楼梦》，多少年没再看了，带出来的书放到哪里了呢？

走到地下室，东翻西找，在书橱一角看到并排而列的三本书。取出来，第一眼看到扉页上一个有些模糊的红印章，“钰真堂藏书”。那是祖父亲手传给我的印章，若干年前仔细加盖在扉页上。三十年过去了，这套书经过多人之手翻阅，书页有些卷角，原来的封面封底都不见了。

三十年过去，传我印章的祖父仙逝多年，传我此书的父亲已是风烛残年。三卷泛黄的书，拿在手里，左看右看。书犹如此。

打开来，翻找有关梅花的诗文，再次翻到薛宝琴的《西江月》，明月梅花一梦。

抚摸破损泛黄的书卷，摩挲良久，拿出手机拍照。上楼来在电脑上仔细看放大的照片，然后翻看阿姨发来的梅花照片。三卷故国红楼旧梦，一株他乡粉色梅花。

不知道是照片看多了，思索写篇文章的缘故，还是爱上梅花这么久，梅花仙子终被感动了呢，那天夜里不期然第一次梦到梅花。

一个大雪纷飞的冬日，似乎在老家的小院内，阳光透过窗户照进堂屋，父亲的黑发在阳光下发出乌泽的光。父亲略微弯腰递给我三本书，对我说，收好了，以后再看，梅花开了，我们去看梅花即景写诗吧。

跟随父亲在野外什么地方走。雪花纷飞，冰天雪地，积雪深及我的膝盖，一步一步踩着积雪缓慢前行。不知走了多久，前方朦胧出现一座山的影子。走到山脚，再转到山的另外一面，几株老梅蓦然映入眼帘，数十朵殷红的梅花凌寒而笑，幽香扑鼻。屏息停下脚步，这就是我的梅花吗？这是哪里？罗浮山，还是大观园？想问父亲，猛回头，父亲不见了。

惊慌寻找间挣扎醒来，睁开眼，一片银白的月光正洒在床前。

（2016 年 1 月 31 日）

时光迷离望风烟

城阙辅三秦，
风烟望五津。
与君离别意，
同是宦游人。
海内存知己，
天涯若比邻。
无为在歧路，
儿女共沾巾。

一个乡村校园内，两排青砖平房，后排最西头的一间教室里，一群十岁出头的孩子在大声朗读。城阙辅三秦—普通话里带着乡音，朗诵速度快慢不一，参差错落间竟然有分部轮回的意思。

深秋的上午，阳光透过玻璃窗，把梧桐树枝斑驳的影子刻到几个孩子脸上，那脸上便有了浅浅的印迹，仿佛是上天刻下的某种神秘印记。

一边朗诵，坐在前边第二排左数第二个位子的我，一边转过头去看隔了两排座位坐在后边的好友，兰。目光相遇，兰报以微笑。转回身我捧起课本继续读。

捧起课本，我开始朗读。

三十年后，残冬时节，在欧洲的大都市里，一间地下室内，淡淡的阳光斜斜照进来，照亮靠窗的一张书桌，阳光下灰尘隐约可见。

在另外一个角落里，为了找一套出国时带出来的书，蹲了很久后，我慢慢站起身来，倚在一张不高的书柜上，注视手里这本无意中摸到的中学语文课本。打开来，无巧不巧，恰是这首诗。

城阙辅三秦。嗯，嗯，我清清嗓子开始朗读：

城阙辅三秦，风烟望五津。

风烟望五津。读到第二句我停下来，抬头看向窗外，拽着阳光飞驰远方。

这首诗是诗人送别友人的诗。第一句：城阙辅三秦，是说三秦大地拱卫首都长安，点明送别地点。第二句：风烟望五津。五津是四川岷江的五个渡口，是杜少府即将上任的地方。

父亲站在讲台上是这样讲的吗？好像不是，记忆中父亲讲得要更生动。三十年过去，父亲讲课的原话模糊了，依然清晰的是父亲迈着稳健的步伐走上讲台，放下粉笔盒，严厉的目光扫过全班，转身在黑板上写下这首诗，笔迹刚劲有力一丝不苟。然后转过身来，面对全班，开始讲解。

能够肯定的是我挺直脊背，端坐课堂，眼睛盯着父亲，凝神静听。课堂中间，大家一起朗读的时候，才转身偷眼看看后排的好友，用目光说，兰，你就是我的知己，但是我们不会分开。我们会在一起读书，一起长大，一起走向远方。

十岁孩子眼里的世界是那么简单，那么单纯，那么黑白分明。

与君离别意，同是宦游人。

继续读，读一句，再停顿片刻。我们不是宦游人，我们是学生。向前两步走近窗口，举起课本，仔细看当年在课文字里行间写下的小字，有注解，有感想，有赞叹。多年过去，字迹模糊了。记忆，

也模糊了吗？记忆—

记得当时年幼的我们寒窗苦读却不以为苦，每天早早起床，早自习，上午四节课，下午四节课，晚饭后还有晚自习。除了这些正式的功课外，喜爱文学的我们还搜集任何能够到手的书籍来看，一本新书到手必须一口气看完才能安心睡去，梦里还在回味书中情景。

那时我们正是早上七八点钟的太阳，刚刚升起，崭新的一天充满无限希望。我们上课时挺直脊梁专心听课，下课时尽情说啊，笑啊，唱啊，玩啊。虽然衣着简单朴素，但是内心丰盈充实，深信美好的生活还没开始，而我们会永远在一起，在一起不分开。

永远？“永远”这个词，带来的永远是意外。我们的“永远”是两年，两年后我们再吟起“与君离别意”的时候，多少体会到诗人和友人分手的感受。

海内存知己，天涯若比邻。

两年后我远走欧洲，我和你，我们有太多时间有大把机会细细咀嚼品味“海内存知己，天涯若比邻”的意思。是的，海内存知己，天涯若比邻。虽然远隔万里，但是我们频繁鱼雁传书，向对方细诉生活点滴。人虽不能相见，心并不遥远。

无为在歧路，儿女共沾巾。

读完最后两句，合起课本，没有放回书柜，拿在手里，慢慢向楼上走去。

王勃少年成名，人称神童，写下这首著名的诗篇时，正青春年少意气风发，对前途充满希望，对未来充满信心。携手长安城外，眺望千里风烟，送别友人并不悲戚，豪气干云挥笔题诗，写下“海内存知己，天涯若比邻”这样的神来之笔。青春年少，意气风发。后来呢？王勃宦海沉浮数载，青年早逝。杜少府呢？杜少府具体是谁，姓甚名谁，已不可考，后来如何更不可知。

你和我，我们呢？你早早成家，一双儿女已经成人。上次回老家，得知你远走南疆。为了生计吧。在人生地不熟的南疆做什么呢，竟不甚了了。我呢？苦苦读书，在欧洲真正了解了“苦读”两个字，从中学到大学，从职场到专业职称，一步步走过来。现在也有两个孩子，刚上中学，正是我们当年的年龄。

当年。心里默念这两个字，踏着楼梯一步步走到顶楼。走近敞亮的落地窗，窗外阳光正好，可是花园里没有梧桐树，脸上没有神秘印记，房间里没有你，没有父亲，也没有其他儿时玩伴。站在阳光下，打量手中课本，曾经方方正正的书角磨损起毛了，一度雪白的书页泛着暗淡的黄色。那是岁月在书页间撒下的灰尘吧，极度细微的灰尘，吹不走，抖不掉。不自觉地挺直脊背，没有翻开课本，再次朗诵这首诗，试图像当年我们坐在简陋的教室里初次学习这首唐诗时那样大声朗读：

“城阙辅三秦，风烟望五津。”嗯，嗯。怎么了，清清嗓子，再次开始，还是找不到当年的感觉，嗓音干涩，再没有当年的嫩滑清亮中气十足。倘若王勃没有早逝，晚年还能像当年一样吟咏这首诗篇吗？

抬起头，眺望远方。掠过欧洲早春的阳光，掠过云雾弥漫的高山，掠过风烟茫茫的大川，万里之外千年前的岷江水依然流淌，永不停息。

（2016 年 2 月 21 日元宵节前夜）

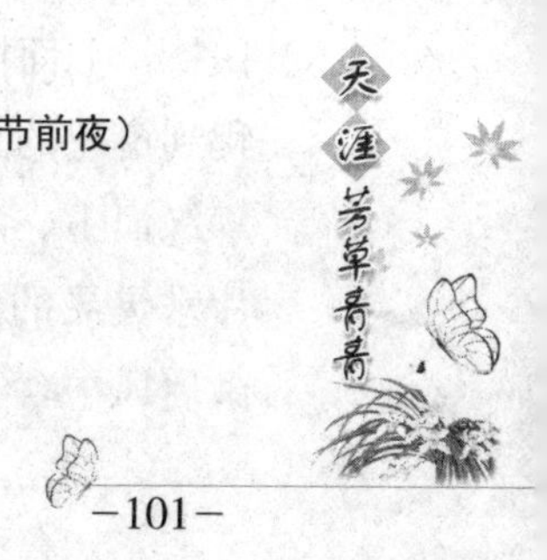

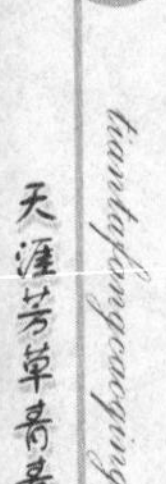

海棠花框里的风景

春分那日，恰是周末，在家打扫整理，查看委屈了一冬的花儿，清理落花落叶。

走进一楼为客人准备的洗手间，去看窗台上的花。三盆花，一盆挨一盆，紧紧地挤在小小的窗台上，厚厚的毛玻璃把阳光挡在了窗外。中间一盆君子兰尚好，旁边两盆海棠枝条干枯叶子枯黄，只有伸到屋顶的一枝，弯转过来的梢头上几片小小的嫩叶，新生的叶子绿中透黄，怯生生地卷曲着，不敢伸展。

心中一紧，踏到凳子上，仔细分开沿着墙壁爬到屋顶纠结扭曲到一起的枝条，小心翼翼地搬下花盆，挪动间蜷曲的黄叶窸窣飘落。拖过吸尘器来清理落叶，一片片黄叶吸进去，吸进去……

恍惚抬起头，再也看不见一片黄叶。讶然四顾，不知何时竟然来到宽敞的客厅，海棠花盆放在客厅落地窗前，自己坐在客厅沙发上，目光缓缓顺着双扇落地窗窗框一点点上移。

落地窗。单扇落地窗下面，靠墙的角落里，一个并不甚大的花盆，玛瑙般暗红色的枝条手指粗细，过于柔弱了，下面有竹竿扶持，上面搭在屋顶下挂窗帘的架子上。细长的枝条，爬到屋顶，爬到窗户的另一边，再垂落下来。一片片翠生生的绿叶缀满枝条，攀缘而上，爬到屋顶，爬过架子横梁，在另一边垂挂下来。一片片水灵灵的翠玉中，一朵朵粉嫩嫩的花瓣，两片相对张开，粉唇微启风中含笑。一朵花几枝花梗数片花瓣，十来朵花簇拥到一起，凑成一个松松散散小小粉嫩的花球，绣球似的缀满枝头。那翠绿中点缀粉红的枝条框出一个明净的窗口。那窗口便成了世界上最美的窗口，拥有世界上独一无二最美丽的花框。

走出花框，外面是一个封顶的阳台，小到恰到好处，刚刚可以放下一个小方桌，两把椅子对放，两旁的余地可容一人走过。周末的清晨，泡杯清茶，静听鸟儿婉转歌唱。午后，啜饮咖啡，遥看远山峰峦起伏。黄昏，斜倚栏杆，眺望红日燃烧西天。

远方的风景看倦了，换个角度，回首屋内，花框另一边又是另外的风景。当窗一张樱桃木茶几，角落里一套花色淡雅的沙发。坐在沙发上环视客厅，对面靠墙一排橱柜，房间迎门是一张椭圆的餐桌，八把配套的椅子。家具全部是樱桃木，阳光下发出淡淡温润的光泽。下意识地摸摸沙发扶手，光泽温润依旧。环视客厅，客厅更大了，对面橱柜中间的玻璃橱内摆放的东西越发满了。微微侧头，客厅通往厨房的一角，椭圆的餐桌，相配的椅子，安然如昨。一切似乎没有改变，一切又改变了那么多！

不期然看向花盆里的海棠。海棠，我的海棠。

这盆海棠，本来是结婚时收到的礼物。二十年前结婚时，两个穷学生，经济拮据，除了两张书桌外，没有买任何家具，全部是租来的。因为当时租住的公寓背阴寒冷，地方狭小，不适宜养花，所以把收到的海棠转送朋友。

数年后，搬出那间小公寓，搬进第一个属于自己的家。搬进来时，一件家具也没有，空荡荡的客厅越发显得宽敞。随后的几个星期，橱柜、餐桌、椅子，定制的家具一件件送来。乔迁暖居那日，刚巧送来樱桃木茶几和一套沙发，客厅像模像样了，只是没有花。

几位亲友应邀来访，带来各种手信，一位认识多年的朋友带

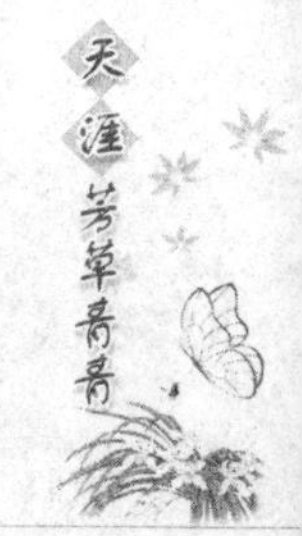

来一份好特殊的礼物。她捧来一个琉璃花瓶，瓶中插着一枝不长的枝条，细长的绿叶上面几粒米色斑点。她笑着问我还认识这花吗？不解，看她。她说这是我们结婚时收到的结婚礼物之一，当年转送给她的，现在我们有了自己的家，她特地剪下一枝送还故主。惊讶她如此细心，没想到过了四五年，这花儿竟然再回到身边，惊诧世间缘分竟然如此奇妙。

在新居安置妥帖后，我开始为国家考试做准备。白天工作，只能在夜晚或凌晨苦读专业书籍，周末更是整日枯坐书房内埋头法律条款，逐字逐句理解分析，一部部法典看过来。累了，起来走走，必然去看看海棠花枝条。

客厅窗台上，琉璃花瓶里的枝条冒出一点白色的米粒，一点又一点。米粒长长了，变成米白色的根须。根须一天天茂密，有一天买来一袋养花的土，把那细嫩的枝条种到花盆里，放在阳光充足的落地窗下。

专业知识一天天积累，海棠也一天天长高。花枝柔软，插下一米多高的竹竿扶持。绿叶越长越多，一片片翠玉在阳光下闪亮。有一天，绿叶间冒出一点粉红，一点又一点。第一朵花儿绽放了，两片相对的花瓣微启，站在阳光下呆看许久合不拢嘴。生命是如此奇妙，一截枝条，经过栽培，经过灌溉，如今开出如此美丽的花！

花儿越开越多，十来朵簇成一团，粉嫩的花球刚好可以捧到手里，吹口气，花儿微颤。难得海棠经年开花，春夏极盛，秋冬略淡。学习累了，或者端杯清茶阳光下坐在花框这边赏花，或者端杯咖啡清风中走到花框那边远眺，或者手拿扫帚花框下细心地清扫落花。

冬去春来，寒来暑往，三年后的春天，非常顺利地通过国家考试。周末，和家人亲友庆祝，在客厅阳台间走进走出，团团粉嫩的海棠映红脸庞。

一年后怀孕了，阳光下在海棠花框里进进出出，孕育期盼已久的小生命。那是海棠花的全盛时期。秋天随着小生命呱呱坠地，各种不适应随之而来，再也没有那份闲静关心海棠。

搬到这里时，孩子过于年幼，恐怕他们乱抓乱吃，所有盆栽花儿全部放到孩子难以摸到的地方，没有一盆花放在客厅当地。没有阳光滋润，海棠花终于憔悴如斯！

摇摇头站起身，把干枯的枝条剪去，顶端的嫩叶剪下来，插到一个花瓶里，拿上顶楼。薄暮时分，阳光斜斜照过来，轻轻爱抚那新生不久的嫩叶，叶片似乎舒展开一些。

春分之夜，月色朦胧，神思困倦，躺在顶楼的沙发上，静静听程璧的《春分的夜》。朦胧间，顶楼亮堂起来，讶然看去，不知何时双扇落地窗下的角落里，好好的一盆海棠，一片一片翠生生的叶子缀满玛瑙色的枝条，枝条爬上去，爬到屋顶，爬过挂窗帘的架子，在另一头垂挂下来，绿叶间一团团粉嫩嫩的花球轻轻颤动。

微笑着打开门走到阳台上，阳光轻柔，远山衔翠，春色正好。

（2016年3月28日复活节）

梦里的梧桐花

昨夜恍惚梦到梧桐花。

梦里，在陌生的道路上踟蹰独行，不知道要走向何方，只是在路上走着，走着。蓦然不知道从哪里飘来一团紫色，如烟似雾，感觉似曾相识，却看不清楚，于是加快脚步赶上前去。

紫色的烟雾一直在前面几步远的地方飘飞，快步上前，追着烟雾小跑起来。紫色的烟雾渐渐升腾慢慢凝结，凝结成小喇叭的样子，一串串淡紫色的小喇叭高挂枝头，在微风中浅吟低唱。

这，这不是老家院子里的梧桐花吗？

不自觉地停下脚步抬头仰望，是的，是的！一排三棵梧桐树，一字并肩挽手挺立在小院的南墙边。情不自禁地伸手抚摸，抚摸那挺直的树干，抚摸那光滑的树身。伸出手去，小小的手摸上树干。小小的手，孩子的手？迟疑着看过去，面前一个小女孩，一双长长细细的辫子，这不是小时候的大姐吗？扭头看旁边，二姐粗粗硬硬的辫子正在肩头跳动。我，我自己呢？不自觉地伸手摸自己的头发，留了三十年的长发没有了。微风吹来，儿时的短发轻扬。

“奶奶！”大姐叫道，惊疑不定间猛回头看到奶奶正从北屋里走出来。奶奶身上穿浅灰色偏襟中式上衣黑色裤子，脚上穿黑色布鞋，灰白的头发一丝不苟地梳到脑后盘成一个完美的发髻。贪婪地看奶奶脚步利索地走出来，奶奶看梧桐树下三个孙女手拉手在转圈，笑着说，玩吧，这三棵梧桐树是给你们的，一人一棵，

长大了打嫁妆。嫁妆是什么呢？不明白。大人说的话，不需要都弄明白，还是玩吧。

梧桐树是我们的，没错。我们天天在梧桐树下玩耍。一年四季，梧桐树风采不同，我们最期待的是春天。

春天，三棵大树同时开满密密的花朵，淡紫色的小喇叭挤成一堆，把小院染成紫色。这时候，我们最喜欢爬上邻居家的房顶，摘下一串小喇叭想要吹响。吹不响，就把喇叭放到嘴里咀嚼，淡淡的甜味在舌尖散开，浅浅的笑容在脸上漾开。

来，爬到房顶上去仔细看看梧桐花吧。沿着梯子爬到房顶，满怀期待地转头去看，呀！紫色的梧桐花不见了，梧桐树也没有了！在片刻前梧桐花迎风浅笑的地方，三间高大宽敞的南屋坐落在那里。梧桐树，梧桐树没有打成嫁妆，而是做了新盖的闺房的房梁。

奶奶，奶奶呢？奶奶也不见了，没有看到孙女长大，没有看到梧桐树打成孙女的嫁妆，也没有看到梧桐树做了南屋的房梁。

奶奶。

院子里的梧桐树没有了，梧桐花也没有了，紫色的烟雾模糊起来，飘飘荡荡在前面飘飞。追着烟雾我走下去，走下去。

走下去，紫色的烟雾凝聚起来，紫色的喇叭里传来书声琅琅。

这，这不是校园里的梧桐花吗？

定睛看去，我正背着母亲亲手缝的书包踏进校门，走进校园，走到更多小朋友中间。我们一起学习，一起玩耍，也一起在校园里种下很多树，包括教室后面操场旁的梧桐树。多少次，我们在树荫下游戏，打打闹闹；多少次，我们在树荫里背书，书声琅琅。

凝望一树紫烟，看小小的身影在树下游走，听紫色的喇叭传播稚嫩的声音。清晨的阳光在一颗颗露珠上流转，希望的紫色在

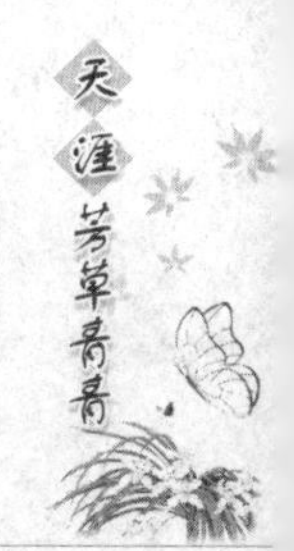

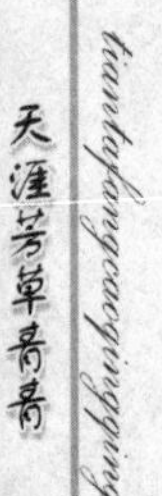

一双双的眸子里闪现。

凝望一树紫烟，慵懒的午后是那个小调皮爬上树抓起一条毛毛虫丢下来，引起几声尖叫，伴随得意的笑声。不知道那条丑陋的毛毛虫后来有没有蜕变成美丽的蝴蝶，只记得童年的欢笑被一树喇叭收录，只记得稚气的面庞被淡淡紫烟晕染。

凝望一树紫烟，看缕缕炊烟升起，看道道晚霞沉没。在越来越深的暮色里，我们悄声对小伙伴诉说心底的小秘密。一树喇叭用力伸长耳朵，淡淡紫烟悄悄飘落心中氤氲升腾。

小喇叭越伸越长，淡淡的紫色洇开来，洇开来，扩散，模糊，模糊……

茫茫然行走于校园，一排排平房教室不见了，一棵棵树木不见了，一个个小小的身影长大了，如同身边的儿时挚友，如同我自己。曾经那么熟悉的校园里矗立着新盖的二层楼房，陌生的面孔在楼房里进进出出；曾经那么熟悉的操场换了容颜，陌生的身影在操场上跑跑跳跳。

看看走在身边的故友，面容熟悉又陌生。寻觅一起长大的小树，回忆真实又模糊。

校园里的梧桐树没有了，紫色的烟雾消散，消散……

走下去，不死心继续走下去。前方，紫色的烟雾聚拢，聚拢，烟雾中一枝紫色的梧桐花清晰起来，紫色的喇叭里传来笑声朗朗。

凝神望去，一枝淡紫色的梧桐花，紫色的喇叭，嫩黄的花蕊，插在花瓶里，放在茶几上。茶几？打量四周，什么时候来到了省会的公寓呢？刚刚敲门进来的老同学坐在沙发上微笑，看我郑重其事地把她带来的一枝梧桐花，插到花瓶里，放到茶几中央，左看右看，喜不自胜。

更多的老同学敲门进来了，大家围着茶几，围着梧桐花，说起在校园奔跑的日子，尘土飞扬；说起并肩学习的日子，苦中有乐。谈着，说着，笑着……

回忆童年种种，绯红的面颊和紫色的梧桐花争艳；追忆童年岁月，朗朗笑声和紫色的小喇叭共鸣。

模糊了，淡淡的紫色，飘忽如烟；低沉了，小小的喇叭，轻轻低诉。

走下去，紫烟飘散；走下去，喇叭无声。走下去，我一个人在路上追寻。

前方，紫色的烟雾若隐若现，飘飘悠悠。那，那是我的梧桐花吗？

我在梦里走下去，走下去……

（2014年5月）

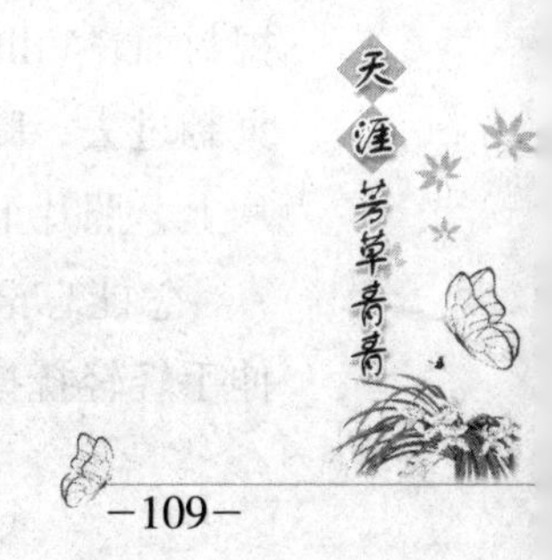

杜鹃花开的日子

春风疑不到天涯，二月山城未见花。

可以肯定写下诗句的古人没有到过远在欧罗巴的天涯，没有到过我生活的山城，想不到彼国春天如此之迟，不但二月无花，三月同样不见花。这里的春天，要苦苦等待，如同生命中的春天要苦苦追寻。

周六，先生陪孩子上学去了。独自在家，吃过早饭，十分不情愿地走向地下室，准备去整理堆积的各种信件。地下室有一间宽敞整齐的房间，本来打算作书房，搬进来时，把书橱书桌全部放到那里。后来发现太冷了，闲置不用。不常看的书籍，不舍得丢弃的“宝贝”，需要保存的来往信件，统统放到那里。新收到的信件，来不及收好的，随手丢到书桌上，等有时间再收拾。

来到地下室，磨磨蹭蹭地整理。文件收好，顺手收拾书桌。不经意间看到一个奶黄色小册子，封面正中一个别致的家族徽章。随手拿起来，掸去上面薄薄一层灰尘，丝绸般光滑的封面闪着温暖的光泽。这是哪里来的呢？为什么会珍重收藏？略感奇怪，注视封面，Villa Carlotta，黑色的字体十分醒目。纳闷地打开，一页页翻过去，睫毛闪动眼睛闪亮，目光久久停在册子正中的一张照片上，照片上铺天盖地的杜鹃花唤醒久远久远的回忆。

怎能忘记那盛开的杜鹃花哟，怎能忘记那杜鹃花盛开的日子！伸手轻轻抚摸照片，抚摸照片上盛开的杜鹃花，我再次听到杜鹃花奏响的春天圆舞曲，看到杜鹃花织成的春天的霓裳羽衣……

二十年前，那个漫长的冬天……

呼啸的北风吹乱长发，飘扬的雪花打湿衣襟，灰蒙蒙的天空压抑呼吸，稀薄的阳光冒着丝丝冷气。繁华的都市里，冷清的街道上，背着沉重的书包，独自前行。春天，春天在哪里，什么时候才会来到身边呢？

热切等待，殷殷盼望。或许等待太久，盼望过切，感觉变得麻木迟钝，春天来临了，却毫无知觉，依旧在萧瑟的冬日里踟蹰，踟蹰……

四月中，复活节到了，一位比我年长许多刚刚退休的母亲般的朋友拉我出游，我们一起到瑞士山上的旅游胜地圣·莫里茨休假并探望她的朋友。

朋友开车，我坐在副驾座位上，注视道路两旁冷冰冰的高楼，脸上一层蜡，不悲不喜。驶离市区，经过郊区，经过村镇。路旁的草地是嫩绿的吗？树上的叶子是鹅黄的吗？田野里可有蝴蝶翩翩？树林间可有小鸟鸣唱？一切视而不见，一切听而未闻。满怀怅惘，我一路默默无语。

穿越国境，开始爬山了。瓦蓝瓦蓝的天空下，一层一层的针叶林沿山势铺展开来，墨绿中泛着苍灰，树脚下大片大片的残雪被泥泞掩盖。

一会儿后，我们开进一条隧道。那是阿尔卑斯山最早开发的隧道之一，只有一条单行道，所以在几公里以内对面不能有车对开，否则只能一方退出。明白之后，我全身戒备，捕捉每一声细微的声响，暗暗祈祷，对面不要有车开过来。车子前行，幽暗的隧道把几公里的路程拉到无限长。长长的隧道内，只有我们一辆车，前瞻无人，后望亦无人。向前，向前，向前，幽幽暗暗的隧

道没有尽头，就像这没有尽头的冬天！

终于，终于前方出现一个小小的亮点！亮点越来越大，越来越亮。白晃晃的阳光猛然刺来，眨动双眼，一时看不见光明。

继续行程，通过另外几个比较短的隧道，开过一段山路，我们来到此行的目的地圣·莫里茨。

圣·莫里茨到处是积雪，我们在镇边漫步，咯吱咯吱，脚下的积雪在呻吟。中午时分，苍白的阳光化身苍白的雪水，细细的雪水无声无息地流淌。复活节了，春天仍未复活。于是，我们决定到意大利科莫湖去探寻春的音讯。

开过一段山路后，车子行驶在比较平坦的地方。天气很好，慵懒地靠在座椅上，阳光温热的手穿过车窗抚摸我的面颊，脸上的蜡层融化，双眼灵活地转动。这里的气候得天独厚，春色已深，路旁花朵缤纷树木青翠，欣欣然春意正浓。

来到目的地，停好车子，我们悠闲地穿过小镇，向湖边走去。第一次来到意大利，边走边看，目光首先被一座雄伟的建筑物吸引，继而看到建筑物前一片五彩云霞灿烂。

不由自主走近细看，哦，那五彩云霞竟是一片鲜花汇成的海洋！更加奇妙的是举目所及全部是杜鹃花，各种各样的杜鹃花，数不清多少品种。有参天的乔木，让人仰望；有低矮的灌木，惹人怜爱。最大的花朵肥硕如偌大的海碗口，最小的花朵袖珍如小小的铜钱。花朵有简简单单的单瓣，清晰明快；也有层层朵朵的复瓣，繁复重叠。单色花朵是清纯少女楚楚动人，复色花瓣是盛装少妇风情万种。花朵色彩斑斓，浅浅的粉色，淡淡的奶白，娇嫩的鹅黄，奔放的大红，醉人的浅紫，浪漫的藕荷……各种我认识的和更多我不认识的颜色齐齐汇集到一起，汇成一片我从来没有见过的花朵的海洋，色彩的海洋，声音的海洋。

震撼，颤抖，梦游般行走。看斑斓缤纷的杜鹃花翩然起舞，跳出活力，舞出光彩；听嘈嘈切切的杜鹃花交响合唱，歌颂生命，歌唱春天。

沿着弯弯曲曲的小路，徜徉在花海里，行走在云霞上，眼里色彩斑斑，鼻端清香细细，心中春意融融。

心神恍惚间听朋友介绍那里是卡洛塔别墅，历史如何悠久，别墅建筑如何宏伟，收藏了多少艺术品，但是这一切我没有真正听见。

那一天我听到的只有杜鹃花奏响的春天圆舞曲，看到的只有杜鹃花织成的春天的霓裳羽衣。那一天，我醉了，醉在花海，醉在云端，醉在杜鹃花丛。那一天，我挥别漫长的冬季，迎来生命中的春天……

轻抚奶黄色的小册子，轻抚照片中的杜鹃花。良久无言，起身上楼，穿上外套出门，出门寻访春天。

湛蓝的天空一望无际，淡淡的白云若有若无，枯黄的草地无精打采，苍黄的树木没有生气。但是，我没有失望，我满怀信心地走下去，走下去。

我知道，幽暗的隧道也有尽头，漫长的冬季终会过去。走下去，一直走下去，终会迎来春天，迎来杜鹃花奏响的春天圆舞曲……

（2014 年 2 月）

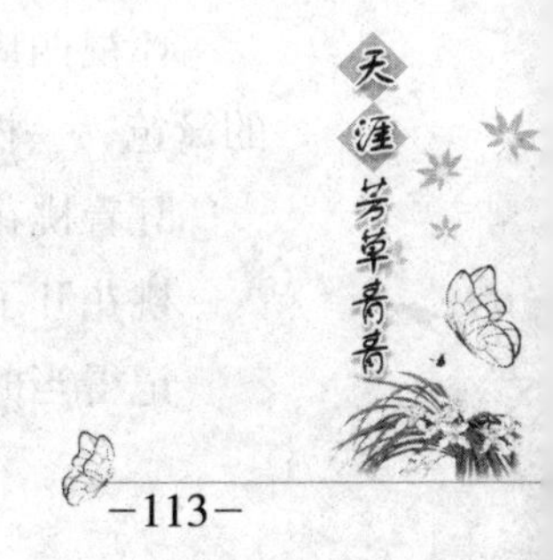

桃花开了

桃花开了！

花园的桃花开了！你不远万里托人带过来从自己家刨出来的桃树根，我亲手刨开草地种下去的树根，今年开满了花！

傍晚，站在顶楼的窗口无意间看向花园，看到点点粉红缀满枝头。不相信地睁大眼睛再看，是的，没错，点点粉红缀满枝头。第一次点点粉红缀满枝头！

草地上，阳光下，桃树暗红色的枝条上缀满一朵又一朵的桃花。五瓣粉红的花瓣，颜色从边缘到花心逐渐加深，几丝细细的花蕊随意伸展。

真的开花了！几年前挥起锄头刨开草皮的时候，不知道漂洋过海来的树根能否在寒冷的异国他乡生根发芽，遑论开花结果了。好不容易生根发芽，一天天长起来，但是枝条瘦瘦弱弱，一副营养不良的样子，每年冬天都担心能否安然过冬。去年春天桃树第一次开花，只有两朵，孤单单冷清清，好不凄凉。今年，今年终于满树开花。

环视四周，绿茸茸的草地，金灿灿的连翘，还没有恢复生气的篱笆，一棵桃树独立角落。

盯着桃花，看向远方……

桃花开了，开在老家的果园里。

记得当时年纪小，花开时节，我们手拉手走在故乡的黄土小路上，蹦蹦跳跳跑去村外的果园看桃花。你两条又粗又硬的辫子随着步伐在肩头蹦跳，我柔柔细细的短发踏着节拍在风中飞飘。

近了，近了，湛蓝的天空下，青砖矮墙上，停驻一团团粉红的云霞。近了，近了，一棵棵低矮遒劲的桃树上绽开一朵朵单纯的笑脸。粉红的单瓣桃花自然敞开心胸，在春风里微笑，没有意识到自己的美丽，更加不会炫耀。美丽不是她的目的，开花结果春华秋实才是她的使命。

桃树下，我们扬起小脸傻傻地看傻傻地笑，傻傻地陶醉于自自然然的美丽。从这棵树走向那棵树，从这朵花望向那朵花。小脚移动着，不小心践踏了树下绿油油的麦苗。惊慌间抬头，远处隐约走来看管果园的人。恐怕挨骂，慌忙沿着小路逃走，踩过正在浇水的垄沟，流水把布鞋底洇湿，鞋底变得沉甸甸。跑出果园，跑到乡间土路上，细心清理鞋底的泥巴，捧着忍不住采下的几朵粉红跑回家去，扬起的尘土在鞋面上撒上一层暗黄。

回到家，把花朵小心地夹在书页间。一天后，花朵依然是娇艳的粉红。两天后，水分流失花容失色。N 天后，一朵干花，没有任何生气。X 天后，枯萎脆弱的干花碎了，抖动书页，一点点粉末掉落地上，没有颜色，难以形状。

桃花开了，开在颐和园的小路旁。

记得当时青春年少，花开时节，我们肩并肩走在铺满青砖的小路上。小路弯弯曲曲，逶迤通向远方。

小路两旁，遍植桃柳，一一相间，两两相对。嫩绿的柳枝低垂轻扬，粉红的桃花灿烂绽放，红绿相间的彩带舞动在春风里。颐和园栽种的大约是一种特别的观赏桃花，样子像极了樱花，不是单层的花瓣自然地敞开心胸，而是复瓣的花朵，一层又一层花瓣把心房深深掩藏。如果不是路旁的牌子注明此处春天“桃红柳

绿”，我一定要以为那是樱花了。精心修剪过的树木，颀长的身材，完美的树冠，一棵棵间隔同样的距离，一棵棵美丽而妖娆。

去颐和园之前并不知道那里的桃花开得正好，更没想到有缘再次一起观赏桃花。颐和园的桃花和故乡的桃花不一样，我们也不再是旧时模样。再见面我是都市白领，你是乡村教师。我长发披肩，戴起眼镜，搭配合适的休闲装。你干练清爽的短发，晶亮的耳钉在耳垂闪烁，身上穿一件红底撒白花的外套，简单而明快。偶然看到那件外套，毫无原因地联想起小时候一起看过的桃花，所以买下来送给你。然后你穿着它，我们一起来到颐和园。只有我们两个人，好像多年以前一样。

平整的草地，精致的花坛，整齐的花木，身前身后是三三两两的游人。我们很淑女地走在小路上，边走边聊，轻声细语。皮鞋踩在青砖上，发出轻微的声音，规律而单调。小路，干净整洁尘土不扬。桃花开了，开在花园里。

你托人带来的桃树，在离你万里之遥的花园里开花了。因为气候原因也许永远不会结果，但是今年开花了，第一次朵朵粉红缀满枝头。

花开时节，我一个人站在花园里，站在桃树旁，痴痴地看痴痴地想，全然不觉黄昏降临，全然不觉露水悄悄打湿双脚。

桃花开了，终会凋谢。桃花谢了，还会再开。

可是，我们的桃花，属于我们的桃花还会再开吗？

罗蕾莱之歌

一

Ich weiß nicht was soll es bedeuten，
Dass ich so traurig bin；
Ein Märchen aus alten Zeiten，
Das kommt mir nicht aus dem Sinn.

陈静悄悄叹了一口气，抚摸自己发烫的双颊。Ich weiß nicht was soll es bedeuten，was soll es bedeuten…… ein Märchen aus alten Zeiten，ein Märchen aus alten Zeiten，das kommt mir nicht aus dem Sinn（我不知道这意味着什么，意味着什么……一个古老的传说，一个古老的传说，使我无法忘怀）

这是一个中世纪古堡改建的青年旅社，建筑在莱茵河畔的山顶上。夜晚，墨蓝的天空上斜月高挂，朦胧的月光如水般流泻在空旷的庭院，院中的玫瑰花圃开满了各色玫瑰月季，月光下难以分辨花朵的颜色，但是空气中浮动的玫瑰香气愈加馥郁真切。

玫瑰，芬芳的玫瑰，多刺的玫瑰。陈静看着玫瑰花，若有所思。

孟立站在一两步远的地方，看着红毛衣黑发披肩的陈静，目光随着陈静投向花坛。第一次在月光下赏花，没想到月下的玫瑰花如此楚楚动人。

看看孟立，陈静踱步走到古堡矮矮的围墙前。围墙外，一片

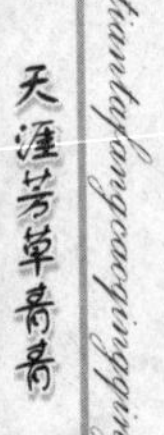

灌木乔木丛生的山坡蔓延开去，朦胧的月光下各种树木模糊成一团一团分不清轮廓的黑影，山脚下一条黑褐色的带子划出一个完美的弧度向远方延伸铺展开去。那就是莱茵河了。夜色中河流和两岸的山坡融合成一体，分不清哪里是河流，哪里是河岸，哪里是山坡，一条更加浓重墨黑的带子蜿蜒傍河而行，一条细细长长浅黑的带子喷吐着淡淡灰白的烟雾缓缓前行。这是什么？火车？轮船？游艇？半夜的游艇？陈静睁大了眼睛也无法看得更清楚。屏息细听，仿佛听到缓缓的流水声，似乎还夹杂了断断续续缥缥缈缈的歌声。是罗蕾莱的歌声吗？

罗蕾莱，罗蕾莱。第一次来到向往已久的莱茵河，第一次目睹了罗蕾莱的芳容，第一次……

一阵微风吹过来，掀起陈静低垂的长发。陈静抬手抚摸自己柔柔细细又黑又亮的发丝，不自觉地注视一片山坡，目光迷迷蒙蒙。那里，那里……

陈静羞红了脸，抛下一句“明天见”，匆匆转身快步离开。孟立站在那里，看着陈静远去的背影。

二

Die Luft ist kühl und es dunkelt,
Und ruhig fließt der Rhein;
Der Gipfel des Berges funkelt,
Im Abendsonnenschein.

莱茵河，一条绿色丝绸带子在连绵起伏的山岭间迎风飘舞，突然疾风骤起，一个急转弯带子打结收紧骤然变窄，片刻后疾风

把带 子吹向相反方向，再度舒展飘飞，奔流直下一泻千里。

收紧处，两岸山岭嵯峨，中间的沙洲上矗立着高高的礁石群， 河水被劈开一分为二，一面的河水急速地冲刷着礁石，另一面的河 水波澜不惊缓缓流淌。礁石群后两股河水重新合流，湍急和平缓的 河水交汇在一起，形成一个巨大的旋涡。这是莱茵河最险峻的一 段，传说中罗蕾莱唱歌的地方，曾经吞没无数船只。

古老传说罗蕾莱是一个美丽的金发女妖， 傍晚的时候坐在山 顶上梳理她一头金发，一边梳头一边唱歌。婉转的歌声随风飘到莱 茵河上的船夫耳朵里，引诱船夫抬头寻找唱歌的美人。暮色苍茫的 山头，五彩的晚霞映照着婀娜的身影，美丽的少女在梳理她一头瀑 布般的金发，阳光下金头发金发梳闪烁生辉，夺人眼目。小船上的 船夫目不转睛地盯着少女，不再留心湍急的河水，不再注目前面的 礁石，终于小船冲入礁石的怀抱，和礁石热烈亲吻拥抱，旋转的河 水刹那间吞没了舢板和船夫，不留一丝痕迹。

八月的阳光照耀着莱茵河，一条游轮满载着游客顺流而下。河 两岸是连绵的山岭，郁郁苍苍的山林呈现出深浅不一的绿色，这里耸立着一座灰褐色古堡，那里露出一角被绿树掩映的红瓦。

陈静迎风站立在船头，抬头注视着前方的礁石。

罗蕾莱，著名的罗蕾莱，神秘的罗蕾莱，向往已久的罗蕾莱，就 要揭开她的神秘面纱了吗？

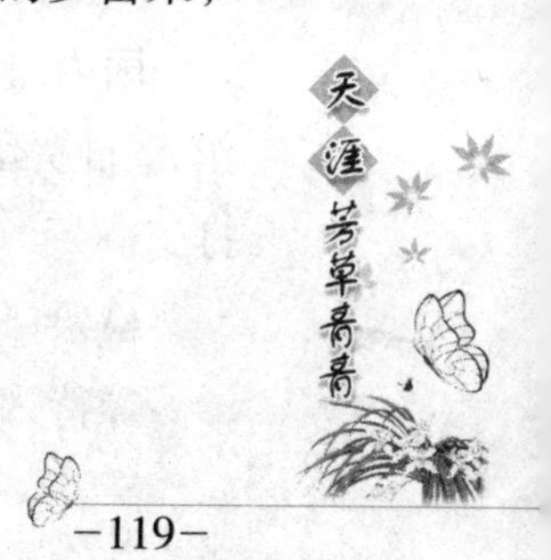

三

Die schönste Jungfrau sitzet,
Dort oben wunderbar;
Ihr goldnes Geschmeide blitzet,
Sie kämmt ihr goldenes Haar.

绿色的莱茵河，午后的阳光在水面跳舞，孟立的心里在唱歌。

船头，同团出游的陈静站立在那里。白皙的面庞，纤柔的身影，漆黑的长发迎风飘舞。湛蓝天空下，悠悠碧水上，嫩黄的连衣裙是一枝摇曳的黄玫瑰在水面盛开。

Die schöste Jungfrau sitzet，dort oben wunderbar。多少次看过的 海涅，原来不仅仅是传说，罗蕾莱的金发原来是黑色的！

游轮上的游客们不约而同地抬头寻找山顶上罗蕾莱的身影。罗蕾莱，罗蕾莱，罗蕾莱就站在这里！罗蕾莱那著名的七重回声，压 过河上游轮的声音，压过两岸的交通噪音，在孟立耳边反复回响。 他奇怪其他人听不见，奇怪人们要抬头寻觅罗蕾莱的踪影，却对面 前的罗蕾莱视而不见。

罗蕾莱，他的罗蕾莱终于出现了！

不经意间再次出现。

一个月前，A 市，马戏团演出场地。

国内来的某杂技团在此演出，聘用当地的留学生协助分担工作， 自费留学每个假期从第一天工作到最后一天的孟立临时来此打工。

检票口，孟立和王明分立两边检票。

等待入场的观众自动排成长队，秩序井然鱼贯入场。突然，

一 个小男孩挣脱了拉住他的大手抢走旁边一个小女孩手里的冰淇淋 然后逃走了，小女孩在后面追。

“Gib mir das Eis zur ü ck ！ Ich erähle das zu Hause Mama，Ma– ma wird dich bestrafen ！”(还给我的冰淇淋！回家我告诉妈妈，妈妈会 罚你！) 小女孩喊着在后边追。

“Felix，komm zur ü ck ！ Gib das Eis deiner Schwester zur ü ck ！ Felix ！” (菲利克斯，回来！ 把冰淇淋还给你妹妹！ 菲利克斯！)

一个看起来还不到二十岁高中学生模样的女孩边说边追过来。

孟立一把抓住跑到身边的小男孩，向后边追来的女孩看过去，心突然怦怦乱跳。

追过来的女孩漆黑的长发自然披落，素净的面庞干干净净，没有 任何化妆品的痕迹，一袭紫色的连衣裙，恍似江南雨巷中的女孩飘来。

女孩羞红了脸，说声谢谢。孟立不敢细看，把小男孩交给那个 年轻女孩，笑一笑转身继续检票。

是她，是她，就是她，三生石上等待的就是她！ 一直模糊等待期 盼的她竟然就这样在意想不到的时候出现了。

那天晚上，紫丁香的香味盘踞孟立脑海，他辗转反侧难以入眠。她，等了二十多年的她终于出现了，可是她是谁？怎么才能认识她呢？

四

Sie kämmt es mit goldenem Kamme，

Und singt ein Lied dabei；

Das hat eine wundersame,

Gewaltige Melodei.

又一座古堡，又一座花园。A 市留学生组织的莱茵旅游团下车 游览。

茂盛的玫瑰花圃，五颜六色的玫瑰争奇斗艳，花圃边上是一道道 缀满鲜花的拱门，一排排长椅置放在拱门前，供游人坐下休息赏花。

一道密密麻麻爬满了殷红的蔷薇花的拱门吸引了陈静，陈静停下脚步取出相机，上前两步，又再向旁边斜退两步，左看右看，选取角度，想把那开满蔷薇花的拱门收入相机，变成永恒。

不远处，孟立故意落后几步，假装欣赏另外一枝嫣红的玫瑰，一枝刚刚张开一片花瓣就害羞地低头不肯再展示她美丽姿容的玫瑰，眼角的余光悄悄追随陈静。

陈静全神贯注拍照，眯起眼睛，调节焦距，按下快门。午饭后，曾经长时间步行，白皙的面颊泛上两朵嫣红，温暖的阳光照得脸上 细微的汗毛隐约可见，莹白如玉的手抬起来举着相机，微风中衣袂 翩然。娇黄的衬衣袖子是蝴蝶的触须，深蓝的裙裾是蝴蝶展开的翅 膀，飘飞的长发被太阳照得熠熠生辉。

孟立看得呆了。

不能错过，不可以错过。心心念念的紫丁香。梦想也许能够再次见 到，破天荒没有在假期打满工，破天荒拿了几天假期，报名参加留学生 组织的莱茵旅游团。冥冥中上苍在指引吗？竟然真的再次巧遇。

旅游第一天的下午，走出一个宫殿门口的时候，跟在陈静不远 处的孟立紧走几步上前，为陈静推开沉重的宫殿大门。

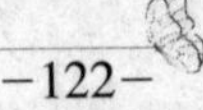

“女士先请！我是孟立，在 A 市留学，你才到 A 市吧？过去没有见过。”

“我是陈静，来的时间不长，不住在学生宿舍，住在一个外国人 家里，帮他们看孩子，所以认识的留学生不多。”

陈静察觉到孟立声音中尽量压抑的一丝颤抖，心头小鹿乱撞，双颊飞红。

以后几天的行程中，孟立追随在陈静左右，不远不近，悄悄留 意她的一举一动一颦一笑。

明天是旅游的最后一天了，绝对不可以错过，孟立对自己说。孟立心里敲着小鼓，假装恰巧赶上路过。

“这道拱门真漂亮！你喜欢拍照啊。不过要跟上大队，大家已经 往前走了。”

“嗯，太漂亮了，忍不住停下来拍照。”

陈静看看孟立，又红着脸匆忙把目光掉开。

“一起走吧。”

“好，一起走。”

静默。

眼看要赶上大队了，孟立下决心开口。

“今天晚上，吃过晚饭可以一起散步吗？”

“嗯。”

陈静含混“嗯”了一声，不置可否，头低垂下去。

五

Den Schiffer im kleinen Schiffe,

Ergreift es mit wildem Weh;

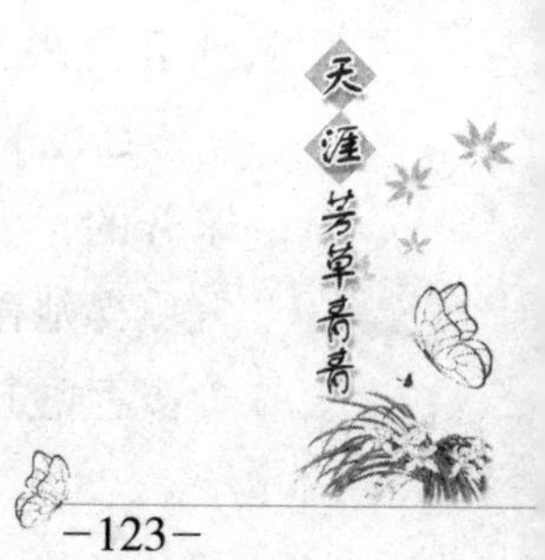

Er schaut nicht die Felsenriffe,
Er schaut nur hinauf in die Höh.

黄昏，古堡改建的青年旅社。

庭院中，一张石桌，几张长椅。

晚饭后，十几个 A 市来的留学生围坐在一起闲聊。

“孟立，我们去散步吧。”一个圆脸二十多岁留着短发的女学生 大方地当众邀请。

“累了，歇一会儿吧。”孟立回答。

恐怕傍晚风凉，晚饭后，陈静套上一件紫红色的毛衣换上一条 黑色长裤，站在浴室的镜子前，花了好几分钟时间一下一下仔细梳 理并不零乱的长发，再一步步慢慢走出古堡来到庭院。

庭院里，坐在长椅上的孟立看到陈静慌忙站起来迎上去，树下 几十双目光齐刷刷投向陈静。凭直觉陈静察觉空气的异样，晕染双颊，冲相熟的一个女留学生说：

“乘凉呀？我去看看那边的玫瑰，要不要一起去？”“你去吧，我走累了，歇一歇。”

“那我去走走。”

陈静没有理会孟立，独自向前走去。孟立愣了一下，还是跟着 向前走去。两人一前一后，若即若离。

陈静没有回头，凭直觉看到背后盯着的好多双眼睛，也感觉到 孟立跟上来了，红着脸目不斜视径直走向玫瑰花圃。

红色的玫瑰，粉色的玫瑰，黄色的玫瑰，白色的玫瑰。盛开的，未开的，半开的。形形色色的玫瑰看得陈静眼花缭乱，浓郁的香气熏得她昏昏沉沉，走远一点在花圃旁古堡的围墙前停了下来。

孟立走上前来。

“你不舒服吗？”

“没，没有。头有点晕。”

“要不回去，坐着休息一下？”

“不，不要。我随便站站走走，你管你自己吧。”

孟立站在那里手足无措。

几分钟后，陈静没有看孟立，自己往前走去。不远处，孟立跟在 后边。

慢慢走到古堡的门口，迎面走来几个同团的留学生。

“哎，陈静，走快一点，跟我们一起去散步吧。”熟悉的老大姐王 薇热情地和陈静打招呼。

“好，王薇姐，有你做伴太好了，一个人我不敢走太远呢。”

“一起走吧，好几个人做伴，有男生保护我们，不用怕。”

陈静微笑着加入迎面走来的人群。孟立在 A 市留学已久，来的 都是过年过节必定在留学生聚会上会碰面的老朋友了，很自然地 和大家打招呼，一行人一齐向古堡外走去。

路上有人提议走下山再去看看莱茵河，为了抄近路，大家没有 沿着盘山的公路走，而是直接顺着山坡往下走。都是第一次来，没 有人熟悉这里的环境，天色昏暗月色朦胧看不清山林中的小路，大 家随意穿过树丛估摸着往下走去。

生长在城市的陈静极少在山林间摸黑走路，渐渐落在后面，脚 下有树根、石头挡路，头上有树枝拦路，瞪大眼睛还是难免中招。刚 刚伸手拂开一根树枝，没留神脚下踩到一块活动的石头，身子一歪 往前滑倒。一路上紧跟在陈静左右的孟立手疾眼快即刻伸手抱住 正在倒下去的陈静。

电光石火间，还没明白怎么回事，陈静已经被孟立半抱在怀里，鼻间是清冽的男子气息。陈静慌忙挣脱开来，站稳了，低声说“谢

谢”，两颊滚烫火烧火燎。

孟立猛然抱着一个柔软的身体，第一次这么近距离地嗅到少女幽香，不由迷糊。陈静站稳了说“谢谢”，孟立机械地回答“不用 谢，小心走好了”，脑子里并不清楚自己说了什么。

余下的路陈静走得更加小心。经过刚才的一抱，两个人都没有 再说话，而是默默赶上前边的人跟着大家一起走。一行人在树林里 转了半天，迷失方向，没有找到通到莱茵河的路，终于放弃返回。

回到古堡，大家纷纷说累了，要回去休息。陈静却说还想在外 边坐一坐，看看玫瑰花，孟立于是留下来陪着陈静。

Ich glaube， die Wellen verschlingen，
Am Ende Schiffer und Kahn；
Und das hat mit ihrem Singen，
Die Lore-Ley getan.

夜深了，陈静回到房间，躺在床上久久难以入睡。

好不容易睡着了，梦中回到行驶在莱茵河面的船上，回到罗蕾 莱礁石前。宽阔的莱茵河陡然变窄，河中间耸立着礁石群，远处的 山顶上罗蕾莱在唱歌，小船失去了控制快速向礁石冲去，冲去，越来越近……

蓦然，陈静浑身冷汗惊醒了，怔忡间想起远方的妈妈，想起妈 妈说过的话。

读书的时候专心读书，不要胡思乱想。要小心，多长一个心眼，

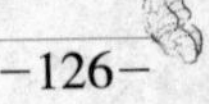

不要轻易相信陌生的男孩子……

可是，罗蕾莱……

绿色的河水在旋转，旋转，越转越快，难以抗拒的无形的吸引力。

孟立睡得也不安稳，梦里一直听到缥缈的歌声，时断时续，若有若无。

明天，明天是旅行的最后一天了，必须把握机会问清楚她的地址，定下回到A市以后的约会。辗转反侧间，孟立在心里计划。

夜色悄悄退去，东方泛起鱼肚白，红日东升，一道霞光穿破云雾照耀着莱茵河，照耀着罗蕾莱，照耀着古堡。

陈静醒了，孟立也醒了，旅行的最后一天开始了。

（2012年10月）

注：《罗蕾莱之歌》“Das Lied der Loreylei”，德国著名诗人海涅的名篇，亦即文中引用的德语诗歌。

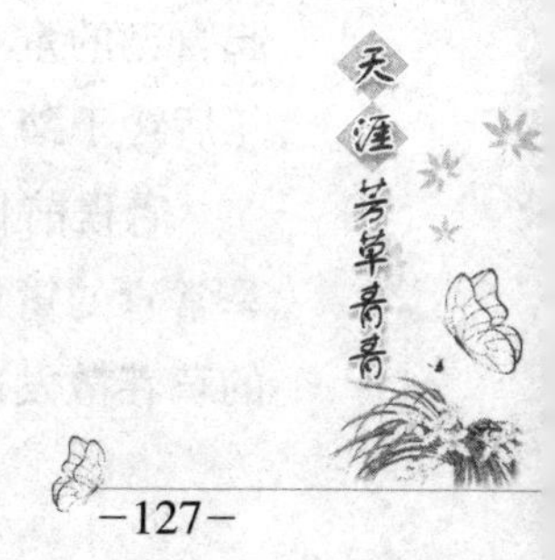

绿

溪水急着要流向海洋

浪潮却渴望重回土地

——席慕蓉《七里香》

人生是厚厚的一本书，童年是这本书的序章。因为过于期待荡气回肠的精彩故事，序章被匆匆翻过。直到阅尽千帆，疲惫的心才想起那平静舒缓的序章，在宁静的夜晚打开来，用粗糙的手指轻轻抚摸，抚摸那泛黄的书页。

人生是长长的一条路，故乡是这条路的起点。站在起点眺望远方，天边的风景如梦如幻，于是迫不及待地踏上旅途，奔向前方。路上疲累时，不经意地回首，才恍然发现起点的风景是那么悦目怡然，才听到起点的声声呼唤，才常常驻足远望，远望那走不回去的起点。

人到中年，人生的书翻过一半，人生的路走到半途，多少次跋涉迁徙，多少次随风飘荡，真实的故乡越来越遥远，梦里的故乡越来越清晰。身为人母后，看着孩子一天天长大，一点点回忆起自己的童年，带孩子回故乡寻根的愿望越来越强烈，在时隔多年后终于踏上归途。

启程前日，午饭后，坐在花园里静静地喝咖啡。蓊蓊郁郁四季常青的篱笆隔绝了外界的喧嚣，绿茵茵的草地刚刚割过，短短的草茬散发出浓烈的青草气息，身旁的薰衣草把周围染成紫色，对面的月季花用数十朵粉红装扮一身绿装，不大的花园里花香浮动草香弥漫。

放下咖啡杯，坐到旁边的秋千上，漫无目的地注视遥远的天际，蓝得发白的天空上，一两丝淡到几乎看不见的白云在悄悄游移。深深呼吸，荡动秋千，长椅式秋千发出轻微的吱扭声，在阳光下摇晃，摇晃。

“妈咪，你在想什么呢？”孩子从客厅里走出来坐到身边。

“在想老家，妈咪小时候住过的地方，这次我们一起去看看。”回过神来报以微笑。

“你住过的地方是什么样呢？”澄澈的眼睛里写满好奇。

“妈咪小时候住的不是楼房，是平房，只有一层，比我们现在住的地方要小。小时候家里穷，姥爷姥娘忙于工作养活一家人，妈咪也要帮忙做很多事情，像你这么大的时候，每天喂猪、喂鸡、打扫屋子、为一家人做饭，放学回来就在家里忙。”

“那里也有花园吗？”

“没有，没有这样种草种花的花园。那里有一个院子，三面房子一面墙壁围成一个长方的院子，院子里种树、养鸡。天气热的时候，我们在院子里吃饭，就好像我们坐在花园里喝茶喝咖啡一样。”

“呐，那院子漂亮吗？”

“那院子漂亮吗？漂亮—”眼睛稍稍眯起，注视天边淡淡白云。良久后，低声自语，“不，不能说漂亮。那里不很宽敞，不很漂亮，可是安宁温暖，那是妈咪的家，姥爷姥娘给妈咪的家。妈咪在那里出生，在那里第一次开口说话第一次迈步走路，在那里跟着姥爷姥娘学习做人做事。那里是妈咪的人生开始的地方。离开好多好多年了，不知道那院子那房子现在怎么样了。”

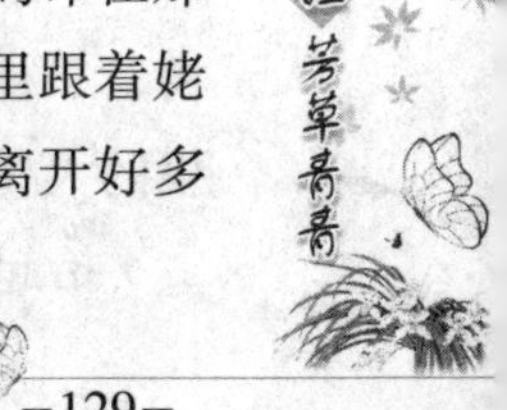

坐在秋千上，心飘向远方，远方。

终于，终于踏上故乡的土地，再次踏上曾经那么熟悉的街道，走向那无数次梦中归来的地方。

多少年没来过了！阒无人踪的小巷，没有记忆中那么长，没有记忆中那么宽，却比记忆中显得空旷。踏入小巷，扑面而来的竟是一片绿色！

一片碧绿铺满小巷。长久没人走动，小巷里长起一片绿草，一棵棵小小的毛毛草零零落落地撒满小巷。每一棵小草不甚高，不甚大，几片细长单薄的绿叶，在微风中轻摇。

“妈咪，这里也种草嘛！就是种得少，草离得远。”耳边响起孩子惊讶的声音。

“这不是种的，是一野草，自己长的野草。”迟疑片刻后回答。

“过去这里没有草，每天有人走动，不会长草。妈咪天天早上背着书包出去上学，下午背着猪草回来喂猪，傍晚把巷子打扫干净，黄土路扫得泛白，不可能长草。”

看过去，看向小巷尽头，那泛白的小巷哪里去了？什么时候，从什么时候起小巷里长满了绿草？曾经在小巷里奔跑，曾经在小巷里笑闹，曾经无数次进进出出，曾经留下无数个脚印。是否，是否当年的脚印化作了眼前的绿草？化作一棵棵小草，化作一片片绿叶，化作眼前碧绿的小巷？

默默无言，小心避开一棵棵毛毛草，缓缓推开小院的大门，走进儿时生活的院落，迎接我的竟然又是一片绿色！

一片墨绿染得小院生机勃勃。小院里长满了高高矮矮的香椿树，一棵棵舒展着青枝绿叶，亲亲热热地挽起手臂，站立在角落里的大树周围，在微风中颔首微笑。

抬起的脚步惊讶地停在空中，这真是我生活过的院落吗？香椿树非常不易繁殖栽种，当年试图再移栽一棵，几次没有成功，现在香椿树竟然自己长满了小院，一棵棵小树在院子里拍手欢笑。小小的院落里，处处绿色，处处生机。

“这里好多好多树！一院子树！”孩子惊呼出声。

“这—这些小树是妈咪离开后长出来的，是角落里这棵大树的孩子。”边说边指给孩子看。

仔细打量东南角落里的香椿树，墨绿的叶子，修长的树干，比过去更加茂盛茁壮了。不自禁地踮起脚尖，想看看能否抓到香椿树枝。哦，还是不行，香椿树长得更高了。

“看见这棵最大的香椿树了吗？妈咪小时候它就长在这里了。春天，香椿树开始发芽后，我们一天看几遍，总在想香椿为什么长得这么慢，还要等多久才能吃上香椿呢？终于一天早上，姥爷说扒香椿吧，大家就一齐挤上去抢着扒香椿。舅舅吐口唾沫到手心，搂住树干往上爬。大阿姨抢过绑着铁钩的长竹竿，毫不费力地伸向树枝。二姨顺着梯子爬到墙上，再手脚并用沿墙爬到树下，伸手去折。妈咪不会上树，不会爬墙，所以站在树下捡起掉落地上的香椿芽。嫩芽收集到一起，放到一个盆子里，刚烧开的水浇上去，灰绿色的香椿嫩叶变得翠绿，香椿的香气随着水汽飘浮在空中。然后那天就有香椿炒鸡蛋吃，可好吃了！”

下意识地耸起鼻子，淡淡香气氤氲飘散，春天的太阳照得身上暖洋洋。

目光移向小院中间，几棵小树挤在一起的地方。

“看见这里吗？夏天太阳落山后，妈咪把青菜切碎了，拌上草糠喂过鸡，把鸡赶进鸡窝，挡好，在院子里洒上水，打扫干净，搬过吃饭的小方桌，放在这里，周围摆好小板凳，我们坐在这里吃晚饭。姥爷姥娘一人坐在一角，冲南屋的角落是妈咪固定的位

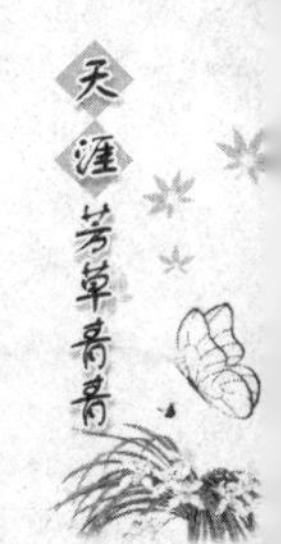

置。我们吃饭好几个菜，妈咪小时候只有一盘青菜，过年过节才有肉，另外有汤有馒头什么的。饭菜比现在简单，吃的时候却一样热闹。晚上不赶着上学，不赶着工作，大家抢着讲话，讲一天中发生的事情。有趣的事情，好笑的事情，边说边笑。好多次住在附近的小伙伴问妈咪，为什么我们吃饭的时候那么热闹。”

晚饭时的笑声在耳边回荡，唇角浅浅弯起，看看身边的孩子，仿佛当年的自己，下意识地拉起孩子的小手，回过头去看小院门口，可有父亲夹着书本或是母亲扛着农具走进来?

“看，这是北屋，在北屋里妈咪听姥爷讲了很多很多故事，比妈　咪给你们讲的童话故事还要多。西屋是厨房，妈咪跟着姥娘学会做饭，以后妈咪也要教你们烧饭烤蛋糕，男孩子也要学会自己做饭。

南屋是妈咪住的地方，每天在那里读书学习，可从来没有要姥爷姥娘费一点心。”

依次看过去，看过去：微红的油灯，八仙桌上微红的油灯忽闪忽闪，小板凳上小女孩的眼睛忽闪忽闪，盯着墙上父亲被放大的影子，透过影子穿过墙壁一个神秘的世界在招手。红红的火苗，灶膛里红红的火苗映红木墩上女孩的面颊，女孩右手拿书，左手拉风箱，一边拉动风箱，一边借着灶火看书，不小心火苗呼地从灶膛里蹿出来，差点烧着手里的书。殷红的对联，门口殷红的对联墨迹方干，上写“书山有路勤为径，学海无涯苦作舟”，屋里女孩坐在书桌旁学习，书桌上那打开的课本从来不曾合上。

拂去灰尘，翻看童年故事；掀起面纱，探访旧时模样。一点点移动目光，一遍遍四处打量，这才注意到院子东北角落里仍然放着一把梯子，而那梯子竟然也是绿色的!

鲜艳的葱心绿沿着梯子通向屋顶。那春天般新鲜的绿色吸引我走近细看。摆放的位置虽然相同，过去的木梯却换成了一把金属的梯子，一种类似爬山虎的爬藤植物缠绕着梯子一路向上。顺着藤枝往下看，那爬藤的根从窄窄的墙缝里钻出头来，柔弱的藤枝挺起纤细的腰肢顽强地往上爬，沿着梯子爬上去，几乎爬到屋顶。一片片鲜亮的葱心绿开放在梯子上，手掌似的绿叶遮盖住暗红色的斑斑锈迹。一把生锈的铁梯被新鲜的绿色覆盖着，变成一道奇特的风景。

“妈咪，那是什么？上面长着什么东西？那绿色好漂亮呢。”孩子跟随妈妈的目光看向那个角落。

“那是梯子，小时候妈咪常常爬上屋顶做事情，玩耍。那上面长的好像爬山虎。”

“妈咪想到屋顶上看看，你们没爬过这样的梯子，不要跟着过来了。”那梯子触动久远的回忆，放开孩子的小手，走向梯子。

“妈咪小心！”孩子关心地喊。

“放心，小时候姥爷姥娘教过妈咪爬梯子。”心头一热，回头冲孩子微笑。

多少年了？多少年前，站在梯子下面畏缩不前，抬头看那么高的屋顶，似乎永远也爬不到的样子，两级梯级间相隔那么远，怎么跨过去呢？

“不要怕，大胆迈步往上走，要胆大心细，手抓紧梯子，脚找准地方了，再放下去。跟我来，慢慢爬，不怕慢，只要不停，就能爬到顶上。”父亲对我说着，率先爬上梯子，母亲站在下面，看我战战兢兢地跟随父亲爬上去，然后第一次站在屋顶上咧嘴而笑。

后来，多少次，我站在形形色色的梯子下面，感到胆怯的时候，想起父亲的话，就鼓足勇气迈步踏上去，胆大心细，一路不停。

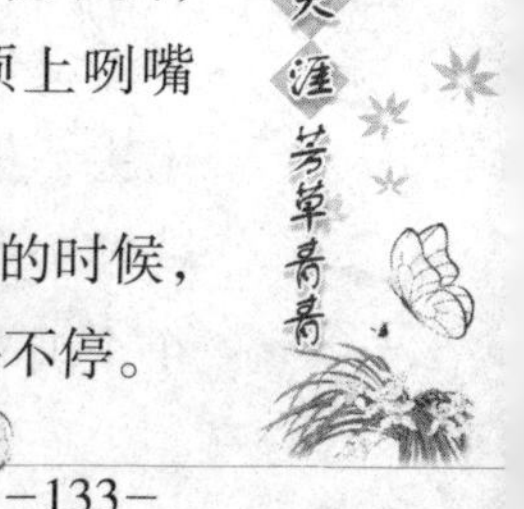

站在梯子下面，不期然地停下脚步，抬头往上看，似乎没有记忆中那么高呢。微微一笑，伸手扶住梯子，迈步踏上去。

爬上梯子。

麦收时节，父亲偏过头，扛着一袋粮食，踏上木梯。右手攥住绑起来的布袋口，左手扶梯，稳稳地抬起脚落下去，抬起脚，落下去。伴随着轻微的咯吱声，木梯的梯阶微微弯下去，弯下去。父亲没有听见咯吱声，没有停下脚步，一步步爬上去，一次次把一家人的口粮背到屋顶，摊开来晾晒。我跟随父亲的脚步来到屋顶，负责看晾晒的粮食，赶走飞来啄食的小鸟。

爬上梯子。

夏日的午后，母亲端着一个洗脸盆，踏上木梯。左手扶梯，右手紧紧勾住洗脸盆的边沿，洗脸盆的另外一边抵在母亲腰间。盆里盛满刚刚打好的糨糊，厚厚的糨糊随着母亲的脚步晃动，母亲小心地不让糨糊溢出。右手抱着一包碎布头旧衣服，我跟在母亲身后爬到屋顶上。避开树荫，母亲在阳光直接照射下来的地方，放下洗脸盆，拿起一块块碎布头，剪开旧衣服，一层布片一层糨糊地打"夹纸"。"夹纸"是给一家人做鞋底用的，要趁天热的时候打好晒干。我蹲在旁边，把一块布头递给母亲，或者接过母亲手里的剪刀，更多的时候看着一滴滴汗水从母亲的发际沁出来，沿着鬓边滴落。

爬上梯子。

多少年后，在一个夏日的午后，踏上铁梯。在孩子的注视下，踏着父母的足迹，手脚并用一级一级爬上去。追随父亲的背影爬上去，把梯级踩弯；追随母亲的背影爬上去，让汗水滴落。爬过一节节藤枝，留下一个个攀登的足迹；拂过一片片绿叶，问候一个个闪亮的日子。

终于爬到高处，抬脚登上房顶。

站在高处，再次打量那奇特的梯子，刚刚一步一步踩在脚下，爬到屋顶上来的梯子。暗红的锈迹，点点斑斑，无声无息地站在角落里，默默奉献自己的身躯，托起一片片绿叶，无怨无悔。鲜绿的叶子带来鲜活的生命，可是那生命不属于梯子，鲜绿的叶片也无法抹去岁月，抹去沧桑。一代新鲜的生命沿着梯子爬上来了，而那梯子在慢慢老去，无可挽回地老去。

心中蓦然一紧。

“妈咪，我们在这里！”孩子在下面大声喊，边喊边挥手。

笑着答应，向孩子招手。院子里，孩子站在香椿树苗旁，抬头仰望妈妈，目光一如当年我仰望自己的父母。现在他们站在人生的起点，有一天他们也会离开父母奔向远方。而我，我现在站在父母当年的位置，想，或许多年以后，他们也会回到起点，带着他们的孩子回到起点，追寻童年的点点滴滴。

一代又一代，年轻的生命成长起来，奔向远方，然后在某一天会再回来，回来寻访童年的足迹。总有那么一天。

站在屋顶，站在我出生的房间顶上，看下去，童年的生活在小院里摊开来，一览无余。没有精彩万分，没有荡气回肠，可是有满院绿色，满院郁郁葱葱。那是父母为我谱写的绿色童年，是我一生绿色的序章。而我呢，是否也给了孩子绿色的童年？

再次环顾周围，环顾我一生的起点。墨绿的小院，葱心绿的梯子，和院外碧绿的小巷，深深浅浅的绿色融合交汇，汇成一条绿色的道路，通向遥远遥远的天边。

天边，那是我要继续走下去的路。疲累的时候，我会休息片刻，静静回望这一路绿色。

毛毛草和太阳花

从小生长在华北平原的一个小乡村，可是离开家乡在欧洲的大都市生活快三十年了，在异国他乡时时关注故乡，关注改革开放的大潮给农村带来的变化，听说儿时伙伴纷纷跳出农门，在县城、市里（省会）落脚买房买车，不胜欣喜。欣喜之余，却也暗问故乡是否无恙？如此一想，便不敢抬起归乡的脚步。

离开的时间愈久，思念愈浓，归乡的脚步愈加沉重。无数次辗转反侧，终于，终于在去年暑假，第二次踏上归程。行前心中忐忑，不知道等待我的故乡是什么模样。

在约好的日子，住在市区的堂弟开车去接我们，一进村口，最先看到毛毛草。毛毛草就是狗尾巴草。一丛丛毛毛草，时断时续地长在大街两旁。来不及细看，车子已经向叔叔的新家开去。那是一片新盖的住宅区，进门打个招呼，寒暄两句，便匆忙去探访故居。

走近故居所在的小巷，一片绿色晃眼而来。一棵棵毛毛草，在空旷的小巷里随风摇曳。小巷中很久没有人走动，或许是微风或许是小鸟把毛毛草的种子在此撒落，于是小巷中长起毛毛草。不是茂密的一丛丛，而是低矮的一棵棵。一棵棵毛毛草只有三四片叶子，太小了吧？看不见茸茸的绿毛。小小的毛毛草被随意抛撒在小巷，没有勾肩搭背地长成一片，而是和伙伴们略微保持距离，但是远远望去疏淡的毛毛草给小巷铺上一层绿衣。

站在小巷入口，注视微风中的毛毛草，轻轻抚摸故居斑驳的墙壁，被岁月模糊的童年恍然走来，一棵棵低矮的毛毛草那是一个个小小的脚印，一个小小的身子留下的小小的脚印。抬头看去，一个小小的身影端着一大盆猪食走出门来，走两步，放下歇一歇，走走停停，一步步走往小巷深处。注目小巷尽头，那个小小的身影张开双臂抱着一大抱棉花秸走过来，棉花秸挡住了正前方的视线，小小的头偏过来伸长脖子从侧面看向前方。眨眨眼，那个小小的身影背着书包走出来，不，不是书包，是一个农村很少见的箱子，很多人簇拥着那小小的身影走向停在大街上的一辆车子，然后车子开走了，载着箱子，载着身影，远走了。

身影远去，人群散去，小巷中只留下一个个小小的脚印，随着小小的毛毛草在风中起伏。站在巷口，凝视一棵棵毛毛草，凝视绿色的小巷，良久不敢迈步。

在故居流连再流连，终于转身走出绿色的小巷，来到大街上，入目又是毛毛草，长在大街两旁。一两尺高的毛毛草，碧绿的草叶，茸茸的毛毛，一丛丛沿着大街两边延伸下去，仿佛两条绿色丝绦从大街的肩头披落。

记得上次回老家，看到村中的主要干道铺过柏油硬化了，显得干净宽阔。现在柏油路上却长起毛毛草，心中惊讶，询问堂弟。堂弟告诉我，壮劳力都到城市打工去了，街道没人清理打扫，路旁堆积垃圾，或者就近在路边种点蔬菜，年长日久逐渐长起各种杂草，最多的就是毛毛草。

默然前行，空旷的大街上不见人影，只有路边的毛毛草张开手臂在欢迎我。茫然走下去，走下去……

走下去，走下去，坑坑洼洼的街道热热闹闹。午饭时光，一缕缕炊烟升空飘散。放学了，一群孩子在街上你追我赶，“某某，

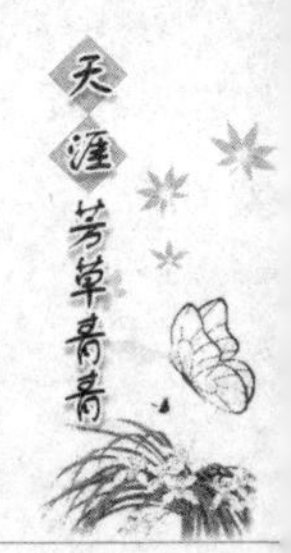

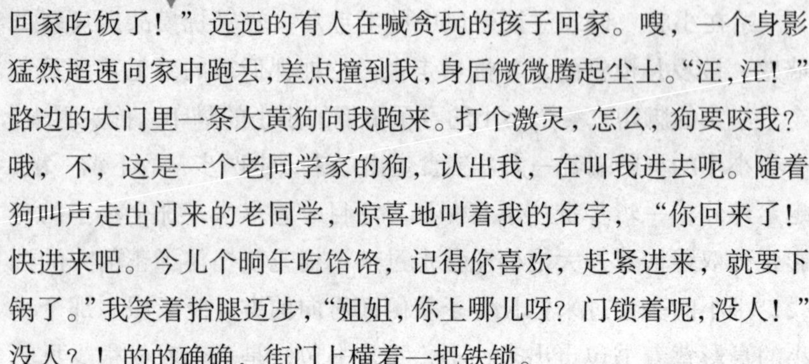

回家吃饭了！”远远的有人在喊贪玩的孩子回家。嗖，一个身影猛然超速向家中跑去，差点撞到我，身后微微腾起尘土。“汪，汪！”路边的大门里一条大黄狗向我跑来。打个激灵，怎么，狗要咬我？哦，不，这是一个老同学家的狗，认出我，在叫我进去呢。随着狗叫声走出门来的老同学，惊喜地叫着我的名字，“你回来了！快进来吧。今儿个晌午吃饸饹，记得你喜欢，赶紧进来，就要下锅了。”我笑着抬腿迈步，“姐姐，你上哪儿呀？门锁着呢，没人！”没人？！的的确确，街门上横着一把铁锁。

继续走下去，走下去，转过街角，同样空阔的街道，只是风向改变，一丛丛毛毛草转向他方，离我而去，绿色的身影渐渐隐没在目不可及的远方。

“往回走吧，这里没什么人了。就是有人，现在也不在家。”堂弟提醒我。往回走吧，到当年的村外，现在的新住宅区看看。一栋栋两层小楼，红砖院墙，高高的台阶，气派的大门，几乎家家如此。

“这不是某哥哥的家嘛，我们去看看。”看到一栋大门虚掩的小楼，认出是一个堂兄的家，我敲敲门环推门进去。高高的砖墙围着幽静的院落，整齐的青砖铺地，而且不像过去一样在院子里养鸡，显得特别干净。听到有人进来，堂兄堂嫂迎出来。来到屋里坐下，看看兄嫂满足的笑容，不用细问也可知道他们生活幸福美满。

聊了一会儿，走出屋来在院子里合影。取景时，看到角落里一棵青枝绿叶的葡萄树，葡萄树前是一丛花圃，花圃里一种似曾相识的植物吸引了我的目光。长得不高，单层花瓣，嫩黄的花心，艳黄的花蕊，衬着暗红的花梗，肥厚细长的叶子。红色、紫色、黄色、橙色的花朵，不甚大，不名贵，却色彩艳丽，透着勃勃生气。这不是过去常常采来喂猪的一种野菜，马齿苋嘛。马齿苋也会开花？看到我吃惊的样子，堂嫂笑着说，这可不是马齿苋，叶子比马齿苋细长，这种花叫“太阳花”。不挑剔地方，也耐干旱，兄嫂常住市里，没人浇水也没关系，所以种了一些。太阳花能够自播繁衍，不用撒种，不用移栽秧苗，不需要打理，只要阳光充足，就长得好。

“只要有太阳，就长得旺开得好。”堂嫂在阳光下笑成一朵花。告别兄嫂，回到叔叔家，和亲友们欢聚一场。下午离开的时候，站在门口再次回首，留意到叔叔家的花圃也盛开着艳丽的太阳花，现在的故乡似乎流行种植太阳花呢。

时隔十二年后重回故乡，在故乡我看到了茂盛的毛毛草，我也看到了艳丽的太阳花。

（2013 年 5 月）

故乡的路

少小离家，在国外生活多年，和所有的他乡游子一样，多少次闭上眼睛踏上回家的路，沿着田野间的土路，走向那熟悉的村落。乡村的街道，不甚宽阔，行人的脚步带起些许尘土。哪家的小狗跑过来，摇着尾巴嗅来嗅去。谁家的母鸡下了蛋，咯咯答叫着报告主人。四五个孩子笑着闹着，风一般地卷过街道。路上碰到的邻居含笑打招呼，问“吃过了吗？”巷口的椿树长得越发高了，浓荫如盖。走进小巷，我轻轻推开老家的大门。

多少次这样踏上故乡的路，在白天，在夜里。可是真的回到故乡的时候，为了探访更多亲友，总是来去匆匆，不曾这样徒步踏上故乡的路，切身亲近故乡，难免遗憾。

离乡三十年了，第二次回老家的时候，下定决心安排了一天时间，和童年挚友兰约好，由她骑电单车带我，我们一起再次亲身走过故乡的路。

夏末秋初，上午我们从我落脚的故乡省会出发，选择乘公车回到故乡县城，弯到兰在县城的家放下东西，再打的到她婆家的村庄，王庄。

王庄也在故乡附近，可是距离稍远，小时候我们没有走路去过。的士出县城，上公路，再向东转向一个偏僻的村庄，那就是王庄了。

前几天刚刚下过雨，村里的道路一片泥泞，偶然路过的汽车留下宽宽深深的车辙，摩托车、三轮车、单车留下窄窄细细的车印，老少行人留下大大小小的脚印。这和三十年前的故乡相似，在意料之中。让我惊奇的是，道路中间一条一两米宽的水沟，水沟边的斜坡上杂草蔓延灌木丛生。沟里浅浅的积水并不流动，积水里零星的水草，一个白色的塑料袋浮在水面，仿佛一艘搁浅的小船。

兰指挥的士小心地开到一条小巷，在一家门口停下来。迎面朝南一个黑漆大门虚掩着，房屋旁沿着墙壁垫高了一溜土，劈成小小的菜地，边缘的泥土被雨水冲到街上，踩成一片泥泞。一片绿色爬上墙头，绿色中开着几朵小小的黄花，几条带刺儿的黄瓜和细细的丝瓜垂落下来，旁边还有几棵四季豆，一串串紫色的小花在风中颤动。兰留意到我惊诧的目光说，现在都不留菜地了，也不常住这里，所以在路边随意种一点，菜不够再买。

进门坐了一下，兰推出电单车，开始我们的漫游之旅。兰骑到车上，我坐到后座上抓住座位架子，颠簸着骑出小巷，骑出村子。时近中午，我们选择的第一站是离故乡一里地的赵庄镇。那是一个比较大的村子，以前的公社所在地，准备到那里吃午饭，再尝尝故乡的饸饹。

骑出王庄，转上公路，宽阔的柏油路非常平坦。公路上交通不很繁忙，我请兰骑慢一点，我可以看看故乡的风光。

公路两旁茂盛挺直的白杨树撒下浓密的绿荫，树叶哗啦哗啦在拍手欢迎我们。

“树长这么高了！这还是我们小学时种的吧？你还记得吧，学校组织植树，全校的老师和学生们刨坑的刨坑，栽树的栽树。你和我，我们一起抬水浇树。”

“咳，早过时了！我们种的树早长大被刨掉了，这是后来另外种的。这条公路也是后来加宽重修的。”

“长得好好的，为什么刨了？”我惊讶。

“卖树赚钱呀。”兰奇怪我如此问。

一路上两边清一色的玉米地，密密实实的青纱帐一眼看不穿，墨绿的叶子唰啦作响，暗红的缨穗飘动，路旁田头杂草丛生蔓延开去。打量一片片杂草，悄悄回想这些草的名字。小时候天天放学后，和小伙伴们背着草筐砍草喂猪，杂草长不成片。当年养的猪最喜欢吃什么草来呢？摇摇头，说不上来了。

一路向前，公路左边一个村镇在望，兰转弯向那里骑去。路口一个高大的牌楼映入眼帘，殷红的柱子，暗红的瓦片，飞檐翘角，上面三个大字告诉我“赵庄镇”到了。

骑车穿过新修的牌楼，面前一条宽阔的街道，应当是镇上的繁华大街，两旁全是两层楼房，各种各样的店铺一字排开，午饭时分街道上热热闹闹的，很多人走进走出道旁的饭馆。

我们下车，兰在寻思那家饭店看起来干净，我四处打量着曾经非常熟悉的小镇。房子高了，大了；店铺多了，热闹了；街道直了，宽了。这里或许就是过去的大街吧，当年唯一的供销社在路的右边，我曾在那里花了“大笔”钱，我攒了好久的零花钱，买下期盼很久的红发卡，小心地接过来不舍得戴到头上。

唇角微翘，四处搜寻，还能找到那个小女孩的足迹吗？张望间，这才发现宽阔的街道竟然是阴阳脸，右边一半是硬硬的柏油路，左边一半比右边低不少，有些路段铺了石子，有些路段是土路。下过雨，积水的地方满是泥浆，无法下脚，隔不远有一条木板从路的这边搭到另外一边，行人踩着木板走过去。看到我诧异的目光，兰说，这条路要拓宽，修了一半，经费没到位，停下来了，另外一半还没修呢。等过两年我再回来，这条街道会更宽阔更热闹。

我们停下来的地方，在低洼的一边，搭起一个小小的活动的烧饼档。色彩鲜艳的塑料顶棚有些天没洗了，顶篷下简易的铁架子支起案板，旁边一个炉子，显然是一对中年夫妻围着还算干净的白围裙在后面忙活着，两个人各占一头在擀烧饼，一块块小面团放在手边，擀好的烧饼放在前边，等着上芝麻然后进炉。案板前面另外支着一个架子，上面堆着已经出炉的烧饼。

就到那家吧，没来得及细看，兰已经选好饭馆。我们踩着木板走到对面一家饸饹店，去吃老家有名的饸饹。饭后走出来，站在饭馆门口再次打量街上的景象，浓郁的烤芝麻的香味飘过来，把我的目光再次引向那对烤烧饼的夫妻。一炉烧饼烤好了，炉盖打开来，那女人铲出一个烧饼，转身放到前面的架子上，再回身铲出另外一个烧饼，一个接一个。架子上的烧饼多起来，男人抬眼看看烧饼，再抬头看看街上，面容平静不悲不喜，看看妻子，继续低头擀烧饼。

芝麻烧饼可是小时候难得吃到的东西，这是多少年没见过的景象了，下意识地走近那个烧饼档。简陋的设备，平凡的夫妻，站在低洼的地段，不停地工作着，重复单调的动作，制作简单的食品。金黄的烧饼，一粒粒黑色的芝麻，那是世界上最诱人的麻脸。我取出手机拍照，那对夫妻发现了，抬起头来看看我憨厚地笑笑。古铜色的面庞，有风雨，更有阳光，像烧饼一样温暖。买两个吧，吃不下，就带走。

告别那对夫妻，骑上电单车，兰说要带我去张庄看看，那是故乡西边的邻村，去看南水北调工程。

离开小镇，我们在田野间穿梭。这是儿时几千次几万次走过的地方，我竭力辨认这是哪块田地，过去属于哪个小队，曾经种过什么。看来看去，不得要领。到处是一片片玉米地，道旁胡乱堆积的土堆上是密密的杂草。道路不同了，建筑物不同了，完全

没有可以辨认的标志。

和来时路上一样，一片又一片的玉米地，看不到记忆中大片大片的棉花，忍不住询问。

兰没有回头说，“棉花需要管理，活太多。现在都外出打工，就剩老人孩子在村中，种玉米省事，种下不管了，随便它长。”

“哦，所以地头这么多草，也没有人拔草。”

“现在谁还拔草啊？拔草是多少年前的老皇历了。”我默然不语。

又穿过一片玉米地，墨绿的田野中蓦然耸起一个庞然大物，一条土黄的巨龙蜿蜒而来，却没有腾飞而去，而是戛然而止。

巨龙把我们面前的道路截断，我们下来推车绕到一头。走近看，黄土堆成的堤岸高出地面很多，中间是又宽又深的河沟。我们站立的地方黄土松松地堆积着，不知道是午休还是停工了，没有人在干活。庞大的巨龙穿过田野，穿过村庄，这就是正在兴建的南水北调工程的中线。我站在那里，默想若干年后这条巨龙会是什么模样，会给故乡带来什么变化。

离开巨龙，按照计划我们应该向东回老家村里看看。兰显然也好久没来了，骑上车子向前走，找不到记忆中的道路，在旁边村里绕来绕去。路旁的房屋有平房有小楼，家家高高的围墙，高大气派的油漆大门。一排排房屋中，夹杂着缺口，一户人家搬走了吧？没有盖房的房基地上，随意堆着积土，土堆上或长着一片茂密的杂草或种着几畦蔬菜。

一路走一路看，一片开花的植物突然映入眼帘。一块闲置的房基地，高低不平的土堆，上面不高的植物，墨绿的叶片宽宽的，红色、白色、黄色的花朵点缀其间。这不是棉花吗？停下来走近细看，久违了，三十年没见过的棉花！不大的房基地，没有平整

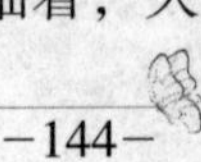

过，一棵棵棉花随意生长，不像过去一样是笔直的一行行排列整齐。棉花的花朵开得正好，还没到摘棉花的时候呢。恐怕再也看不到很多人围着围腰，穿梭在一行行的棉花中采摘棉花的盛况了。嘻嘻哈哈的笑声在耳边回响。

沉思冥想时，一位老太太走过，兰很不好意思地打听到我们村该怎么走。

顺着老太太指的路，继续向前，穿过一块块农田，终于故乡在望。从村西进村，那是我老家所在的一部分。村口两棵槐树三棵柳树四五棵杨树，一点没有印象，都是我走后新栽的吧。穿过陌生的小巷，前边道旁摆着一张小桌子，四五个中年妇女坐在旁边，看年龄应当是认识的人，如果叫不上名字辈分来可尴尬，悄悄跟兰说让她提醒我一下。

越来越近了，看清楚那几个妇女在哗啦哗啦打麻将，头都没有抬，根本没有注意过路的陌生人。兰好像也没有看到熟人，没有停下来打招呼。我们继续向前，沿着故乡的大街向前。没有小狗摇着尾巴跑过来，没有母鸡咯咯答叫，没有孩子风一般地卷过街道，没有熟悉的邻居问吃过了吗。静悄悄的街道，两旁杂草丛生。新崭崭的房屋，家家掩门闭户。

顺着大街向前，我知道前边不远，向右转，几天前刚来过的老屋一定还在那里，还在等着我。向前，老屋隐约在望。

傍晚，告别兰，兰的女儿要去省城办事，和我做伴直接打的回省城。我们走另外一条国道，车辆比上午多多了，很多运输的大卡车把道路塞得满满当当。暮色中只见一条长龙一字排开，暮色苍茫，尾气弥漫，看不清前面的路况。

车子半天没动，司机不耐烦地回头张望，嘀咕着能否退出去走其他路呢？回头看，一排车队紧紧尾随，后退无路。往前看一

条长龙蜿蜒蠕动，被卡在中间只能向前走，向前走。

我转头看看身旁兰的女儿，高中毕业，马上上大学了。浓眉大眼，圆脸盘，酷似三十年前的兰，可是一头长发随意拢在脑后，没有编辫子。身上的T恤牛仔裤，也是三十年前不可想象的打扮。手里拿着手机，手指轻巧地移动，在发短信吧？

三十年过去，故乡成长起来的新一代。似曾相识，却又完全陌生。

我仰头靠在座椅背上，闭上眼睛，面前出现故乡干干净净的黄土路，沿着土路走下去，向故乡走去。巷口椿树绿荫如盖，我轻轻推开老家的大门。

（2014年1月）

故乡的冬天

又是冬天了，走在异乡的街道上，追忆故乡的冬天。

故乡的冬天是美丽的，美丽的冬天在我的记忆里留下深刻的印象。

故乡的冬天美，美在窗花。冬天天气寒冷，窗户玻璃上的几个角落会结冰冻窗花。一片片晶莹剔透，形状美丽独特，无一重复。幼时常常惊奇，不知道它们是由哪位巧手剪贴而成的。站在窗前轻轻抚摸，一片凉意传到手指。因为不忍窗花在手指的温暖下融化，更多时只是痴痴地看，幻想自己有一天也能拥有如此能工善画的巧手。

故乡的冬天美，美在大雪。记忆里故乡的冬天年年下大雪，鹅毛大雪纷纷扬扬，一片一片雪花飘飘荡荡回旋舞蹈着飘落下来，田地房屋树木逐渐披上洁白的新装，熟悉平凡的农家变成虚幻的仙境。这神奇的变化曾经让一个小女孩那么着迷，多少次冒着漫天大雪走出去，轻轻地把小脚踩下去，不忍践踏这白色的精灵，白雪在脚下发出轻微的嚓嚓声，慢慢穿过村庄走到田野，身后是一串逐渐被新雪掩埋的脚印，眼前是一片茫茫白雪世界，田野里在厚厚的雪被下麦苗正在安然冬眠。虽然双手冰冷，还是忍不住伸手抓起一把雪，一口咬下去，凉凉的。那时常想如果下的不是雪，而是白糖或白面多好！

故乡的冬天美，美在雪后初晴时，树上晶莹的雪花在阳光的

照耀下流光溢彩。那时调皮的孩子们会把雪团成雪球，嘻嘻哈哈你追我赶地打雪仗，奔跑时撞动小树，树上的白雪簌簌落到身上，孩子们变成一个个小雪人。下雪后，偶尔也会天气回暖，雪水从房檐滴落。等到夜里气温再降低时，雪水在房檐下结成一条条冰锥，或长或短，时断时续地沿着房檐绕一圈，好像给农家小屋挂上一条晶莹的带子，在阳光下闪耀着五彩光辉。调皮的孩子们会沿着梯子爬到高处，伸手掰下一条冰锥，放到嘴里让它慢慢融化，那便是天然的冰激凌了。

故乡的冬天是寒冷的，寒冷的冬天在我身上留下终生烙印。三十年前农村的生活条件艰苦，我小时候身上穿的是母亲一针一线缝制的衣服，冬天穿厚厚的棉裤棉袄，脚上穿棉鞋。棉裤棉袄里面絮的是棉花，棉鞋的鞋底是用一层一层母亲在夏天用碎布头、旧衣服加糨糊打成的“夹纸”缝制而成，鞋帮里面絮的也是棉花。如果天气干燥，那么棉衣棉鞋也足以保暖。可是下雪后，特别是天气回暖雪化时，不到半天棉鞋就湿透了，冻得双脚冰冷。幼时家贫，没有袜子手套保暖，每年冬天双手双脚都会长冻疮。在寒冷的地方还不觉得什么，可是来到温暖的地方双手双脚便麻痒难耐。每年春天天气转暖，在学校上课时总坐不安稳，课桌下的双脚悄悄互踩，稍解麻痒。

冻疮造成的麻痒只需忍耐，终会过去，是小节。除此之外，冻疮还曾经给我和父母带来更大的困扰。上小学时，有一年冬天，冻疮长得特别厉害，右脚上的冻疮化脓。当时医疗条件落后，父母遍求偏方为我治疗，试过好多方法，现在还记忆清晰的偏方是用麦苗煮水烫脚，可是没有显著疗效，冻疮溃烂如故。最后记不清楚是哪位乡亲推荐用麻雀的脑子涂在脚上患处，病笃乱投医，父母决定姑且试试。三十年前的农村家家在秋天晒干菜，就是把整棵白菜劈成一小块一小块的，挂在房檐下树枝上晒成干菜。在冬天经常有人家的房檐下还挂着没有收起来的干菜，在寒冷的冬天这些地方就成了麻雀栖身过冬的首选。夜里突然打开手电筒，骤然而来的强光刺激麻雀的眼睛，使它有片刻一动不动，任人抓捕。几位本家堂兄自告奋勇用这种方法抓来麻雀，给我治疗冻疮。几次后，冻疮化脓的地方竟然好了！可是从此在右脚的大拇指和脚掌相连的地方留下一个制钱大的疤，这是冻疮在我身上留下的终生烙印。

故乡的冬天更是温馨的，温馨的冬夜改变了我的一生，在我的人生之路上刻下难以磨灭的印痕。

农民一年从春忙到秋，只有在冬天才稍有闲暇，但依然不是无所事事，在冬天也有许多事情要忙，其中之一是织布。三十年前买布需要布票需要钱，布票和钱都是有数的，一大家人要穿衣盖被，就得主妇自己纺线织布裁剪缝纫。用来纺线的棉花有的是生产队分的，有的是我们从分到各家当柴烧的棉秸上摘下来的。自己织布需要好几道工序，必须先把棉籽抠出来，把没有了棉籽的棉花弹成松软的棉絮，棉絮纺成棉线，棉线浆洗染色后，用非常复杂的方法把各种颜色的棉线有规律地缠在“盛子”（音译，不知道该写哪两个字）上（这个过程称为“经布”和“引布”），把重重的缠满经线的“盛子”装在织布机上，再拉动织布机来回穿梭，加上纬线织成布。自己织的土布比较粗，不大合适做衣服，一般用来做褥子被里等。

织布的工序繁复，最劳累的是一家主妇，但是家里其他人，包括孩子们，也要参与这项工作。记得在故乡漫长的冬夜里，一家人聚在北屋，母亲坐在炕上的角落里摇动纺车纺线，父亲坐在八仙桌旁的太师椅上，几个孩子坐在小板凳上。父亲和我们的手

里都拿着棉花，父亲一边和我们一样把棉籽从棉花里抠出来，一边给我们讲故事。有时候也有一位本家伯父坐在另外一把太师椅上，加入讲故事的行列。

那时候我们最爱听《西游记》的故事，猴王出生，学艺，大闹龙宫取得金箍棒，大闹天宫，三打白骨精，三过火焰山……我们百听不厌。至今记得父亲做出猴王从耳朵里掏出金箍棒的样子，把金箍棒放在手里，吹一口气，嘴里说“长长长！”然后金箍棒就长长了！多么神奇！

另外经常讲的故事是遇鬼诈尸的故事，讲的是某某人家有人去世，半夜里尸体不见了，一阵阴风吹来，守灵的人看到去世的人披头散发，眼眶流血，吐着长长的舌头，伸出手来……这类故事听得我们头皮发麻汗毛直竖！

当然也有皆大欢喜的故事，这类故事记忆最深刻的是《柳毅传书》。那时渴望找到那棵是龙宫入口的树，想用带子蒙起眼睛，围着树绕三遍，敲敲树洞，看看是否有人出来接我去龙宫做客。

……

在故乡温馨的冬夜里听到许多名著故事，那便是我接受的启蒙教育，是我最初接触文学，从此爱幻想爱看书，文学从此成为我一生的挚爱。

随着岁月的流逝，故乡的冬天，那些温馨的寒冷的美丽的日子已经离我遥远得如同隔世。穿过岁月织成的重重帘幕回首童年，不再感到冬天的寒冷，只有美丽和温馨深刻脑海，永世难忘。

（2010 年 12 月处女作）

故乡的年味儿

离开故乡整整二十八年了！最后一次在故乡过年（春节）是在二十九年前！在我生活的国家没有唐人街，春节也不是法定假日。每到冬天，春节的脚步临近，走在异国他乡的马路上，看看四周没有一点节日装饰的商店，看看表情麻木来去匆匆的行人，没有一点节日的气氛，没有一丝一毫的年味儿，心底莫名的失落。故乡，我的故乡，过年是名副其实的“味道”十足！长夜怀想，故乡那浓郁的年味儿便从记忆深处飘过来，飘过来！

小时候生活在北方农村，生活清苦，过年时家家户户尽可能改善生活。一整个正月大家走亲访友，基本上天天有客人来，没有时间准备复杂的吃食，所以要提前准备好一个正月的主要食品。进入腊月，一家主妇便开始为过年忙碌。民以食为天，故乡的年味儿包含了浓浓的“吃”味儿。

故乡的年味儿最馋人的是煮熟的肉味儿。儿时的故乡家家户户自己养猪，入腊月杀猪煮肉拉开故乡过年准备工作的序幕。一个村子的人集中在两三天内杀猪，然后把瘦肉剁成肉馅，留着正月包饺子待客，其余的肉切成成人巴掌大的一块一块，放在大锅里煮熟。一年到头，那是唯一可以放开肚量吃肉吃饱的一天。每次肉还没有熟，香味开始溢出的时候，我们一帮孩子已经开始耸鼻子咽口水，盘算等一会儿要吃多少肉。可是每次真正坐下吃的时候，却吃不下多少，不知道是闻香味闻饱了，还是像母亲说的“眼

大肚子小”。等大家都吃饱后，母亲把肉块从锅里捞出来，放到一个小瓮里，一层一层加盐加油，细心地腌起来。腌好的肉要放一整年，过节或者有客人来时，才拿出一块炒菜用。肉汤取一小半，加上太白粉、少量碎肉，盛在小胳膊粗细自己用布缝制的口袋里，灌成肠子煮熟。有客人来时，切一盘端上来，就是现成的下酒菜。其余的肉汤加入秋冬晒干的白菜，熬成一大锅“腥菜”。冬天天气冷，没有冰箱也可以存放很久。要吃的时候热一下，配上馒头，就是美味了。

故乡的年味儿最香甜的是年糕味儿。故乡蒸年糕的主要材料是黍子碾成的黄米，一种非常黏的米，杂以豇豆、大枣等。先把各种材料混合好，然后在大锅里加水，水上面架篦子，铺上屉布，在屉布上洒一层豇豆，再把混合好的原材料一层一层慢慢地铺满锅，慢火蒸熟。蒸年糕需要的时间很长，常常是我们姐妹几个轮流拉风箱，鼻子里闻着越来越浓的年糕味，心里想着什么时候年糕才能熟呢。过一会儿，就有人喊“娘，糕熟了吗？”蒸年糕不容易掌握火候，很容易蒸成夹生，一定要有经验的主妇来掌握。好不容易母亲终于说，好了。揭开锅盖，热气蒸腾而出直冲屋顶。等热气散开，母亲拿大刀把一大锅年糕划成一块一块取出来。蒸好的年糕金黄中夹杂着红色（豇豆和红枣），色泽鲜艳诱人，入口淡淡甜香，令人垂涎三尺。刚出锅的年糕黏黏烫烫，心急的人常常会被烫着，惹得旁边的人哈哈大笑。蒸熟的年糕切成薄薄的长条可以保存一正月，吃的时候再蒸热就可以了。富裕的人家把一部分年糕切好在油锅里炸过，又甜又香，吃起来别有风味。

故乡的年味儿最难忘的是墨香味，那是父亲书写春联的味道。在故乡过年家家户户贴春联，院门上贴，各个房间的门口也要贴。

很多人自己写不了，便找人写。家父文学修养有相当根基，喜爱书法，每年很多乡亲们来找父亲写春联。父亲写春联不但分文不收，还要搭上纸墨。父亲每年要写很多春联，有的是套用流传的古老春联，有的是自己独创。春节前两三天，父亲把买来的红纸裁好，磨好墨，开始书写春联。父亲写春联要看来人的身份、职业、年龄，再挑选相应的春联书写。通常由我在旁边帮助拉动纸张，看着父亲挥动毛笔，一个个字、一副副春联在腕底流泻而出，墨香扑面而来。每年最后写好的是我们自己家的春联，通常是小年（年三十）下午，我们才能在自己家门口贴上春联。一般是父亲亲自站在椅子上，在门旁刷上浆糊，把春联虚放在要贴的位置上，我和姐姐站在远处，看春联是否放正了，指挥父亲稍作修改。红红的春联贴上门口，普通农家马上显得喜气洋洋。从小喜爱对联，也喜欢看父亲书写的春联，正月里走家串户找小朋友们玩耍的时候，总会留意每家门口的春联，再三品味欣赏，深为父亲骄傲。非常遗憾，近年父亲因为身体原因，已经无法提笔，再想亲眼看父亲挥笔已不可能，故乡过年的墨香味已成绝响。

故乡的年味儿最刺鼻的是鞭炮的味道。在故乡不放烟花，过年放的基本上是清一色的鞭炮，加上少数二踢脚。过年的时候，家家户户或多或少都会买一点鞭炮，由家里的男孩子放。女孩子放鞭炮被视为不雅，是绝对不允许的（我在来到欧洲后才大着胆子学放烟花，现在套用王熙凤的话是“比小厮们放得还好呢”，呵呵）。每年年三十晚上，心急的男孩们就零星开始放炮。大年初一一大早，天还很黑的时候，弟弟已经起床，用长竹竿挑着长长的一万挂、两万挂站在房顶上放，长长的鞭炮从房顶垂落下来，父亲站在下面亲自点燃，噼里啪啦的鞭炮声要响好长一阵才会暂停，换另外一挂鞭炮继续放。初一早上天亮后，可以看到院子里厚厚一层炮皮，刺鼻的鞭炮味停留不散。大年初一要放鞭炮，家

中有客人来时要放鞭炮，初五要放鞭炮“崩穷”（送穷的意思），十五更要大放一通。从初一到十五，刺鼻的鞭炮味或浓或淡总飘浮在空中。

故乡的年味儿最温馨的是人情味。大年初一早上，家家户户起五更，比赛谁家起得更早。天际还看不到一丝亮光的时候，大家已经赶着起床放鞭炮煮饺子。煮好饺子，拿一个大碗装一碗，先给本家的长辈送过去，请长辈品尝。回到自己家吃过饺子后，当家男人带领自己家的儿子，当家女人带领媳妇（未出嫁的女儿可免），按照亲疏关系，挨家挨户给村中的长辈磕头拜年。最先从自己家中出发，给最近的本家长辈拜年，然后再去跟村里的乡亲拜年。一路上人员汇集得越来越多，在微黑的清晨，大家一群群穿街走巷挨家挨户去拜年。长辈要拜，年岁比自己大的平辈也要拜。在村里辈分特别大的人的院子里，呼啦啦同时跪倒一大片人拜年。小孩子来拜年，长辈们就塞几块糖果一把瓜子花生什么的，成年人得到的通常是香烟。拜年代表的是对对方的尊敬和祝福，平时闹过什么矛盾的，见面拜年问好，一切不快便成过眼云烟。

故乡过年味道十足，形形色色的味道汇集到一起，形成故乡特有的“年味儿”。离开故乡后，忙于学习，忙于工作，再也没能回故乡过年。因为工作的关系，回故乡过年的愿望恐怕要等到退休后才有可能实现。听说故乡的年味儿越来越淡，不知道还有机会亲身体会故乡的年味儿吗？

最后一个春节

三十年了！三十年前在故乡度过最后一个春节。

三十年前并不知道那将是我在故乡度过的最后一个春节，没有好好珍惜，没有刻意留心，后来反复回想点点滴滴的细节，那年的春节可曾发生什么不同寻常的事件，可曾留下什么难忘的回忆。可是没有！没有。没有一件不同寻常的事情发生，三十年前的春节和其他许多个春节一样没有什么不同。当时不可能想象一个寻常不过的春节会成为我终生刻骨铭心的怀念，特别是在春节临近的时候，每每闭上眼睛，在脑海里播放电影，再次播放无数次播放过的电影。也许播放的次数太多了吧，胶片磨损了，某些镜头变得模糊，某些画面留有空白，但是还是要播放，让画面动起来，让声音响起来，让香味飘过来，飘过来！

漫步故乡，看，这是故乡的大街，虽不宽敞，却干干净净。那时候家家户户都会自动把自己门前屋后的道路打扫干净，逢年过节更是如此。故乡的风俗除夕是小年，故乡的春节就从除夕开始，到了除夕家家户户的门口贴着红艳艳的春联，大街的上方悬挂着花花绿绿的“野可叉”，上面写着“国泰民安”“人寿年丰”等吉祥语。那是故乡过年才有的装饰。时不时在这里那里响起零星的鞭炮声，不知哪个孩子等不及要迎接新年。

顺着大街向前，向前。十字路口向右拐，左边第一条小巷。近了，近了！一个小小的红砖砌就的四合院，走上前轻轻抚摸三十年前

还没有被风雨剥蚀的红砖。看，厚厚的木门也还没有写满沧桑。大门两边，红红的春联已经贴好，红纸黑字散发着诱人的墨香味。走近一些，再近一些，深深呼吸那世上独一无二的香味，那是父亲的手迹啊，多少年没见了？上面写的是什么呢？为什么我用力睁大眼睛也无法看得更清晰一点？为什么我没有把一切刻在心间？

慢慢推开大门，悄悄飘进院内，走进堂屋。堂屋正中放着一张条几、一张八仙桌、两把太师椅，墙上是一幅画面模糊的中堂，下面的条几上中间是座钟，座钟两边分放着一对白底蓝花的花瓶，左边的一只上面磕破了一个小角。门板似的案板支起来了，全家人除了不知跑到哪里野去了的弟弟外围坐在堂屋里一起包饺子。到了除夕，过春节的其他准备工作已经做好，包大年初一早上吃的饺子，便是除夕最重要的工作了。坐在案板后面挥动擀面杖的是大姐，少女时代的大姐梳着两条辫子，随着她两条胳膊很有节奏的舞动，一个个饺子皮像变戏法似的在擀面杖下面流泻而出，一个人擀皮可以供几个人包饺子。坐在大姐旁边的是二姐，一位年轻的大学生，梳着两条马尾，在搓条。她把大块的面团切成几块，再把小块面团搓成粗细均匀合适的长条，把长条切成一小块一小块面团，供给大姐擀皮。离案板远一点，平常一家人吃饭的小饭桌放在堂屋中间，父亲母亲各据一角包饺子，身边的小板凳上各放着一盆调好的饺子馅，一素一肉，两个盛饺子的圆筐子放在饭桌上。年轻的父亲，脊背挺直，双目有神，一张皮拿在手里，用筷子挑起分量合适的馅子放到皮上，放下筷子，两手的拇指和食指用力把饺子皮捏紧。父亲包饺子的方法是“捏”，正像故乡把包饺子叫作“捏饺子”。对父亲“捏”饺子的方法母亲很不屑。那时眼睛明亮头发漆黑的母亲总是非常细心地把饺子皮的褶分布均匀，不少饺子还捏上花边，秀里秀气，十分美观。我呢？三十年前的我吃的是现成饺子，坐在旁边的小板凳上，帮忙拿拿饺子皮，端走包好的饺子，或者跑腿拿点什么东西。一家人围坐在堂屋内，说说笑笑，一点没感觉劳累，两盆馅子一盆面已经变成白生生的饺子，整整齐齐地排列在好几个篦子上，一圈一圈，团团圆圆。

看着年轻健壮的父母，双眼潮湿，不忍再看，转过头来，呀，母亲已经烧好开水招呼我来洗头了。洗头发换新衣，那是除夕的另外一项重要日程。小时候我一直留齐耳短发，一直是母亲帮我洗头。母亲有力的手指搓动头发按摩头皮，洗好头顿觉清爽轻松。三十年前的我开始留长头发，逐渐长大也不愿意母亲再帮我洗头了。低头把头发浸在洗脸盆里，手上挤好洗发膏，开始搓动头发。披着湿漉漉的头发，换上母亲早已准备好的新衣，臃肿的棉衣棉裤外加罩衫，土气却温暖。那件罩衫是什么颜色什么花色呢？我为什么记不清了？为什么没能记住母亲最后一次为我过春节做的新衣呢？我深深懊悔。

穿着新衣转过身来，堂屋里又是另外一番景象。八仙桌被移到正中，四面摆满了椅子板凳，桌上放着好几盘下酒菜，有油炸花生米、腌花生豆、自己灌制的肠子切片、猪头肉、猪耳朵、拌海带等，没有特别的山珍海味，但是那个时候已经算不错了。一切准备妥当，故乡庆祝春节的正式活动—除夕酒会就要开始了。除夕酒会是属于男人们的活动。除夕晚上，吃过晚饭后，家境过得去的人家都会在自己家中准备几样下酒菜备好酒，欢迎乡亲们来坐一坐喝一杯，不需要特别邀请，是流水宴席，你来我往，坐下来喝两杯，再转到其他人家去。没有丰盛的菜肴，也没有昂贵的名酒，除夕酒会就是让忙碌了一年的人们坐下来唠唠嗑，客人

也常常会自己带酒来给大家尝。

天已经全黑了，显得堂屋里的灯格外明亮，笑语声响起来了，划拳猜令声此起彼伏。“哥俩好啊，五魁首啊”“你输了，喝！”“来来来，不服，再来再来！”“来就来，等着喝吧！”喧哗笑闹的声音传出去好远好远，三十年后还在耳边回响。

正式的除夕酒会是男人的天下，即使是要招呼客人的女主人也不会一起坐下来，但是也有极少数人家在另外的房间专门摆一桌招待体己的女客。三十年前我们几个女孩子在自己住的南屋另摆一桌，三四样非常简单的小菜，加上瓜子、花生、糖果以及色酒，招待有时间来访的同村姐妹大嫂。那天晚上都有谁来过呢？我们聊了些什么？我为什么一点也没有印象了？中间到堂屋去帮忙端茶倒酒的时候，我为什么没有多留一会儿，多看看那些熟悉的面孔？其中有多少人在一别之后就成永诀了？

一张张面孔闪过脑海，黯然神伤之际，猛然听到噼里啪啦的鞭炮声。哦，新年，新的一年终于来到了！在故乡辞旧迎新，不以午夜的钟声为准，而要等大年初一的黎明。这一天家家争取早起，第一个迎接新年的到来。每年天还漆黑漆黑，大家躺下休息没有两三个小时，心急的大姐已经催着一家起床。手忙脚乱地爬起来，匆匆梳洗，来到厨房，往大锅里添足水，盖好盖子，点起火来准备煮饺子，随着风箱的拉动，灶膛里的火苗越来越旺，红红的灶火照亮烧火人的眼睛，温暖烧火人的面庞。

这时候贪睡的弟弟也在再三催促下爬起来，爬到房顶上，挑起长长的挂着一万响鞭炮的竹竿，父亲站在院子里点燃鞭炮，于是噼里啪啦的鞭炮声向左右邻居宣告我们家已经率先迎接新年了！一万响鞭炮要响上好一会儿呢。一挂放完，再换另外一挂。每次过年，小小的院子里会落满厚厚一层鞭炮屑。在老家女孩子放鞭炮被视为不雅，虽然跃跃欲试，却又胆怯，我只能站在院子里，看着弟弟得意地站在屋顶享受他作为男丁的权利。最初的鞭炮声是清晰单一的，慢慢地有邻居家的鞭炮声加入和鸣，逐渐鞭炮声密集起来，再也分不清是谁家在放炮。

放鞭炮的这一会儿，饺子煮好了，捞在大碗里。母亲招呼我和弟弟过来，每人端一碗去送给本家的长辈“大奶奶”和“二奶奶”（两位本家爷爷已经去世）先尝。等我和弟弟回到家，一家人坐下来一起吃新年的第一顿饭：饺子。小饭桌摆在堂屋中间，父母相对占据一角，几个孩子分坐在两边自己固定的位置上，一人一碗饺子，蘸着腊八醋，就着腊八蒜吃饺子。腊八蒜就是在腊八那天，把剥了皮的大蒜泡在醋里腌过的大蒜，泡到春节大蒜的颜色会变得碧绿，非常可爱讨喜，而且味道不再辛辣，吃起来别有风味。父亲和大姐喜欢肉饺子，其他人更喜欢素饺子。每年过年包饺子，都会特别包一两个放了硬币的饺子，看谁会吃到。三十年前这特别的饺子被谁吃到了呢？为什么记忆是一片空白？

怅然出门来到大街上，墨黑的天空慢慢变成灰白，这时候一家家的男主人带着儿子、女主人领着媳妇开始挨家挨户给乡亲们拜年。按照亲疏关系，先从最近的本家开始给长辈拜年。小时候拜年不仅仅是问候祝福，而是要真正的磕头拜年。长辈要拜，平辈年长的也要拜。只有未出嫁的姑娘们可以袖手旁观，享受姑娘的特权。每年腊月很多人家办喜事，过年的时候会有新媳妇第一次加入拜年的行列，这时候调皮的男孩子偷偷点着藏着的鞭炮，往新媳妇的身上扔去，看着新媳妇慌忙躲避的狼狈样哈哈大笑。

脚上穿着母亲亲手做的棉鞋，走在故乡的街道上，看着一队队一群群穿梭拜年的人们，走着说着笑着闹着。不知何时，天空开始飘着一片两片淡淡的雪花，轻轻盈盈，若有若无。慢慢向前

走去，走去，走到大街尽头，再回头打量身后在浅浅的积雪里留下的淡淡的脚印，三十年，三十年如水流过！

当时只道是寻常。一个寻常不过的节日后来被一次次回忆，只因为那是我在故乡度过的最后一个春节。

后记：

1983年的春节是我在故乡度过的最后一个春节，一个寻常的节日，却是终生难忘的回忆。

（2013年2月1日夜）

青青的核桃

人的记忆非常奇妙。曾经的刻骨铭心，或许是一块磐石，被记忆的双唇亲吻风化，日渐模糊随风飘散；曾经的漫不经心，或许是一段木材，被记忆的双手精雕细琢，日渐分明熠熠生辉；而更多的记忆是恒河沙子，太过普通，太过平凡，太过相似，无从区别，也无从记起。可是多年后，猛然回头，或许惊奇地发现大片大片的沙子中，竟然透出淡淡光晕，好奇地挖掘下去，在最底层，在记忆的最底层，一粒沙子被岁月的乳汁哺育，不知何时在岁月的怀抱里变成了珍珠。

进入六月，阴雨连绵，阴沉沉的天空压在心头，整个人也懒懒的，无精打采，似乎不堪工作和家庭的双重压力。

星期五下午雨停了，大块大块的云层间隐约露出蓝天的笑脸，心情为之一爽。傍晚，收拾资料结束一周的工作。乘车回家时，提前下车步行一段路回家。

步下公车，远处红日燃烧照亮半边西天，近处绿树轻摇弹奏一曲清凉，挺直长时间伏案工作的腰肢，慢慢向前走去。

雨后，空气清新湿润，绿叶青翠欲滴，一棵棵大树小树夹道而立，一蓬蓬灌木草丛点缀路旁，阔大厚重的树叶鼓掌欢迎，纤细修长的草叶翩然起舞，一片片绿心饱满，一张张椭圆玉润。

漫步而行。这是什么？一蓬低矮的灌木，椭圆的叶子间，鸽蛋大小的绿色果实。下意识地停下脚步。青绿的果皮，星星点点

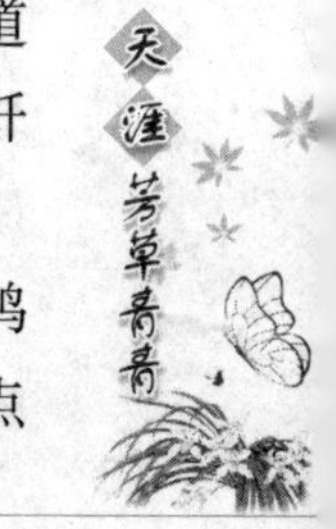

的白斑隐现，伸出手去摩挲那椭圆的叶子，抬起手来放到鼻端轻嗅，一股清香扑鼻。

那么熟悉的香味，核桃树？！这么小！乱蓬蓬的没有主干，野生的核桃树吗？没有主人所以恣意生长蔓延？

摘下一片核桃树叶，放到鼻端轻嗅。小小的核桃树，青青的核桃……

小时候老家院子里有一棵核桃树，一棵小小的核桃树。小时候曾经吃过一次青核桃，青青的核桃，那是老家小小的核桃树唯一的收获。

出生成长的老家是北方农村一个极普通的小院，三间北屋，两间西屋。西屋是我和两个姐姐的房间，窗前一棵核桃树，一窗碧荫染绿窗棂。

小时候从来不曾留意核桃树的花朵，可是最喜欢核桃树叶，最喜爱核桃树的清香。

春天，美好的春日，金色的阳光镂刻绿叶，明净的蓝天澄澈双眸，满心喜悦地站在树下，踮起脚尖，伸长胳膊，想摘下一片核桃叶，可是不行，总是差一点点。抿起嘴来，跨上核桃树旁的木梯，爬到梯子顶上，小心地抬脚跨出一步，踩到屋顶上，伸手轻松地摘下一片绿叶。唇角上翘，阳光流泻。小手摩挲绿叶，放到鼻子下面，深深呼吸，深深沉醉，真香呀！

手拿两片树叶，跨上梯子，一级一级小心地走下来，把树叶夹到书中作书签，背着书包快步跑向学校，带起一路香风。来到教室，打开书包，书包香香的，书本香香的，人也香香的。小女孩的心里不无得意，不无欢喜，翘起的嘴角也溢出核桃清香。

小时候不单我喜欢核桃树，弟弟和他的玩伴们同样喜欢核桃树，虽然他们喜欢的方式和我那么不同。

某日，又一次手拿树叶站在屋顶眺望，邻居家一片平房，屋顶靠屋顶，围墙连围墙。不知从哪里冒出几个男孩子，喊着叫着吵着闹着，跑过屋顶，跑过墙头，一会儿聚拢走近，一会儿又四散奔走。片刻，两道烟尘扑奔西屋屋顶而来，一道扑入核桃树荫，哧溜哧溜向下滑去，一道跳到梯子上，横躺滚落。

心提到嗓子眼，一声惊叫卡在喉咙口。张开口看两道烟尘先后落地，利落地鲤鱼打挺翻身跑走，这才放下提起的呼吸。注目核桃树下，一片片绿玉横陈，一颗颗青豆狼藉。

夏天，炎炎夏日，晚饭后必到屋顶乘凉，在树荫下铺开凉席躺下来，看天边的明月，数天上的星星，朦胧睡去，绿色的梦里氤氲清香。

阵雨季节到了，狂风呼啸暴雨倾盆，一粒粒绿色的小核桃，随狂风飘飞，随暴雨坠落。电闪雷鸣，悄悄躲在窗子后面小脸煞白。雨停了，小心地打开门，院子里的积水沿着墙角汩汩地流出院外，几个白色的气泡，几粒绿色的青豆，在水中浮沉。几粒大些的青核桃躺在树下，满身泥，满身水。

结果了吗？捡起一个，砸开来，青青的核桃里面是乳白色的空壳，还没有果实呢。失望地放下砖头，不再看树下泥水里的青核桃，转身踏着雨水走出院外，脚下的凉鞋满是泥水。

秋天，小小的核桃树从来没有果实。青青的小核桃，总是被风吹走，被雨打落，被男孩摇落，最后一粒不剩。

不，有一次，只有一次，核桃树有收获。

一年夏末，树上还剩下几颗青青的核桃，于是巴望吃核桃，天天看天天数，巴不得核桃早日成熟。一天傍晚，父亲突然说打核桃吧。抬头看，初秋时节核桃树叶还是葱茏的翠绿，比鸡蛋大的青核桃还剩下六颗，似乎还没有成熟呢。不明所以，也没有多想。

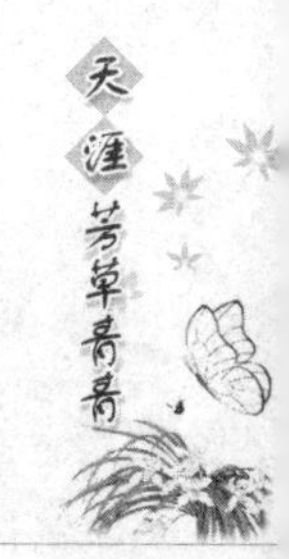

弟弟更是立刻猛烈摇动小小的核桃树，再爬上树去。

青青的核桃，六颗。捡起来，放到院子里吃饭的小桌子上。比鸡蛋大些的青核桃，滚圆青绿的外皮上，星星点点的白斑。

那年奶奶已经去世了，一家六口人，正好一人一颗。父亲说“一人一个”，立刻四个小手各拿起一个青核桃，找砖头来砸。不知是谁不小心砸到手指，“嘶”倒抽一口气，把手指头放到嘴里。

砸开来，青核桃外青内白。青绿的外壳小指厚，里面的硬壳还不硬，印象中也是白色的，中间的核桃肉是乳白色的，一点也不硬，吃起来的感觉像鲜嫩的花生，白生生，脆脆的，带有新成熟的果实的清香。

那个夏末秋初的傍晚，夕阳西下，清风徐徐，炊烟袅袅。一家人，清瘦的父亲，年轻的母亲，年幼的孩子，围着小方桌，每个人坐在自己固定的位置上，说着笑着吃核桃，第一次吃自己家树上结的核桃，也是最后一次吃。

那是1979年的夏秋之交。没过多久，家中翻盖房屋，为了迎接第一次回乡探亲的祖父，加盖三间大南屋，西屋被拆掉，翻盖成一个敞亮的厨房，窗前的核桃树也被刨掉了。

说着笑着吃核桃的时候，人人心中以为那是一个再普通不过的日子，一个再普通不过的傍晚，没有任何预兆显示即将来临的改变。核桃树不知道那是它最后的果实，孩子们不知道即将认识素未谋面的爷爷，父母也不知道三年后即将远别故乡，孩子的童年就此结束，一家人的生活翻开崭新的一章。

手里拿着一片叶子向前走去，下意识地转动叶柄。不远处又是一棵核桃树，一棵高大的核桃树，树上的果实也更大一些。

高大的核桃树。嘴角泛起一丝微笑。

秋天的傍晚，天空蓝蓝的，阳光暖暖的，草地绿绿的，带着调皮王子去散步。拉着孩子的小手，沿着熟悉的小路，走向不远处的儿童乐园。

一边走一边讲话，调皮王子抬起头，又想听妈妈小时候的故事。这次讲什么呢？寻思间孩子突然放开妈妈的手，跑到旁边一棵高高的树下，在草丛里捡起什么跑回来，递给妈妈。接过来看，原来是一颗青核桃。青绿的外皮，星星点点的白斑，青绿的外壳裂开一角，露出里面褐色的内壳来。这是一颗已经成熟的青核桃。

拿在手里，猛然想起儿时在老家吃过的青核桃，唯一一次吃过的青核桃。眺望远方，似乎看到老家的核桃树，核桃树下几个孩子在奔跑笑闹。低头看看调皮王子，仿佛当年调皮的弟弟。拉起孩子的手，走向核桃树，摘下一片核桃树叶，摩挲两下，把手伸到孩子鼻子前说："你闻闻看，好闻吗？这是核桃树叶的味道。妈咪小时候很喜欢摘下核桃树叶，夹到树中作书签。"孩子点点头，忽闪着眼睛看妈妈。拉起孩子的小手，继续向前走，说："来吧，妈妈给你讲讲小时候家中的核桃树的故事。"

小小的核桃树，青青的核桃。去年的事情了，他还记得吗？低头在树下捡起一颗青核桃。转过路口，家门在望。

打开门，调皮王子扑过来。我笑着举起手来说，你看，这是什么？还记得妈妈给你讲过的青核桃的故事吗？

小小的核桃树，青青的核桃。没有长大的核桃树，没有成熟的青核桃，蓦然结束的童年时光。

青青的核桃，仅仅吃过一次的青青的核桃，青涩童年结出的青核桃。再回首，被岁月拥抱摩挲的青核桃，发出淡淡的光晕。

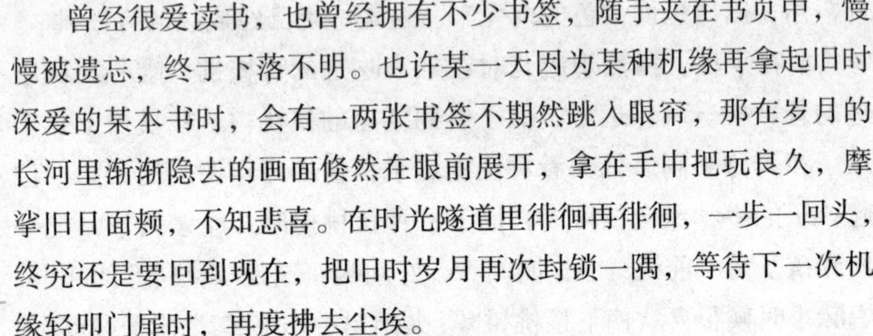

书签

曾经很爱读书，也曾经拥有不少书签，随手夹在书页中，慢慢被遗忘，终于下落不明。也许某一天因为某种机缘再拿起旧时深爱的某本书时，会有一两张书签不期然跳入眼帘，那在岁月的长河里渐渐隐去的画面倏然在眼前展开，拿在手中把玩良久，摩挲旧日面颊，不知悲喜。在时光隧道里徘徊再徘徊，一步一回头，终究还是要回到现在，把旧时岁月再次封锁一隅，等待下一次机缘轻叩门扉时，再度拂去尘埃。

这样偶然邂逅老时光的机缘像不速之客，总是在意想不到的时刻不期而至，前几天竟然藏在阳光王子的身后在深夜造访我的阁楼。

搬过来几年的新居是一栋三层小楼，顶楼右面有阳台阳光明亮的房间是我的书房，近年来我的业余时间大部分消磨在那里。几天前的深夜，先生和孩子已经休息了，我和往常一样独自面对屏幕敲打键盘，或看贴回帖，或随意写文，或在网上阅读，这是属于我个人的自由时光。这时房门被悄悄推开了，一双脚无声无息地踏进房间，不用回头，我也知道这是早该好好睡觉的阳光王子又来找妈妈了。阳光王子依恋妈妈，曾在多少个深夜上楼来用各种各样的借口赖在妈妈身边不肯睡觉。现在他年龄渐长，深觉自己不应该再溺爱纵容孩子了，所以没有什么特别原因我一般会板起脸来要他马上回自己房间和弟弟一样好好睡觉休息。

那天夜里，知道阳光王子进来，打字的手指停顿两秒，没有回头，静静等待阳光王子开口。

“妈咪，我睡不着。”这是无数次用过的开场白。

“那为什么呢？”同样是重复播放的录音带。

“我一直在想我忘了什么事情，现在想起来了。”这句台词新鲜，第一次用。

“什么事呢？让你睡不着。”

“妈咪，你闭上眼睛。”

闻言闭上眼睛伸出手来，绷紧的唇角微微上翘。

“现在可以睁开眼了。”

睁开眼，一个纸做的仕女静静地躺在手心。白皙的面颊，小巧的五官，高耸的发髻，乌黑的帽子，鬓边插着一朵花，长长的裙裾拖到脚边。拿起来仔细观看，仕女服饰明显是日式和服，相信这是学校的老师指点他这么做的。欧洲普通民众对亚洲文化的了解少得可怜，能够知道和服已经不错了。

“这是我在手工课上做的书签，你喜欢看书，送给你吧。”

“谢谢你，谢谢你送给妈咪这么漂亮的礼物，我很喜欢！过来，让妈咪抱抱。”

几分钟后，送走阳光王子，再拿起书签反复观看，普通手工课上用的纸张，经过折叠、绘画、黏贴，便成了一个别致的书签，带着孩子的心意送到我的手中，轻飘飘的纸张变得沉甸甸。看着手中的书签，恍惚间时光倒流，手中的书签一变再变。

整理思绪，定睛看去，手中的书签甚至不能称为“书签”，那只是一张树叶啊，一张核桃树叶，成人手掌大小，脉络清晰，碧绿如玉，清香扑鼻。那是我上小学时，从家中西屋前的核桃树上采下的一片叶子。核桃树叶有一股特别的清香，夹在书中，整

本书变得馨香扑鼻，放在书包里，整个书包成为硕大的香袋。儿时故乡核桃树很少，看到同伴们羡慕的目光，心中暗暗得意。采下的树叶只肯和少数要好的伙伴分享。树叶书签保质期很短，过三四天，核桃树叶就枯黄变脆了。不过，不要紧，那就从树上再摘一片。童年的快乐那么简单那么容易，伸手就可采摘。童年的心里深信快乐的日子像满树密密匝匝的叶子，是永远也采摘不完的。

翻动岁月的书页，接踵跳入眼帘的是少女时代用过的书签。一张张书签，两指宽，一指长，上面可能是一首古诗配图，可能是一句名言，也可能只是一幅可爱的卡通动物图片。这些全部是出国初期，和儿时旧友书信来往频繁的时候，她们夹在信中寄过来的。至今还记得一张书签上画着一位少女以手支颐默然遥望远方，下面写着一首诗：

曾想不相思可免相思苦几度细思量情愿相思苦这些书签非常普通，制作材料无非是硬纸或者塑料，画面设计也丝毫没有特别之处，可是一张张书签写满了友谊，收到书信的当时是多么快乐呀！仿佛熟悉的朋友依然在身边。那时深信万水千山也无法割断友情的纽带，纯洁的友谊一定能地久天长。

继续翻动下去，很久很久之后才露出另外一张书签，一张精美的艺术书签。洁白的宣纸，右上角一座山峰兀然拔起，一条瀑布飞流直下，山脚下一条小河蜿蜒流淌，河岸边草木茂密，山顶上挺立着两棵松树，小河上三只水鸟在盘旋飞翔。那是两年前在豫园购买的书签。暑假带孩子回国探亲，天气炎热，孩子不愿出门，所以偷得浮生一日闲，和先生到城隍庙闲逛，偶然目光被一个悬挂国画的小小摊档吸引，摊档的上方大字标明“指掌画”，心中好奇停下脚步看看。正好没有客人，摊档主人和我们攀谈起来，请教他什么叫“指掌画”，主人说他的画不用毛笔，以手代笔作画，如果我们有时间他可以当场作画。于是主人铺开一小张宣纸，用手指蘸墨划过纸面，一座山峰陡然挺立，用指甲在山峰顶上划下来，一棵树耸立山巅，小指边缘在树干上方轻按两下，直立的树干上长出茂密的树冠，拿起一块“抹布”样的皮革抹过去，河岸立刻清晰起来，小指甲在小河上方轻巧地一勾一挑，一只小鸟在小河上展翅飞翔。我们瞪大眼睛看着主人变戏法一样，不用毛笔在十几分钟内变出一张精美的国画书签，一边画一边给我们讲解。惊讶于主人精湛的技艺，我们以高于开价的整数买下这张书签以及另外多幅指掌画带回欧洲馈赠朋友，每每惹来惊叹。那已经不仅仅是一幅幅画，而是博大精深的中华文化的缩影，也是中华文化后继有人的安慰。

一张张书签翻过，走过童年，走过少年，合起岁月的长卷，回到中年，注目手中阳光王子自己制作的书签，突然有一股冲动，想自己动手制作一张书签，一张用文字做成的“书签”，夹在人生的书页间，偶然再翻到的时候，一定会忆起年幼的阳光王子在深夜把书签送给母亲的情景，再次感受他给母亲的生命里带来的阳光和温暖。

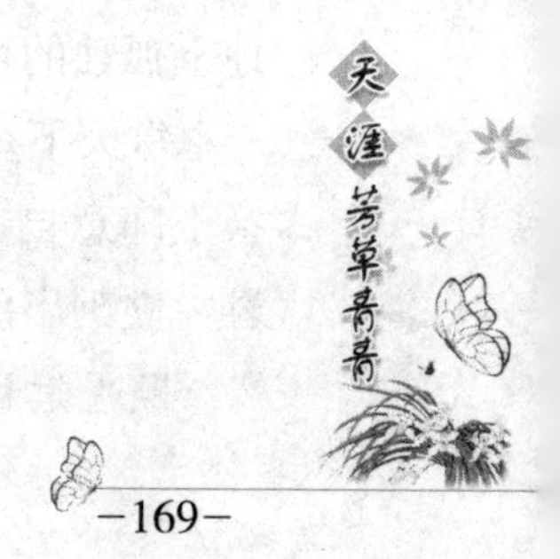

荒地上的行者

去年身体一直不大好，遵医嘱多多运动，努力放松调整，多接近大自然，养成了天天散步的习惯。

虽然生活在繁华热闹的大都市，可是很幸运，住宅附近不乏环境清幽的休闲场所，花坛里四季鲜花盛开，地毯般的草地绿油油，路旁小树挺拔修长，小湖波光粼粼。临水照镜，周围一切看似随意，却美得恰到好处。大都市，原本是一位衣着得体的丽人，时时光鲜靓丽，处处无可挑剔。

一段时间后，不知为什么我宁愿选择到另外一块闲置的荒地散步。那是一块空旷的土地，三面是道路，一面是运动场，周围没有其他建筑物，几乎是四四方方的，四围凸起，中间凹陷，形成盆地。闲地四周绿意盎然，中间的盆地却一片荒芜。黄褐色的土地，一块一块的苔藓，大大小小的石头石子，稀稀拉拉的小草野花，一点也不能吸引人。

那里荒芜,荒凉,鲜少人至。一年四季,看不到有人管理的痕迹，也看不到其他游人的身影，通常只有我一个人疾步而走，成为荒地上孤独的行者。

每天下班回家，第一件事情便是把自己从套装中解放出来，换上随意自在的休闲装，脱下精心搭配的皮鞋，换上舒适的运动鞋，立刻出门走向荒地。

路上远远地看过去，看那里可有人遛狗。那里空旷开阔，没有修剪整齐的花园草地，没有人会因为狗儿乱跑而大声责骂，是遛狗的好去处，遛狗人和他们的狗是我在荒地最可能见到的伴侣。大半年来见过各种各样的狗和狗主人。狗主人，有的自觉礼貌客气友好，有的不负责任目中无人，或许表现不同。可是狗，不论品种，不论毛色，不论大小，表现并无二致。每一条狗在荒地上可劲儿撒欢，到处奔呀、跑呀、跳呀，跷起腿撒尿，低头猛嗅土地，把鼻子拱到草丛地里，抬头冲我狂吠，似乎质问我为什么不带自己的伙伴一个人出来。

没有养过狗，见到狂吠的狼狗不免心中打鼓，幸而狗的兴趣不在我，再凶的狗两分钟后也会转身继续奔呀、跑呀、跳呀、嗅呀，全心全意地享受主人的陪伴，享受自由撒欢的时光。看着狂欢的狗儿，难免猜想狗儿是否被锁在家中的公寓里，一整天不接地气，只有等到傍晚才能跟着主人到荒地自由狂奔一会儿呢？

看狗儿乱跑，我也不知不觉加快脚步，不像在其他地方一样悠闲漫步，而是放开脚步疾步。如此大步流星，在其他地方难免令人侧目，可是在这里，在这无人打理的荒地上，狗儿自在撒欢，野草自由生长，野花自然开落，我，我也可以放下淑女仪态，疾步而走。

经常到那里散步，逐渐形成自己固定的路线，总是沿着石子密布的边缘，一圈圈环绕盆地而走。

一边走，或许一边低头看花。曾经我以为那里是荒芜荒凉没有生机的，贫瘠的土地上不会有花儿生长绽放，可是我错了，一天天行走在荒地上，一天天我发现陌生的花儿。

春天雏菊花开了，嫩绿的草地上一张张白皙的笑脸盛放。不知名的黄色野花开了，那么娇嫩的鹅黄让人不忍触摸。

初夏，粉紫色的石竹花开了，纤细苗条的少女头戴红花风中

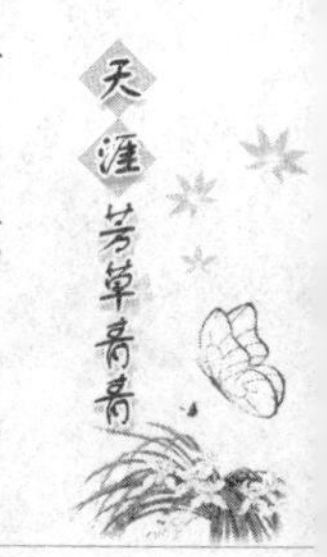

起舞。我惊讶地发现瘌痢头盆地华丽变身为粉紫色的花海！一棵石竹纤瘦单薄，而一大片稀疏的石竹汇聚到一起，却也能把土黄色毫不吸引人的荒地变成一片粉紫色的星空，粉色星星引人遐思，浪漫星空令人神往。

秋天，在割过草的荒地上，我发现更加震撼的生命，一棵从来没见过的低矮的野花，瘦弱的叶片托起几片小小的紫色花瓣，匍匐在石子丛中，兰花般美丽。初秋时节，如此瘦弱的生命，在恶劣的环境中悄悄绽放。

一边走，也许一边抬头看天。偌大一片土地，没有高高的大楼，没有拥挤的建筑，格外感觉天宽地阔，面对苍茫心中敞亮。

看，湛蓝的天空上，一片片白云变幻。有时是一朵浪花飞卷，有时是一座云山高耸，有时是仙人轻吹一口气，有时是画家狂挥一支笔。

看，微风轻拂也好，狂风呼啸也罢，一片片白云，自顾自随风游走，走近了，飘远了，散开去，聚拢来，不萦于心，不滞一物，去留无意，舒卷自如。阳光灿烂的日子，淡然悠远。天昏地暗的日子，静待风来。

一边走，更要一边向前看路。荒地上的路，不成为路。路上，大大小小的鹅卵石遍布其间，小的如鸡蛋，大的如土豆，石头中间零星的野草顽强地冒出头来。这样的路不是平坦的大路，可以漫不经心地走；不是幽静的小径，可以满怀遐思地走。荒地上，不成为路的石子路，需要专心走，小心脚下的石头，需要用力走，踏平脚下坎坷。

行走在这样的路上，会想起平生走过的路，那些崎岖弯曲的山路，那些宽阔平坦的大路，那些坎坷泥泞的小路；会想起路上看到的风景，美丽的花儿谢了又开，柔韧的草儿黄了又绿，小树长高绿树成荫开花结果。一路跌跌撞撞走过的路哟，一路留下深深浅浅的脚印哟，一路匆匆忙忙走过的风景，再回首时你们可好？

行走在这样的路上，不会想起曾经同行的人。一个个伙伴的身影走远了，一个个熟悉的面容浅淡了。这样的路，只属于一个人，只能一个人走。

行走在这样的路上，会想起半生还不曾到达的地方，还没有达到的境界。前路漫漫，石子遍布，道路荒凉，不知道前方等待我的是什么，但是我依然迈开大步走下去。

走下去，疾步而走，大步流星，走到全身发热微汗，感觉舒适，才放慢脚步。习惯此时伫立片刻，环视四周，静静倾听，倾听荒地无声的独白。

站在那里，面前石子遍布，地上野花怒放，空中白云悠悠。土坡隔离了交通噪音，隔离了尘世喧嚣，寂静的荒地上只有我自己的呼吸声，和荒地的呼吸交汇到一起，一呼一吸，一呼一吸，缓慢而悠长。

（2015 年 10 月）

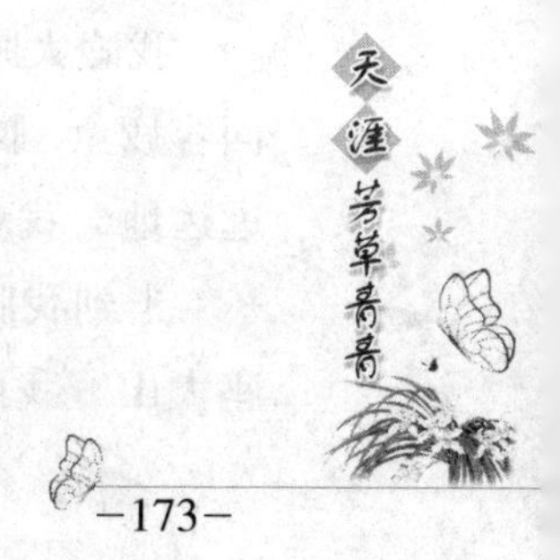

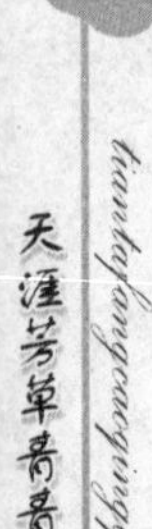

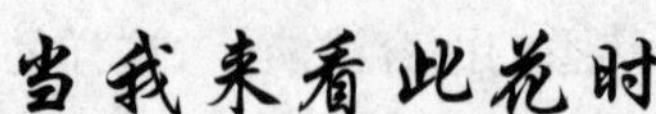

当我来看此花时

你未看此花时，此花与汝心同归于寂。你来看此花时，则此花颜色一时明白起来。便知此花不在你的心外。

——王阳明

你来了。

我静静地站着，看你从本来没有道路的地方，慢慢向我走来。

万古洪荒以来，我就站在这里，站在恩嘎丁高原上，等你。千千万万年过去了，千千万万个身影消失了，今天才看到你，小小的身影，向我走来。

你没有选择平坦的道路，而是沿着河边，踩着一片蓬乱的草地，向我走来。多长时间没有人走过的草地，没有什么绿草，反而是野花恣意张扬。雏菊、蒲公英、楼斗菜、苜蓿、矢车菊，白色、黄色、蓝色、紫色，一棵棵、一团团、一蓬蓬，密密地织成厚厚的网。那本是我布下的一片五彩流沙，一片斑斓沼泽，多少年没有人从此接近我。今天，偏偏是你，小小的你，从那里向我走来。

我睁大眼睛盯着你的脚步。一步一步，你沉思着，神情专注，面容疲惫，脚步缓慢。随着你的脚步，花粉腾起，你踏着烟雾走来。远远地，我看着你慢慢拔起脚来，深深踩下，拔起，踩下……

走到我脚下，你抬起头来，看着我，横在你面前的一座又一座大山。我巨大的身躯让你惊慌了吗？你悄悄后退半步，我慌忙伸出手去，一条瀑布，一股山洪，轰鸣着，奔腾着，跳跃着，跨过山石，冲过山林，劈开土地，掀起浪头，溅起水花，冲向你。

我伸出手去，轻轻抚摸你的秀发，水花溅到你头上脸上，模糊了你的视野。看不见我伸出的双手，你抱着双臂一动不动，只是抬头凝视远方，凝视我特意藏在云雾中的冰川，你着了魔一般执意用目光寻找那寒冷的白光。失意的手猛然松开，山洪哗啦一声冲入河道，喊着叫着奔过你的身边。

终于你转过头来，低头注视河水，河水旋转着向下游奔去，卷起一个又一个旋涡。蓦然，你打个寒战。冷吗？恐怕惊吓你，我没有走近，只是不声不响地吹起一股微风。温热的风儿吹开你脸上的笑容，你抬起脚来，继续走下去，向我走来。

来吧，来吧！

沿着盘山公路，你曲折向我走来。

盘山公路上，没有车辆遮挡我的视线，可你还是要和我玩捉迷藏，一会儿藏起你的身影，一会儿再探出头来。难道你不知道一切隐藏都是徒然的，你一直走在我身上，走在我心里？还是你不能肯定我是否欢迎你？

看吧，看我如何张开怀抱欢迎你！一片又一片嫩绿的草地，一片又一片怒放的野花。这里一片黄色，明黄的，金黄的，鹅黄的……草地上撒上一层金粉，期待留下你纤秀的足迹。那里一片红色，娇羞的粉红，艳丽的大红，凝重的深红，一件件红色霓裳，为你风中飘扬。近处一团洁白如雪，映衬你洁白肌肤；远处一片紫色似霞，辉映你双颊飞霞。

你喜欢吗？好像是的。你唇角轻扬，一缕阳光穿透云层。你在我腰间停下来，伸手抚摸那一片锦绣。再站起身，你斜倚道旁栏杆，细细打量我为你穿起的盛装。穿上松杉编织的绿色外衣，

套上嫩草结成的鹅黄背心，我坐在阳光下为你抚琴，一曲高山流水。一条清亮的小溪，轻快地跳着，欢然而下，叮叮咚咚，铮铮淙淙。

你听懂了吗？一定听懂了。你的双眸和溪水一样清澈明亮，你的脉搏伴着溪水的节奏跳动。

溪水叮叮咚咚，铮铮淙淙，奏响一曲《迎宾曲》。听到我的邀请了吗？你再次转身抬起脚来，向我走来。

来吧，来吧！

沿着山路，你径直向我走来。

走过蜿蜒的小路，踏着陡峭的石阶，你向我肩上走来。一级又一级的石阶，窄窄的。一段接一段的小路，弯弯的。你没有停歇，没有顾盼，径直向我走来。眼里没有山石，没有树木，没有绿草，没有野花。你只是迈步，迈步向我走来。

来吧，来吧！等不及了，我化身一只蝴蝶迎接你。一只小小的蓝色蝴蝶，翠蓝的翅膀忽闪忽闪，停在一枝碧绿的草叶上，偏过头来向你微笑。你可认出我吗？片刻，蝴蝶振翅飞去。一点翠蓝飘飘，你跟着那一点蓝色走来。

阳光下，两只蝴蝶相偕飞去，飞向高山之巅。

当我来看此花时，我行走在瑞士恩嘎丁高原上。蓝色蝴蝶翩飞，我也随蝴蝶飞去。

青青芳草地

青青芳草地是我家附近的一块空地，是我日常散步的地方。我称为“芳草地”可能很多人难以苟同，因为那里没有平展展的草坪，没有绿油油的碧草，没有芬芳馥郁的花卉，也没有曲曲弯弯的小径。那里什么都没有，很荒凉，没有任何可以和“芳草地”联系起来的特征，曾经有很多年我自己也一直把那里称为“荒地”。

十年前刚搬过来的时候，见到那块地方，脚步不由自主地慢下来，不敢相信自己的眼睛，在如此繁华热闹的都市，在安静优雅的住宅区，怎么会有这样一块地方呢？没有任何建筑物，也不是绿地公园，一片土黄色，光秃秃的，就那么荒着，看不出一丁点人工管理的痕迹。可能还没开发吧，这样想着加快脚步走过去。时间久了，看到那里依然如故，荒芜闲置，无人问津，不免惊讶，却也见怪不怪，视网膜自动过滤，对那里视而不见。那个地方很快被我遗忘了。

搬来这里时，孩子年幼嗷嗷待哺，作为全职工作的职业妇女，终日在公司大楼和自家小楼之间奔波，工作生活紧张而忙碌，终于两年前身体提出抗议，严重抗议，不得不遵医嘱要放慢脚步走到室外。于是恢复放弃已久的习惯开始经常散步。幸而住宅环境幽雅，不乏散步的好去处，只是那些好去处通常也有别人去，虽不至于摩肩接踵，也不免低头不见抬头见。烦躁之余远远看到那块荒地，冷清清不见人影，何不过去看看呢？

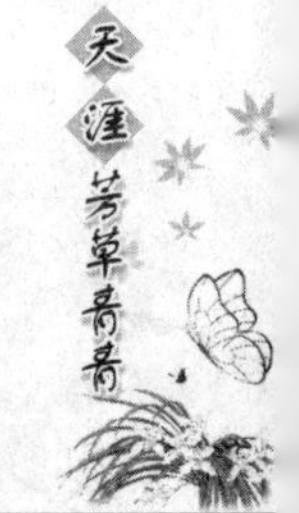

走过去，那里空旷开阔，周围没有建筑物，一块近乎四方的土地，中间凹陷下去，完全没有路，石子石头遍布其间。有些迟疑地迈开脚步。在都市生活日久，习惯穿皮鞋，踏在凹凸不平的石子路上，没走几步路，不小心一个趔趄。见鬼了！心中暗暗嘀咕，我走过多少地方了，还怕你这块破地不成？不服输的脾气上来，转身回家去换运动鞋。

穿着运动鞋来到荒地，小心避开大石头，慢慢沿中间凹陷下去的边缘走下去。怪不得那块地方没人来，那里边缘尚有一些野草，中间盆地完全是不毛之地，星星点点的苔藓遍布。那苔藓不是宜人的绿色，而是难看的红锈色，锈迹斑斑，不见生机。走下去，除了石子还是石子，除了锈斑还是锈斑。一片荒芜，满目荒凉。

在这样一个美丽繁华的大都市，条条街道整齐干净，座座公园光鲜靓丽，怎么会在这里留下一块如此荒凉难看的地方，任其荒芜无人打理呢？

走下去，一步步踩在石子路上，凸出的石子顶在鞋底，也顶到脚底，下意识地收拢脚趾。一圈走下来，站在开始的地方打量荒地，突然意识到脚底热热的，这对我这样经常感到手脚冰凉的人很不寻常。寻思间，再次迈开脚步，踏上石子路。

第二次迈步走，边走边手舞足蹈，一会儿甩甩肩膀，一会儿挥挥胳膊，一会儿摇摇头颈。反正荒地上空无一人，没人会怀疑我精神不正常，走吧。

走完第二圈，感觉僵硬的脖子似乎活泛一些。那好，再走一圈。抬起脚，我再次迈步。

经常来散步，熟悉荒地高低不平的石子路后，不用再留意脚下，我开始抬眼打量荒地，这才发现荒地也不完全是荒芜的，边缘密密的野草丛中有许许多多的野花，甚至脚下石子密布的路上也有零星的野花开放，只是她们没有硕大丰满的花朵，没有挺拔伟岸的枝干，淹没野草丛中，隐迹石子路边，丝毫不引人注目。

此后开始留意草丛中、石子路上以及苔藓间的野花。看吧，洁白的雏菊在春天的清晨星眸流转，火红的罂粟花在夏天热烈起舞，一棵棵单薄瘦弱的高山石竹联合起来汇成一片紫色梦幻。还有更多不知名的花朵，鹅黄的，金黄的，灰白的，淡蓝色，浅紫色，粉红色，各色野花并不因为自己没有美丽夺目的外貌而自卑，也不因为无人欣赏而自弃，她们悄悄绽放默默零落。这，或许才是大自然的本来面目吧，我想。

来此散步的时间愈长次数愈多，越发爱上这块别人眼里荒芜的土地，我把她称为“青青芳草地”，我的青青芳草地。每天下班走出巍然耸立的办公大楼，乘车经过宽阔整齐的街道，一排排摩肩接踵的房屋闪过，回到家，迫不及待地上楼，脱下刻板规矩的套装，换上舒适随意的休闲装，脱掉皮鞋，穿上运动鞋，走出拥挤繁华，走向开阔空旷。

来到我的芳草地，走下中间凹陷的地方，伸伸胳膊踢踢腿，甩掉都市白领的风度仪态，甩动胳膊大步流星向前走去。走着走着，一股热气从足底升起散入全身，僵硬的脖子柔软起来，手脚灵活起来，目光明亮起来。走着走着，看见美丽的花儿，会分开密集的野草走近细看，花儿那么柔弱娇小，却又那么坚强，在如此贫瘠的土地上开出美丽的花来。走着走着，也会举起手机拍摄，检验拍摄成果，懊丧低头或开心一笑。

今年雨水充足，近来几乎天天下雨，不是雨骤风狂，便是细雨霏霏，无法散步。傍晚只好站在顶楼落地窗前，看着窗外雨幕，揉揉难受的颈椎。

今天下班，还是打着雨伞回家。回来忙着做饭，忙忙碌碌时

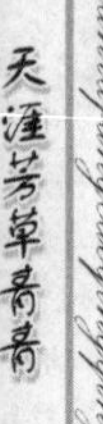

雨停了，金色的阳光照亮蓝天！心中雀跃。饭后在顶楼陪孩子学习，时不时抬起头看看窗外湿润透亮的蓝天。学习结束，太阳依然笑容可掬，匆忙下楼抓起一件外套，套上运动鞋，向我的芳草地走去。

踩着石子快步而行，被按摩的快感散遍全身。多日未来，四处打量，连续下雨，平常长满苔藓的盆地居然也露出绿意，是野草吧？不，是芳草，现在真是芳草地了。

边走边看，这边茂密灰白的蓍草丛中深蓝色的鼠尾草探出头来，那边绿色酢浆草和粉红的红豆草伸手相握。这里淡蓝色的紫草身边一丛丛粉紫的高山石竹微笑，那里紫色苜蓿和黄色苜蓿跳起群舞。没有名贵的观赏花卉，可是一蓬蓬野草一棵棵野花，知道名字的，不知道名字的，自顾自地绽放。放眼看去，朵朵野花娇艳，丛丛野草水润，曾经被我称为“荒地”的地方处处生机勃勃。

凝立片刻，贪婪地呼吸雨后清新的空气，舒展四肢，抬头挺胸大步疾走，走到全身微汗，停下来，在一个角落随手拍摄一张照片，发给朋友。他惊呼：真美呀！

美吗？闻言自己打量照片，照片上近景是一片密集的草丛，高高矮矮错落有致，草丛中罂粟似火雏菊如雪，傍晚的阳光斜斜照射，把野草野花的影子投射到凹陷的盆地上。远景是金色的阳光照耀盆地上新生的野草，细雨洗过绿意流淌。

是呀，真美！晚风中，野草自由舒展腰肢，野花自在摇曳花瓣，我也张开双臂拥抱阳光，拥抱眼前的芳草地，我的青青芳草地。

那 天

那天，在山谷漫步，明白人生的际遇可以是那么奇妙，在每一个拐角处，在每一个下一秒，都可能迎头邂逅美丽。

那天，原是再平常不过的一天。

那天清晨，在剧烈的咳嗽中醒来，和半年来的每一天一样。咳嗽过去，半倚在墙边闭上眼睛，片刻后茫然睁眼。没有开灯，百叶窗也放了下来，昏暗的房间，陌生的家具，暗影幢幢。打开床头灯，下床拉开窗帘，打开百叶窗，没有阳光热情的拥抱，只见皑皑雪山从缭绕的云层中探出头来冷眼相对。通过窗户，冷风肆无忌惮地迎面吹来，看来今天又只能在山谷活动了。

六月中，因为身体原因，来到瑞士的恩嘎丁短暂休养，遵医嘱应当多在高山山顶活动，可惜天不作美，寒冷的天气难以长时间在四千米的高峰停留，只好大部分时间在山谷散步。

那天，原是并不顺遂的一天。

那天早饭后，临时决定坐马车到 Roseg 山谷游玩。出门来到停车场，遥控汽车钥匙，汽车宿醉未醒，三番四次不肯睁开眼睛，遥控打不开车门，也看不见手动开门的锁孔。围着汽车绕了十几圈，东寻西找，这才在司机座位的门把手下方发现一条细缝，撬开一角，隐藏的手动锁孔显露出来。上车后，马达无法发动，显然电池没电了。幸好偶遇的邻居帮忙，我们才能发动马达开车上路。

那天，原是寒冷的一天。

那天早上，在小镇 Pontresina 登上马车。那是一辆敞篷三驾马车，四面透风，长长的车厢两边是座位，座位上放着一摞为乘客准备的毛毯，顺手拿起一条紧紧裹在腰间，和同伴在两排座位的最前边相对坐下来。前面横排马车夫坐的地方居然也坐了一位乘客，一位五六十岁的女人。那个女人穿一件毛衣，坐下来后立刻打开背包，拿出一副护耳戴到头上，取出一件灰色的长绒毛衣套到身上，毛茸茸的绒毛足有几厘米长，山风吹来，活像一头北极熊在风中舒展筋骨。被她传染，我也拉紧身上的风衣，把大大轻软的开司米披肩展开来披上。马车上路了，兴奋地用手机拍照，清冽的山风吹得手指冰凉，拍照间隙把手指掖到腰间的毯子里。同伴没说什么，把她自己没有用的毯子递过来。微笑致谢，接过来搭在腿上，双手伸到毯子下面。

那天，原来是幽静的一天。

那天上午，马车在山谷唯一的一家饭店停下来，乘客四散，同伴累了休息，一个人在山谷漫步。那是一个隐藏在群山中的山谷，不通公路，与世隔绝。狭长的山谷，两面高峰对峙，自山腰而下是一片片草地树林，上面一块块岩石中夹杂一堆堆残雪，前面大山戴着万年不化的冰盔雪甲斜立拦路，中间一道宽阔清浅的溪流恣意奔流，溪流边大大小小的鹅卵石，在蔓延滋生的杂草野花中忽隐忽现。

漫无目的地沿着地势稍高的羊肠小路走去，时而站在路旁拍摄一丛丛金灿灿的蒲公英，恨不能把明艳的黄色化作灿烂阳光洒满山谷；时而蹲在草地上审视一朵朵高山特有的蓝色龙胆花，恨不能把那明朗的蓝色染遍天空。

狭窄的小路曲折蜿蜒，靠山的一面树木茂盛野花烂漫，另外一面野草丛生山石零落溪水潺潺。初春时节，高峰积雪消融，雪水本能地在岩石间寻路而下，在草地上冲出一条条水沟直奔谷底。一条条小水沟冲断小路，有的缺口搭着木板，有的缺口只能大步跳过。几次蹲在缺口处的山石上，轻轻伸手抚摸溪水，光滑柔软的溪水冲过手背，清凉而不刺骨，在水中张开五指，清澈明净的山泉流过指缝，也流过心间。

走啊走，走过一丛丛野花，走过一片片树林，走过一道道山泉，没有笑语喧哗，没有交通噪音，没有行人走过，没有飞鸟掠过，天地间只有我一个人，一个人静静地走过。

前面山势舒缓山谷开阔，右边顺山势而下一大片草地铺展开来，星星点点的黄花点缀其间，墨绿常青的树林环卫左右，弯弯的小路横拦腰间，一股股的溪水在脚边漫流。

正是最好的时节，清风吹过，绿草起伏，绿色的精灵在碧草间翩跹。那茵茵碧草，那鲜亮的绿色，没有鹅黄的稚嫩，没有墨绿的深沉，简简单单的绿，却绿得深邃悠远，绿得生机勃勃。一股股山泉流经草地，饱饮绿色，痛饮生命之韵，迈着更加轻盈的步伐淙淙流淌。

站在路上，溪水叮咚清晰可闻，小鸟鸣啭隐隐约约。醉在那片绿色里，在长椅上坐下来痴痴凝望，绿色中恍惚有粉色落英顺流而下，转头寻找小舟未果，无法撑小舟溯流而上，那就让我坐在这里吧，一直坐下去，坐到地老天荒。

那天，原来是惊喜的一天。

那天正午，是在冥冥中听到你的呼唤吗？没有坐到地老天荒，我起身继续向前，毫无预感地向你走去，走向生命中一场美丽的相遇。

前面一大片黑色的岩石突兀而起，在苍赫的山峰上非常醒目。岩石下一座小小的石屋，是猎人使用的小屋吧？走近细看，准备

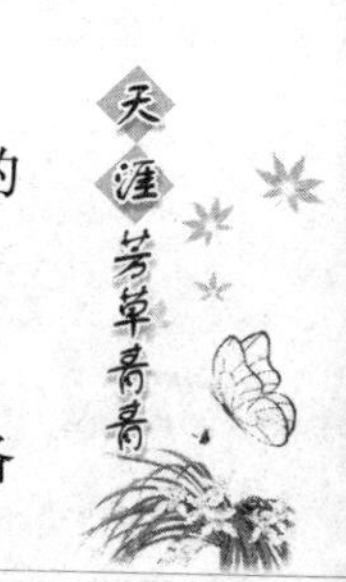

离开的瞬间，仿佛有魔力召唤，目光游移，眼角闪过一团黑一道白。

呀，右面，在茂密的树木后，黑色的岩石上，一道闪亮的白色匹练从高高的山顶冲过三级山石飘然而下，恍若飞仙。

猝不及防，蓦然与你相遇！

你，我的瀑布！

惊讶，屏息，毫不犹豫地迈动脚步向你走去。踩着一坨坨绿草，踏上一块块山石，迈过一条条溪流，跨过一丛丛野花，向你走去。愈往上山势愈陡峭，大块大块的岩石横七竖八地试图阻拦我的脚步。可是谁又能阻挡我走向你的脚步呢？低头弯腰手脚并用，一点点攀援而上。

近了，近了！一滴水珠飞溅脸上，在心中开出一朵花！又一滴水珠，又一朵花。终于点点密集的水珠在脸上开成一大朵花。你，近在我的眼前了！伸出手去，和你相握，晶莹的水珠穿过手指，清凉流过心间。仰起头来，一条晶莹的白练在阳光下闪烁，闪烁。

湛蓝的天空下，黑色的岩石上，你飞身而下，扑到我的身旁。茵茵碧草间，艳艳黄花旁，你抚琴叮咚，为我高歌一曲。

仰头看，你光芒四射；侧耳听，你曼吟高歌。凝立当场，浑不觉时光流逝，浑不知今日何日。

那天，原来是梦幻的一天。

那天午后，从另一面下山，回到小路上，抬头看，你重新隐藏在树木后，隐约露出一点白光。

真的曾经见到你吗？不禁怀疑。可是我没有返回，而是向前走去。向前走。前方，下一个拐角处，会有另外一场相遇。

那天，原来是美丽的一天。

美丽，因为与你相遇。

你，我的瀑布！

大西洋，一天的四季

今年夏天，第一次带孩子到大西洋畔度假，天天从早到晚陪孩子腻在沙滩上戏水玩沙，这才体会到曾经来过多次的大西洋在一天之内的四季变迁。

大西洋的一天从冬天开始。清晨的大西洋还没有从冬眠中醒来，万物处于安眠状态，静静地积聚力量，等待春天，等待爆发。

清晨的大西洋，刮着冷风，不很猛烈，却颇有寒意。茫茫大海是一望无际的茫茫雪野，雪白的海面泛着清冷的白光。退潮时分，北风掠过雪野，吹动积雪一波一波缓缓移动。

天刚蒙蒙亮，大西洋揉着惺忪的睡眼，从冬眠中醒来。

隔着高楼，隔着小山，太阳在移动脚步，慢慢走来，准备唤醒大海，唤醒人们，唤醒海边所有的生命。东方，灰蒙蒙的天空上横挂一条朦胧的彩带，淡淡的粉红糅合了一丝橙黄，那是太阳派出的使者宣告新的一天即将开始。

南欧人习惯迟睡晚起，这个时候绝大多数人还在酣睡，大海边鲜少人影，金色的沙滩毫无遮拦地铺展开来，为白色的大海镶上金色边框。海水日夜不停地把近水的沙滩冲刷成土地一样坚硬，但不是平展展的，部分地方凹凸不平，形成波纹状起伏的图案。图案很不规则，却又不断重复，纵横如沟壑，闪亮似鱼鳞。黄沙铺成的底色上，浅浅的海水闪着银光，这里那里各种各样的贝壳静静地躺着，等待有心人来捡起赏玩。

清晨，沙滩上没有阳光，一把把棕榈苫盖的阳伞张开来，无精打采地站立在冷风里。没有游客，一张张长椅仍叠成一摞，偏立一隅。这时候的沙滩是属于海鸥的。没有游客打扰，一群海鸥集聚在沙滩上，在银白的浅水里踱步，眺望，探访朋友。

放眼看去，整个沙滩是一幅幽静的风景写生。

突然，这海边难得的安静被打破了，画面局部动了起来。一个早起散步的孩子冲到海鸥群里，挥舞胳膊惊起海鸥。被打扰的海鸥展开白色的翅膀，一飞冲天，在空中盘旋来去，似乎想要看清楚这调皮的孩子是谁。

沙滩上孩子在奔跑，天空中海鸥在飞翔。东方，一轮红日即将升起，带来热量，带来活力，带来春天。

春天来了，一夜之间草木吐绿万物竞芳百花争放，万物陡然醒来恢复生机，让人目不暇接不知所措。上午的大西洋像春天一般喧闹。

上午，太阳早已升起。蔚蓝色的大海，近处呈现绿色，远处是一抹淡淡的浅灰色。淡蓝淡蓝的天空，水洗过一般，颜色越来越淡，渐渐变成一片乳白。在遥远的天际，在浅灰的大海和乳白的天空交会接壤的地方，海天一色，水乳交融。

开始涨潮了，蓝色的海水卷起白色的浪涛，轰轰地扑上沙滩。

白金色的沙滩，被海水和时光磨得细碎光滑的沙子堆积得厚厚的，干燥的地方松松软软，一踩一个坑。早饭后，沙滩上的游人猛然增多，有男有女，有老有少，带着阳光，带着毛巾，带着好心情，来到海边，铺开毛巾，支起阳伞。沙滩上，一朵朵伞花怒放，沙滩变成一个百花盛开的大花园。

伞花下，伞花旁，伞花间，密密麻麻的到处是人。有的人躺在毛巾上看书，有的人躺在长椅上睡觉，有的人坐在小椅子上养神。老人们静静地晒太阳，享受静止的时光。孩子们在沙滩上堆出一个大大的城堡，提来海水灌入城堡。恋人们四目交投窃窃私语，运动健将奔来跑去挥动球拍。水边有人悠闲漫步，水里有人载沉载浮。

沙滩上，人头攒动，笑语喧哗，好似海潮一浪又一浪。

夏天万物蓬勃生长，时刻在动，时刻在变，如同中午的大西洋。

中午时分，潮水在动。

涨潮了，水位越来越高，绿色的海水翻滚着，奔腾着，咆哮着，卷起白色的浪花，奔向海岸，扑上沙滩，裹挟无数的沙子，泛成一片黄色，但是依然透明，并不浑浊。阳光照耀下，白色的浪花中，一粒粒沙子闪着金光。片刻后，海浪在沙滩上平息下来，闪烁的沙子跌落沙滩，清澈的海水流回大海。

游人在动。

潮水越来越急，浪头越来越高，一排排浪头前赴后继层层叠叠地涌来，涌来。正是玩帆板冲浪的最佳时刻，一群弄潮儿身穿密密实实的防水服装，站在长长尖尖的帆板上，弯腰弓背指挥帆板切开波涛，随着潮水冲上浪尖，跌落谷底，再冲上去。矫健的身姿在浪潮里忽隐忽现，惊险万分。

玩帆板冲浪需要专业装备和训练，没有经验的游客和孩子们在浅水里用玩具帆板戏水冲浪。长方形前方半圆的帆板上有固定好的绳子，绳子套在手腕上，两手抓住帆板中间，盯着前面的海浪，看着海水卷起涌来，迎着浪尖跑上去，趴在帆板上，再随着浪头随波逐流冲到沙滩上，爬起来，湿湿的衣服紧贴在身上。

看，一个高高的浪头挟着黄沙轰轰奔来，声势惊人。有的孩子转身逃走，有的尖叫着闭起眼睛坚持不退。白色的浪头，黄色的沙子，一股脑打下来，掀翻帆板，冲走了孩子的遮阳帽。孩子

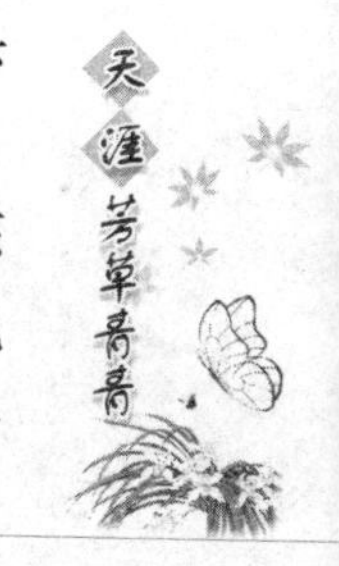

从水里爬起来，抹去脸上的海水，抓起帆板，四处寻找帽子，水淋淋的帽子抓起来戴到头上，仍旧趴在帆板上，任海水把自己送上沙滩。

一浪接一浪，海水不知停歇；一遍又一遍，游人不知疲累。这时沙滩也活起来，变成一幅动感十足的美妙图画。

中午时分，沿着沙滩漫步而行，让粒粒金沙充塞脚趾间，让雪白的浪花在足踝绽放，让绿色的海水淹没膝盖。在炎热的夏日，享受大西洋清凉的海水，何等惬意。怡然自得时，突然感觉脚下坚硬的沙滩变得凹凸不平，正午的阳光照射下来，沿着沙滩纵横的图案走向，一道道金线在透明的海水中闪烁，好像那位巧手的匠人用金丝编织成的锦缎铺到了沙滩上，在水底抖动。

黄色的沙滩，白色的浪花，金色的锦缎不停地变幻闪耀。

下午的大西洋炎热又慵懒，像盛夏。

经过半天的暴晒，毒辣的阳光把沙子烤得滚烫滚烫，赤脚走上去，不由自主赶快抬起脚来，双脚轮番起落跳舞。很多游人玩累了，如此这般跳动着走过沙滩回去午睡，或者躲到阴凉的房间去了。留下来的人也懒洋洋地躺在沙滩上，静静地享受日光浴，一动不动。

灰绿色的海水泛着银白的光芒，延伸到遥远的天边，演变成一片深邃的蔚蓝。海水也显得慵懒，不再奔腾咆哮。退潮了，灰绿的海水卷起一个个小小的白点，白点扩大连成一段段白线，一段段白线携起手来哗哗地奔上沙滩，再缓缓退去。

湛蓝湛蓝的天空似乎疲倦了，扯起几片淡淡的白纱遮在脸上，稍稍遮挡仰慕者追寻的目光。

傍晚，秋天来临，大西洋呈现金秋斑斓的色彩。

退潮了，银灰色的海水温顺地涌来，退去。淡蓝的天空呈现浅浅的灰色，天边一座灰黑色的云山凭空涌现，云山旁边一片橙黄横跨天际，正中金黄的火焰裹着一团闪亮的白色，金色的光芒照亮西天，照亮云山，道道金光在正前方的水面上跳动闪耀，完美地演绎古人笔下“浮光跃金”的画面。

金色慢慢地暗下去，暗下去。东方，一弯新月淡淡的轮廓悄无声息地挂到墨蓝的天幕上。不知不觉间海风刮走夏日的暑热，刮来大洋深处秋天的寒意。沙滩上已经看不到什么游人了，极少数还在沙滩散步的人们转身开始往回走，夕阳把他们的身影放大拉长投射到他们面前。暗金色的沙滩上，一串长长的影子随着主人走动而走动。这是大自然做导演，特约夕阳和游人合作，上演一场绝妙的皮影戏。

西天，点点沉没的夕阳把沙滩上的影子拉得越来越长，长长的影子渐渐变得模糊。银灰色的海面化身为一块硕大无比的墨玉，在月色下发出幽冷的光芒。一颗、两颗、三颗，更多颗星星，悄悄在天际闪烁。

白昼结束，夜晚来临，游人回到旅馆休息。海边恢复安静，进入冬眠状态，等待明天，等待又一个四季轮回。

（2013 年 10 月）

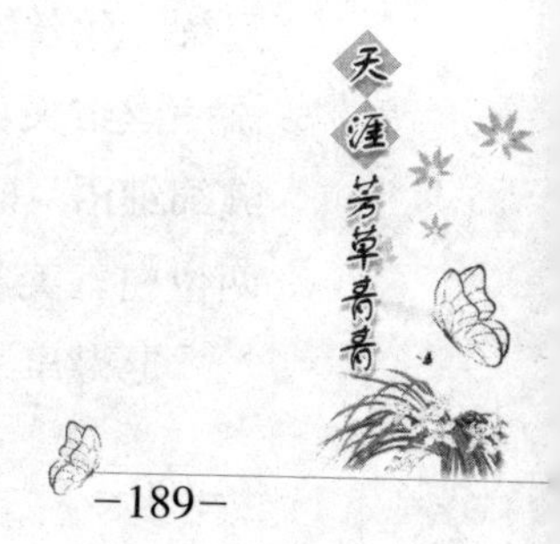

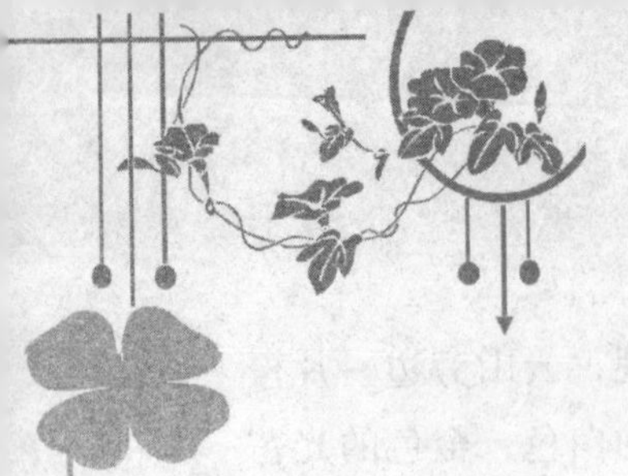

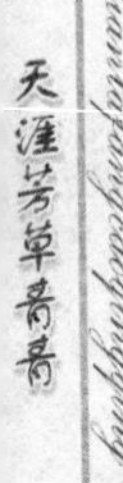

路边的野花

人到中年，人生的路走了一半，身兼职业女性和母亲的双重角色，终日奔波于公司和家庭之间，忙忙碌碌。工作之余，周末两天陪伴孩子学习中文，一星期七天排得满满当当，除非学校放假，难得出门游览访友。偶尔静极思动，出门走走看看，才恍然发现路边的野花开得绚烂。

那是六月中的一个星期天，我们来到阿尔卑斯山，参观过帕特纳赫峡谷（Partnachklamm）的自然奇观后，开始攀登楚格峰旁海拔将近一千三百米的山峰 Eckbauer。狭窄的山路，一边是嶙峋的山石，在峭壁石缝中扎根生长的树木，一边是原木栏杆，旁边是平缓的山坡或者陡峭的山谷。山路，有的是人工修整的，稍微平坦，更多的是天然小路，崎岖蜿蜒，迂回向上。路边、山上随处挺立着高大笔直的松树、杉树和不知名的树木，给巍峨的大山穿上深浅不一的绿衣。时近中午，阳光极好，可是走在浓荫覆盖的山路上，一点也感觉不到炎热，相反，微风习习，令人尘俗皆忘。

眺望山巅，即使是六月，山顶上也覆盖着白雪，阳光下静静闪耀。丝丝缕缕的白云慢慢悠悠地飘浮着，给巍然耸立的高山增添一丝柔美。远离万丈红尘，大山里静得可以听到白云和大山的缠绵细语。皑皑白雪，柔柔白云，一个冷静端庄，一个轻盈若梦，两位白玉美人依偎在大山旁，引人浮想联翩。

走得累了，在路边的长椅上坐下来休息片刻，回望来时路，

树木掩映已不可见，展望前途，山路弯弯难以及远，收回目光注目身边。山路旁，一片青翠的绿上面一层疏淡的白，仿佛天上的白云飘浮在绿草上。一簇簇细细碎碎的小白花婷婷地立着，样子像极了老家的韭菜花，可是没有韭菜特有的味道，手掌样宽宽的叶片也和韭菜细长的叶子完全不同。素净的白花没有鲜艳的色彩，没有特别的香味，如果不是坐下来休息，如果不是她的样子那么像曾经熟悉的韭菜花，或许我根本不会留意到她的存在。

再次上路时，不自觉地低头注目山路旁、树荫下。这里一片绿色的植物，硕大的叶子圆圆的，颇有荷叶的风韵。那里一串串紫色的小铃铛，在微风中叮当作响。继而眼前一亮，一种小黄花进入眼帘，让我惊喜不已。那是故乡称为“叶儿衣”的野花，榆叶样的叶片，细细的茎秆，五片小小的花瓣是一颗颗小小的星星在碧草中眨眼。是谁偷偷摘下天上的星星，再调皮地染成金黄色撒落草丛呢？

前边走到一处开阔的山谷，一大片茂盛的草地，草地上开满了我的“韭菜花”和“叶儿衣”，金灿灿，银闪闪，金黄和银白和谐地交织在一起。金银滩，阿尔卑斯山的金银滩！在阿尔卑斯山的山谷里，在远离青海万里之遥的地方，“韭菜花”和“叶儿衣”唱响《在那遥远的地方》，而卓玛姑娘，她莫非躲在山谷的角落里正准备出其不意地挥起鞭子？还有那行吟的歌者，他又在哪里呢？

“妈咪，我好累，还有多远呀？”看着那片阿尔卑斯山的金银滩心醉神驰间，阳光王子突然走过来紧紧地拖住我的胳膊，拉我回到现实世界。

“妈咪也不知道还有多远，我们慢慢走好了。出来玩，是为了到想去的地方，没错，但是也是为了看看路上的风景，不要只

顾着赶路，你看这路边的野花，这么漂亮的一大片，在城市里看不到呢。多看看花，就不觉得累了。”

“妈咪，我走不动了！”阳光王子有气无力地垂着头，依然把半个身子压到我的胳膊上。

“实在累了，我们歇一歇，到前边找条长椅休息一下。”看着疲累的阳光王子，不忍再说什么。

不远处正有一张长椅空着，我们坐下来休息，可是调皮王子屁股上长刺一样坐不住，自己追着同行的人们往前走，于是留下先生陪伴阳光王子，我追着调皮王子继续爬山。

调皮王子在前边快步而行，我奋力紧赶追上去，一把拉住调皮王子的手。“来，拉住妈咪的手，我们手拉手一起走。快看，前边这片草地多漂亮啊！开满五颜六色的花，你看看都有什么颜色呢？”

“红色，黄色，白色，紫色。哦，那边还有蓝色的！这么多颜色！”调皮王子抬头仔细地看着草地上的野花，眉毛微微上扬。

“不错，你看得很仔细！你再看看，同一种颜色的花，颜色深浅一样吗？花瓣一样吗？”

“妈咪，颜色深浅不一样，有的深，有的浅。花瓣也不一样，有的圆，有的长。”调皮王子忽闪着大眼睛看着草地。

“对，你看，这种白花细细长长，很像圣诞节装饰的星星。那边紫色的野花是一个个小花球，旁边的黄花像一把小伞。好看吧？”

“真好看。”调皮王子边说边采下一朵白花，“妈咪，送你一颗星星！”

“这真是世界上最美的星星，谢谢你，我的宝贝！”看着手里的星星唇角漾开，再看看沐浴在阳光下的少年，他真的是昨天那个柔弱无助的小婴儿吗？我，我也一心赶路，走得太快了吗？

“来，让我们慢慢走，别走太快了，多看看路边的野花。要不然，你什么都看不见，也不能送这么美的礼物给妈咪了。妈咪好喜欢你的礼物哦！”

“妈咪，我还要送更多的礼物给你！”调皮王子使劲儿点头。

顺着曲折的山路盘旋向上，迎面走过下山的人们，知道离目的地不远了，调皮王子挣脱妈咪的手，兴奋地往前奔去。

低头往下面的山路望去，透过树林隐约看到阳光王子和先生正慢慢攀登。向前看，调皮王子沿着一条羊肠小路向山顶走去。小路的两边开满了白色的“韭菜花”，密密麻麻地汇成一片白色的花海，恍似山顶的白云沉落草地汇集成一片白色汪洋，窄窄的小路曲曲折折地分开白色的波涛。

前边，前边不远处就是此行的目的地，我放慢脚步走向那片白色的花海，走向路边盛开的野花。

（2013年7月）

梦幻北海

来了，我来了！快步走出酒店，站在北海边上，清清湖水荡起微微涟漪。北海，多少次在诗文中读到的北海，多少次在屏幕上看到的北海，现在我来了！来领略你的神奇，来见证你的美丽。

清晨的北海，碧波微荡，清风徐徐，婀娜轻摇，杨柳依依。昨日云淡风轻，风和日丽。今天却飘着雨丝，柔柔细细。水光潋滟晴方好，山色空蒙雨亦奇。若有若无的雨丝，滋润北海越发清丽。

来了，我来了，漫步爱情长廊，追寻爱情的奥秘。

弯弯曲曲的长廊，曲曲折折的心迹。看这里有孔雀振翅东南飞，五里徘徊情依依。瞧这里有蝴蝶翩翩花丛舞，生生死死不分离。远处阳台上，恋人难舍难分，恨花园云雀声声婉转啼。近处曲径通幽，回廊深处的粉壁，被迫分离的苦痛墨迹淋漓。“当当当”的钟声响起，仰望大教堂钟楼，畸形的背影在奋力撞击。

古今中外的爱情，形形色色的悲泣。问世间情是何物，洒下纷纷泪水，留下斑斑血迹。

我住长江头，君住长江尾。日日思君不见君，共饮长江水。此水几时休，此恨何时已。只愿君心似我心，定不负相思意。

曼声吟咏缓步走来的诗人，高冠嵯峨寓居姑溪。瞳仁中映出恋人身影，遥远而清晰。眼眸中写满沉醉，流露多少浓情蜜意。

注目诗人远去的背影，细细品味词中深意。两情相悦坚如磐石，时空距离，不是不可逾越的藩篱。情到深处感天动地，滔滔江水绵绵情意。

来了，我来了，登上翠屏山，追寻朋友们的足迹。

翠屏山名副其实，遍野碧草迎风，满目绿树挺立。抬头仰望山顶，飞檐玲珑的小亭，正是朋友们笔下的聚会地。心下暗喜，奋力攀登台阶，一级又一级。

近了，近了，山顶的亭子月色迷离。看台布铺开，菜肴摆好，酒杯斟满，有人站起来致辞，讲了一句笑话，哄堂大笑蓦然响起。酒杯举起来了，不，不要，等我一下，我要和大家痛饮，分享醉人友谊。

奋力爬上最后一级台阶，快步上前来到亭子里。咦？人呢？酒呢？菜呢？我茫然环顾，清晨的翠屏山花香四溢。哦，原来是梦呓！昨晚的欢会意犹未尽，提前为下一次，选好聚会场地。

来了，我回来了，回到出发的原地。

站在酒店门口，良久凝视伫立。回味短暂相会，细数美好回忆。

傍晚的天空，遥远的天际，橙黄橘红的底色上，一幅淡墨山水展开，描绘一片美妙天地。险峻山峰，蜿蜒小溪，汪洋大海，无边无际……是谁把画布铺展天边？是谁在天空挥舞画笔？澄澈的湖水，一片橙红映照水底。水波微荡，那是北海的胸膛在起伏；圈圈涟漪，那是北海的红心在搏击。猛然，一条巨龙闯入画面，在淡青色的山水上矢矫腾移。那是你，北海的精灵从湖水中腾空而起！你是来迎接我吗，因为我慕名而来不远万里？我呆立仰视，悄声屏息。你无语在云天起舞，越舞越远，渐渐隐去踪迹。

告别的时刻到了，昨晚你在云天为我起舞，是欢迎，也是别离。今天清晨你潜藏湖底，送来丝雨，悄悄，细细。抬手轻理发丝，梳理深情厚谊。

多么神奇，多么美丽，梦幻北海，永难忘记！

后记：

2012年回乡期间就近访问庆云，真正认识了网上神交已久的朋友们，留下美好回忆。在离开庆云的那天早上，特地早起，独自环绕庆云的北海公园一圈，细数在庆云的美好回忆。再次感谢朋友们的盛情！

（2013年元月）

黄色的春天

儿时眼里故乡的春天是绿色的。绿色的春天是绿油油的麦田，它预示着夏天的收获；是菜园里碧绿的蔬菜嫩芽，它代表着多样的饭桌；是农田里嫩绿的野菜，它伴随着伙伴们打猪草洒下的欢歌。绿色的春天是春姑娘精心描绘的画卷，绿色的春天是充满了希望的季节。

现在眼里德国的春天虽然也有深深浅浅的绿色，但是更突出的是鲜艳明快的黄色。黄色的春天是初春时的连翘，仲春时的蒲公英，暮春时的油菜花，她们把异国的春天涂上浓重灿烂的黄色。黄色的春天是春姑娘巧手弹奏的一曲春之歌，黄色的春天是充满了欢乐的季节。

如果你还不曾见过黄色的春天，那么请跟我一起来拜访黄色的春天，一起来寻找春天圆舞曲的黄色音符吧。

经过枯叶飘零的秋天，走过漫长瑟缩的冬季，踏过厚厚的皑皑白雪，尽情欣赏那美丽纯洁不沾人间烟火的童话世界后，身上的冬衣越来越沉重，躁动的心灵越来越渴盼春天的消息，饥渴的眼睛越来越盼望生机勃勃的世界。已经是三月底了，气温一般仍然只有十度左右，放眼看去，草地依然枯黄，树枝依然萧索，不见一点绿意。你一定会在心里问，春姑娘啊，她在哪里呢？莫非她把这里遗忘了？带着疑问你慢慢走过大街，目光无意识地投向前方。这时如果有一点点明艳的黄色映入眼帘，那么你一定会眼

前一亮，快步上前走近细看。原来是一蓬灌木，细长的枝条上缀满了明黄色的花苞。那就是连翘了，她是春姑娘在漫长的冬季后，送给渴望春光的人们的春天的消息。明黄的花苞在几天后就完全绽放。在一片褐黄的枯枝里，随处可见那一蓬蓬一丛丛明艳的黄色，随处可以听到她们奏响的春之序曲，宣告春姑娘正在大步走来！

连翘的花期很短，可能带给你的欢欣愉悦还没有平息，她们就匆匆告别，嫩嫩的绿叶取代了那鲜艳的明黄。但是你不必因此感伤，因为这时春姑娘派来的另外一位黄色使者—蒲公英就要登场了。也许你会认为蒲公英是生活在田间的野花，太普通了，难登大雅之堂。也许你从来不屑于仔细观赏蒲公英，但是如果你曾经在一个慵懒的春天毫无目的地漫步，偶然走到一片被树木包围的草地。那里人迹罕至，静谧异常，在一大片厚厚的草地上，一丛丛的蒲公英肆意张扬着灿烂盛开着，并不因为罕有人至而自暴自弃自卑自怜。当你穿过树林看到那片撒满蒲公英的草地时，你怎能不为蒲公英的生命力感到震撼，怎能不走近细看，怎能不为她的美丽大感惊艳，怎能不为她的魅力深深倾倒呢？那星星点点随意撒满草地的鲜艳的黄花，她们是春姑娘绿色舞衣上耀眼的点缀，她们用自己顽强灿烂的生命继续奏响春天的旋律。

走过春寒料峭的三月，熬过天气变化无常的四月，终于迎来阳光和煦的五月。树木上若有若无的嫩黄色已经变成一片墨绿，这里那里夹杂了五颜六色形态各异的花朵，这里那里有小鸟在歌唱，湛蓝的天空下一两朵白云优雅地伸出手来，邀请你追随白云的足迹去远方徜徉。驾车行驶在公路上，两旁是枝繁叶茂的树木，远处是绿色的草地，三三两两的奶牛在慢条斯理地吃草，安然闲适的田园风光让久居城市躁动的心安静下来。这时候在漫天遍野的绿色中，如果突然出现一片黄灿灿的田地，那必然是油菜花了。那是春姑娘在谢幕前身着华丽舞衣，头顶精心制作的金黄花冠翩翩起舞，那是春天圆舞曲的欢乐乐章。

一路走来，一路欣赏黄色的春天，你一定也会像我一样，陶醉在黄色的春天里，沉醉在欢乐的春天圆舞曲里，不愿醒来。

（2011 年 5 月）

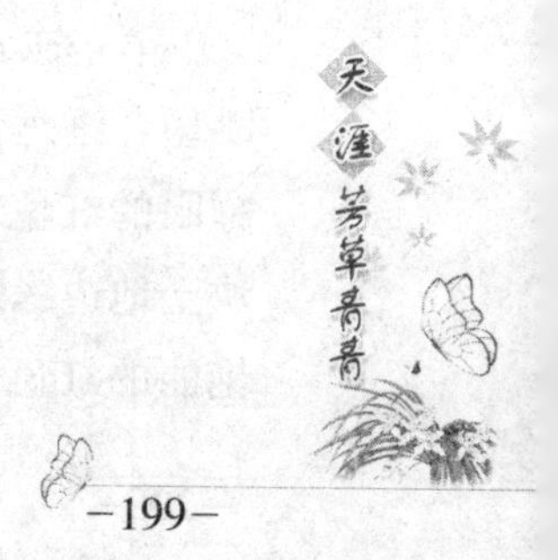

荒地上的花儿

三十年前告别故乡，在异国他乡开始崭新的生活。这么多年一直生活在大都市里，十年前搬到现在居住的这片闹中取静的地方，欣喜这里处处干净整洁赏心悦目，可是住宅附近有一块荒地，荒芜荒凉，很让人扫兴。

那是一块四四方方齐齐整整的土地，周围没有其他房屋建筑，显得格外空旷开阔。不知道为什么那里没有人耕耘放牧，没有人建屋而居，没有人经营店铺，也没有人兴建公园，一大块土地就那么闲荒着，真是浪费。

余暇喜欢散步，很庆幸住宅区安静清幽，附近有不少休闲场所，整齐干净的草地碧草如茵，平坦弯曲的小路绿树成行，水平如镜的小湖波光粼粼，漫步其间偶然看到那块闲置的土地，远远的一片土黄色，面目模糊，毫无生气，心中纳闷，城市规划者为什么会留下这样的败笔呢?

在这里住了十年，纳闷了十年，等我一步步走近一点点看清荒地的面目后，才明白了问题的答案。

第一次走近那块土地是在夏天。那年夏天，偶然站在阳台上眺望，远远看到那里红彤彤的，烈日下似乎着起火来，一片一片耀眼的红色，好奇地走去看。一步步走近，一步步清晰，原来那块土地边缘野草丛生的地方，不知道何时长出一片一片的罂粟花，艳丽的红色灼人眼目。炙热的阳光下，茂密的野草丛中，鲜嫩的绿色背景上，一群群硕大的红色蝴蝶振动翅膀，翩然起舞。莫奈笔下美丽的自然风光，竟然在这里活了起来，一向面目模糊的荒地陡然爆发，活泼泼地热力灼人。

震惊着走下去，第一次正眼打量那块荒凉的土地，这才注意到那里四围凸起，中间凹陷，是名副其实的“盆地”。中间的盆地上，黄褐色的土地中，大大小小的石头石子横七竖八，稀稀拉拉的小草野花似有若无。瘌痢头似的盆地，一片荒芜，满目荒凉。盆地外围，空地四周边缘却绿意盎然，人工栽种的小树苗壮成长，天然野生的杂草野花恣意丛生。这才意识到，看似荒芜的土地上原来也是有生命的，荒凉，却不荒芜。

再次走近那里是在春天，那块空地以截然不同的面目出现，鲜嫩的绿色，露珠样晶莹。那天下班后步行一段路回家，偶然看到野草丛中一朵朵白色的雏菊花蓓蕾初绽，一个个初初长成的绿衣少女，星眸微启水波流转。我情不自禁地沿着正中盆地的边缘走下去，一路寻找那清丽的倩影，一直走到尽头的隔音高坡前。

从此迷上了那块无人问津的空地，一天天到那里散步，踩着一颗颗鹅卵石，探寻荒芜中隐藏的生气，荒凉后隐蔽的美丽。

看，又是一个夏天，快步而行时又一次邂逅美丽，一点娇嫩的粉紫毫无准备地撞入眼帘。猛然刹住脚步，边缘土坡上的一棵小树下，一棵纤弱的石竹风中摇曳，粉嫩的紫帽微微颤动。不由自主地屏住呼吸，生怕惊吓甚至吹倒娇柔的花儿。可是我错了，没过多久，星星点点的粉紫撒遍盆地，丑陋的瘌痢头华丽转身，摇身变为一片粉紫色的星空。粉色星星引人遐思，浪漫星空令人神往。

一年过去了，几乎天天去散步，一次次走近，一次次发现，时常发现之前没见过的野花，苦于自己植物知识有限，目不识花，

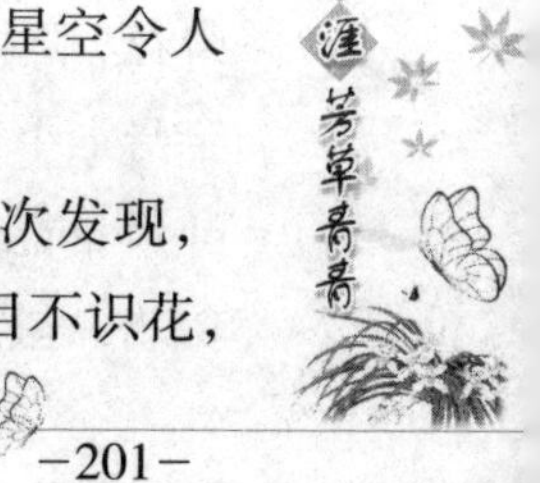

深以为憾。今年夏天，有爱好植物的朋友来访，拖着她来到荒地，一一询问。请她告诉我德语名字，记在手机上，回家再查中文名字。

边说边记。最先看到边缘茂密的野草丛中一大蓬一大蓬灰白的野花，茎秆高高，叶子细密，花朵细碎，一簇一簇凑成小伞样，这是高山蓍草。顺坡下来，角落里一大片低矮的野草，一串一串粉红的花朵透着紫色，那是红豆草。秸秆颀长叶片稀疏的紫草，挺立在低矮的野草丛中俨然鹤立鸡群，花朵有紫色，有蓝色。圣约翰草，小小的花朵是鲜艳的明黄色，五瓣。还有各色苜蓿，紫色蝴蝶苜蓿花朵蝴蝶样翩跹，黄色苜蓿金黄色的花朵颇像豌豆花。洋绒毛花是非常娇嫩的鹅黄色，花朵上凸起一根根粗粗短短肉墩墩的“手指”，非常容易辨认。我暗暗把她称为“佛手”。

一棵棵细数，边走边看，朋友越来越惊讶。当她看到粉紫色的石竹时，肯定地对我说，这里的土不是本地的，而是从别处运来的。这些植物本来都是长在高山上的，这种粉紫色的石竹是高山石竹，也称“西洋石竹”，在高山也不多见，是被保护的植物品种。

我惊讶地停下脚步，看那纤柔的花朵风中摇曳，真难以想象她的故乡是巍峨的高山，她是被命运播弄长途跋涉才来到此地的。这块土地遍布石子，或许也只有在高山生存的花儿才能在此扎根吧。

送走朋友，上楼到网上查询各种野花的中文名字，能够查到的再寻找介绍资料。一看之下，更是吃惊不已，这些貌不惊人的野花，确切地说是野草的花，非寻常观赏花卉可比，各有特殊功用，全身上下可药用或做香料。高山蓍草可以解毒、消肿、止血、止痛，酢浆草能解热、利尿、消肿、散淤，紫草有活血、清热、解毒的功效，鼠尾草是香草，也是药草，在中世纪曾被视为万能。

再到荒地散步时，一边看一边默想花儿的名字特性。在这块贫瘠的土地上，这些不起眼的花儿，她们在远离家乡的地方再次扎根发芽生长开花。这里荒凉冷落鲜少人来，想来也没人珍惜她们的药用价值吧，但是她们依然努力生长依然按时开花，毫不气馁，毫不自弃。

抬起头来，环视那块荒地，默默思索。然后抬起脚来，踏着满地石子，大步向前走去，我要沿着城市规划者的思路，深入这块荒凉的空地，去探访荒地上的花儿。

（2016 年 6 月）

茉莉花串

茉莉花串是用茉莉花串成的小小手串，曾经多少次在书本里看到江南的仕女随身佩戴茉莉花，想象香花为美女添得几许幽香，何等风雅，不胜向往。可惜，出身北方的我一直与它无缘，心中深为遗憾。这个遗憾几年前在意想不到的时间得以了却。

那年夏天回国探亲。有一天和先生搭乘地铁到市中心购物，在人民广场下车。下车后，随着熙熙攘攘的人流朝前走，边走边寻找合适的出口，东张西望之际，突然眼前一亮，一点洁白映入眼帘。定睛细看，原来是茉莉花，然后才看到挎着篮子的老婆婆。老婆婆手中拿着几串茉莉花，站在一个通道中央的栏杆那儿，眼巴巴地看着左右匆匆走过的行人。心中大喜，真是得来全不费工夫。扯扯先生衣袖，注目鲜花，向老婆婆走去。走到跟前才看清篮里不只有茉莉花，还有玉兰花。拿起一个茉莉花串细看，原来一个花串是由十朵茉莉花用细细的铁丝串起来的，铁丝在两头弯成小钩，钩在一起，拿起来幽香扑鼻。一问之下，一个茉莉花串要价两块五人民币。有心多买两串，可惜掏出钱包一看，只有四块零钱，其余是百元纸钞，老人脸上现出为难的表情。先生见我喜欢，马上查看自己的钱包，也没找到零钱，一向不会讨价还价的他居然开口对老人说，实在抱歉，没有零钱了，能不能四块钱拿两串。老人迟疑着，我的目光从花串移到老人身上明显已经有年头的灰黑色老式衣裤上，再移到老人布满皱纹的脸上，没等老人开口，连忙说：“就这个价钱，买一串好了。”说着把钱递给老人。老人接过钱，打开花串的小钩，帮我把它戴到手腕上。我拉着先生走向出口，边走边时不时抬起手腕嗅嗅，时不时重复“好香！真香！”之类的废话。

那天一整天和先生在市区购物，在人群中挤来挤去。最初还想到保护娇嫩的花朵，后来人太多，手上提满东西，实在顾不上，有心无力。晚上回到家，再看那茉莉花串，只不过大半天时间，在人群里碰碰撞撞，花瓣被揉成灰白色，有的花瓣已经残缺，一串茉莉花憔悴不堪。心里暗暗后悔，不该在早上买下它。小心翼翼地打开花串摘下来，闻一闻，依然有浓郁的花香传来，心中稍慰，顺手把它放在床头柜上。第二天起床后，看到拿起来，经过一夜，花容更见憔悴，唯有幽香依然如故。不知怎么想到卖花老人久经风霜的脸，她年轻时也有过光鲜亮丽的时候吧？如今经历风雨，走过坎坷，脸上刻满岁月的沧桑，到了应该在家含饴弄孙的年纪，还出门在外为了生活奔波，把这美丽的鲜花带给爱花的人们，好像这茉莉花串，虽然失色憔悴，还在默默把幽香带给人间。

之后过了几天，晚上从市区归来时，再次经过人民广场，又看到有一位老太太在卖花。虽然前几天没有细看，不能肯定是同一位卖花老人，我还是停下脚步，手边刚好有足够的零钱，买下好几串茉莉花。这次没有经过人群拥挤的地方，回到家茉莉花依然完好无损，美丽如初，心中快慰。

九月底的周末有友人来访，带来一盆茉莉花，小小的花盆，青翠的花叶爬在一道弧形花架上，几十朵洁白的花朵点缀其间。低头深深呼吸，浓浓芳香直冲鼻端，闭目陶醉片刻，再睁开眼看着柔弱的花朵，想起曾经戴在手腕上的茉莉花串，想起曾有一面之缘的卖花老人，默默祝愿她能够早日停下忙碌的脚步，安享晚年。

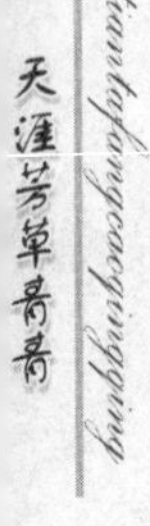

榛子花和灰姑娘

星期天上午，坐在电脑前思索问题不得要领，有意独自出门在冷风中散步。天空阴沉沉的，太冷了，路上没有什么人，一个人默默散步思考，来到经常散步的一块隐蔽的高地。早春时节，周围的树木了无生气，枯黄的草地无精打采。独自在草地徘徊。

良久，搓着双手向下面走去，不经意间眼睛扫过旁边几条“柳絮”，灰头土脸的，隐隐透着一丝黄。这不是榛子花吗？光秃秃的枝条上，土黄色的花絮在寒风中轻轻招手，在召唤春天吗？

沿着斜坡向下走，回忆被风中的花絮摇动。

榛子，是四大坚果之一，德语称为 Haselnuss，是少数春天最早开花的树木之一。第一次有意识地记住这个单词，是在中学时代的德语课上，学习格林童话《灰姑娘》时。

中学时代，语言不过关，上德语课，学习经典名著，每每痛苦沮丧。童话故事语言浅显易懂，阅读童话，不必低头不停地翻阅厚厚的大字典，相对轻松愉快。

原版格林童话里的“灰姑娘”，生下来并不是灰姑娘，而是被父母宠爱的掌上明珠。那时她不叫“灰姑娘”，肯定有另外一个原文中没有写出的名字，但是不是大家熟悉的迪士尼版本中的“仙德瑞拉”。“仙德瑞拉”这个名字，词根来源于法语，是把德语“灰姑娘”翻成英语。

童话里写到，一次灰姑娘的父亲外出前，问两个继女和亲生

女儿想要什么礼物。“灰姑娘”没有像两个姐姐一样要珠宝要衣服，她提出一个不同寻常的请求，请父亲把在回家路上第一枝碰掉父亲帽子的树枝带回家来。回家路上，一枝榛子树枝碰掉父亲的帽子，于是父亲折下树枝，带回家送给灰姑娘。灰姑娘把树枝插到母亲坟上，想念母亲天天在坟上痛哭，泪水灌溉榛子树枝，树枝成活了，长成一棵树。母亲坟上的榛子树成为母亲的替身，灰姑娘天天在坟上对榛子树诉说自己的不幸遭遇，后来这棵树和两只鸽子帮助灰姑娘最终找到她的王子。

童话语言虽然简单,但是还是有少见的生词需要字典的帮助。记得原文中“榛子树枝”这个词，“树枝”的写法很古老，写为Reis。Reis这个词，现在最常见的意思是“米”或“饭”，和“树枝”没有半点关系，查字典后才弄明白，因此记忆深刻。当时边读书边寻思，榛子是什么树呢？一定是很高大的树木，开美丽的花，结香甜的果吧。

几年后，中学毕业，放下功课压力左顾右盼。圣诞节前突发奇想，要学习烤圣诞节特色点心。在朋友指点下买来一本书，再按照书上开列的清单，到超市购买各种原材料，其中包括一袋袋的榛子粉。磨得很粗淡咖啡色的榛子粉，看不出味道多好，半信半疑地买回来，权当试验。一边看书，一边称各种原材料的重量，严格按照书上写的先后顺序，边看边做。

站在厨房，忙了一天，制作十几种点心。品尝下来，最喜欢我称为“酥半月”的Vanillekipferl。制作“酥半月”，需要榛子粉混合极少量的面粉，加黄油、白糖，和成面团，放到冰箱醒两个小时，然后拿出来，擀成长条，一小段一小段的，弯成半月形状。这款点心极为香酥，入口酥化，醇香满口。

由此一发不可收，翻着书本，练习各种蛋糕，时常端出试验

品请亲友品评。碰上特别节日，甚至一次端出十几种自己制作的糕点，慢慢巧克力樱桃蛋糕成为我的保留节目之一。这个蛋糕的主要材料是面粉、榛子粉、巧克力和樱桃，巧克力微苦，樱桃甜润，蛋糕松酥而不干燥，非常受欢迎。

虽然烤制糕点经常用榛子粉，可是生活在都市，对身边的植物不太留心，那时依然不认识榛子树，也没有见过榛子花。

直到我们搬到西部郊区，周围一派田园风光。工作闲暇时，经常和一位植物知识丰富的朋友一起散步。某年初秋，走过一蓬蓬不太高大的灌木，绿色心形的叶子吸引了我的目光，停下来细看，叶柄上一颗颗浅啡色的果子，成人拇指一般大小，藏在绿叶丛中。朋友告诉我这是榛子，并说时间差不多应当可以吃了，好奇地摘下一颗带回家。榛子的外壳好硬，夹开，剥出一粒比花生大些的果子，放到口中生吃，另有一种清香，不同于混合黄油、白糖烘烤的糕点。

暗想，心形叶子这么漂亮，果实这么好吃，榛子花一定美丽非凡！好期待亲眼看见榛子花。没想到，真正见到榛子花的时候大失所望。这—难道这就是榛子花吗？

那是某年早春，天气异常温暖，和朋友步行到附近的小湖边散步。一路走一路看，草地树木没有丝毫绿意，放眼大地不见生气，只有湛蓝的天空、灿烂的阳光、婉转的鸟鸣宣告春天在向我们走来。

来到湖边，环绕小湖散步，湖中有一块巴掌大的小岛，一道一米宽的木桥连接湖边陆地。踏着木桥走过去，小岛上一蓬灌木，枝条上垂下一条条寸来长的“柳絮”，活像一条条毛毛虫挂在干瘪的枝条上，颜色略显黄色，不是耀眼的金黄，不是艳丽的明黄，更不是娇嫩的鹅黄，而是暗淡的土黄，不留意很容易被忽视。灌木还没有发芽，无朋无伴的“柳絮”在微风中轻摇，似乎在召唤看不见的朋友。

熟悉柳树，知道不是柳絮，问朋友这是什么？朋友惊讶地看我一眼说，你很喜欢榛子糕点，不认识榛子花吗？

什么，这就是榛子花？没有鲜亮的颜色，没有美观的外形，走近细闻，甚至没有诱人的花香。这，就是榛子花？！太失望了。

看我如此惊讶，朋友笑着说，榛子好不好吃？好吃的榛子，就是这不起眼的榛子花结出的果实。

榛子花太不起眼了，实在没什么吸引人的。开花这么早，早春时节天气寒冷，偶尔散步也不太留意，对榛子花自动过滤视而不见。

走下高地，思绪从榛子花转到榛子，继而想起《灰姑娘》，暗问自己为什么偏偏是榛子树枝出现在灰姑娘的故事里呢？因为榛子被广泛种植到处可见，听故事的人们都会知道？因为榛子是德国厨房经常用到的材料，所以能和在厨房忙碌的灰姑娘联系起来？回到家中上网搜寻，原来在西方榛子有生命力、祝福等含义，可以驱邪祈福，同时是和平、公正的象征，谈判的使者会手持榛子树枝，法庭用榛子树枝装饰，这是《灰姑娘》故事里会有榛子树的原因吧。

在网上看到榛子花分雄花和雌花，雌花漂亮一些，可能太小了或者隐藏得太好了，多少次看到榛子花，从来没有见过雌花。

能够结出美味果实的榛子花，为什么这么难看呢？造物主为什么不赐给她美丽的容颜，和美味的果实相配？难道在人世间有用和美丽，只能选择其一吗？为什么这么不公平，不能两全其美呢？

榛子花和灰姑娘。榛子花是植物中的灰姑娘。如果榛子花也有美丽的外表，好像丑陋的灰姑娘摇身变为美丽的王妃，会如何？

灰姑娘贵为王妃后，还会操持家务吗？如果榛子花华丽转身变成美丽的“王妃”，还会有美味的榛子果实吗？

那—榛子花还是做花中“灰姑娘”吧。真不希望有一天世上有了美丽的榛子花，而失去了美味的榛子果，那会是更大的遗憾。

朵拉，一朵早春的雪花莲

当我想起早春的时候，我会想起早春的雪花莲。

雪花莲，花如其名，像雪花一样晶莹剔透，像莲花一样离世出尘。

早春时节，残雪方消，树木还没从冬眠中醒来，小草轻揉惺忪的睡眼，草地试图抖落身上堆积的枯叶，这时一簇绿色不期然温柔双眼。走近看，昏睡未醒的草地上，一片片纤细的绿叶抱作一团清新，绿叶丛中一枝枝绿色的花梗高挺，绿色的花萼下一个个白色的灯笼倒垂。修长的身影，雪白的花容，三片花瓣樱唇轻启含羞浅笑。

停下脚步，蹲下身来，细细打量那一簇簇新绿和那一点点雪白。伸出手想要抚摸，却在半途停下来。不要吧，不要惊吓那柔弱的精灵吧，只珍藏那一抹微笑就好，让那春天最早的微笑在唇间漾开。

当我想起雪花莲的时候，我会想起朵拉。

朵拉，《大卫·科波菲尔》里的一个人物。她是大卫的第一个妻子，是大卫的“孩子妻”。朵拉，她不是书中的女主角，没有爱弥丽的惊人美貌，没有苏菲的贤惠能干，没有艾妮斯的聪慧练达，可是她天真可爱，可爱得让大卫姨婆那样严厉的人也会慈爱地叫她“小花儿”。

想起朵拉的时候，我会看到一个有着稚气面庞，明亮的眼睛，怀抱六弦琴，摇着可爱的卷发，用法语唱“不管三七二十一，我们应当不断地跳舞。嗒啦啦，嗒啦啦”。

我看到大卫站在那里满怀爱慕仰望，一个洋娃娃抱着她的小狗，看她轻吻小狗，微微歪着头说："是不是，吉普（小狗的名字）？"

听她洒落一串笑声摇醒清晨的露珠。

我看到花园里紫丁香花下，一身天蓝色的衣服，一顶白帽子，一只小手举起大卫送上的花球轻嗅，另外一只手拍打咬花的小狗，噘起嘴说："我那可怜的美丽的花儿哟！"

我看到一座小山，一片树林，林间空地上，一些人聚集野餐，一个女孩弹琴歌唱。我看到夕阳西下，一辆马车中一个女孩苗条的身影，一匹灰色的骏马上一个大男孩痴迷张望。

我看到一间客厅，男孩在安抚他受惊的爱人。他心爱的人摇着美丽的卷发，捂着耳朵说，不，不要，不要！不要再说穷得没饭吃，不要说努力工作！我不要挨饿，不要听什么工作换来的面包皮，不要家政，不要烹饪术！亲亲吉普，让我们唱歌吧，让我们跳舞吧！

年轻人不肯停止诉说，女孩哭了，摇头哭喊，你这坏孩子，不要那么吓人！哦，我爱你，我的心是你的，完全是你的，但是不要那么可怕，不要那么吓人吧！

哭闹间，一绺美丽的卷发散落。

我看到男孩和女孩过家家般的婚礼，搬进他们的玩具房子，开始他们的玩偶生活。我看到一个个仆人酗酒、偷窃、怠工，一家家店铺的劣质货物高价卖到这里来。我看到到了开饭时间，没有饭吃，男孩饿着肚子离开去工作。我看到小房子里小主妇抱着小狗轻笑，抱着六弦琴唱歌，却瞪着蓝色的大眼睛，绝望地看着账簿说："它们不肯加起来！"

我听到女孩对男孩说，我有一个奇怪的念头，你能叫我"孩子妻"吗？男孩不解。那个小主妇说，我知道我不是一个好妻子，

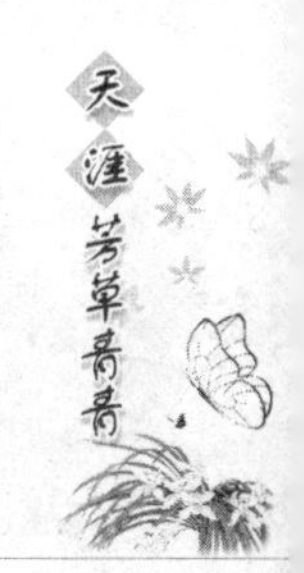

我是太年轻了，不适合做妻子。当你对我失望时，你就想“这不过是我的孩子妻”，想到我不过是一个大孩子，或许能原谅你的“孩子妻”。

于是男孩紧紧拥抱他的“孩子妻”，看泪痕未干的脸上笑容花儿般绽放。

我看到深夜男孩在灯下勤奋写作，他的孩子妻不肯去睡，执意陪伴她的“大肥”，她“可怜的用功的大孩子”。坐到一旁，手握一把笔，静静地看，关心地看，看男孩时而奋笔时而沉思；静静地等，耐心地等，等男孩需要换笔时，兴奋地递过一支笔，为了自己能够做一点事而骄傲得脸红。

远远地，悄悄注视这深夜的温馨甜蜜，唇角一丝微笑漾开。嘘，不要出声，不要惊扰一对两小无猜的爱人，不要打断他们一生中光明的早晨吧，多么短暂的早晨呵。当太阳冉冉升起的时候，花儿已然凋零。

当我想起朵拉时，不期然会想起逝去的青春，那一生中短暂美好的早春时光，无意识间唇角泛起微笑，有丝丝甜蜜，有点点喜悦，也有淡淡苦涩。

雪花莲，在残雪初融的早春绽放，等到春风吹绿大地的时候，那点点洁白早已消融在茵茵绿草中。

朵拉，那朵纯真可爱不知人间忧愁的“小花儿”，没有盛放已然凋零，留下她的“大肥”在山间踟蹰悲悼。

青春，转瞬即逝的青春。走过不知人间愁苦的童年，猛然面对成长的困惑，努力适应，努力调整，努力迈步，深一脚浅一脚，一行歪歪扭扭的脚印，见证一生中最真诚的岁月。

如今，走过稚嫩青涩，努力成长，努力学习，学习苏菲的能干，学习艾妮斯的智慧。蓦然回首，想起朵拉，那个会弹琴、会唱歌、会跳舞的女孩，那个不懂烹饪、不懂家政、不懂御下的“孩子妻”，想对对她说，不要为烹饪术烦恼，不要为帐簿头疼，尽情地弹吧，唱吧，跳吧！不要让未来的阴影暗淡短暂的青春。朵拉，就做朵拉吧，一个没有长大的女孩，一朵让人怜爱的小花儿，永远不要改变。

又是一年的早春时节，漫步行走在草地上，不自觉地搜寻雪花莲。呀，前面一簇新绿，中间点点雪白，那不就是雪花莲吗?

加快脚步，走在料峭的春风里，走向雪花莲，再次想起朵拉，那另外一朵早春的雪花莲。

后记：

《大卫·科波菲尔》是我平生最爱的小说之一，阅读不下数十遍。小说中几位女性角色，苏菲、艾妮斯、朵拉，都很喜欢。苏菲贤惠能干，让人喜爱。艾妮斯聪慧练达，让人敬爱。而朵拉—，朵拉是一个让人怜爱的女孩。一直想写点什么，今天在这早春时节，为朵拉写下这篇短文，献给那朵早逝的小花儿。

（2015 年 3 月）

没有罂粟的夏天

我家的居住环境不错，在繁华都市里闹中取静，附近有不少休闲散步的好去处，我最喜欢的有两块草地。一块草地在春天开满黄灿灿的蒲公英，一片明艳的金黄，在漫长的冬季后，奏响欢畅的春之歌，让我沉醉不已百听不厌。一块在夏天开满红艳艳的罂粟花，一群猩红的蝴蝶，在慵懒的夏季里，跳起欢快的夏之舞，令我振奋不已百看不烦。

开满蒲公英的草地在花园对面，隔着一条小小的林荫路，是市立农场的牧场，绿草如茵野花盛开，不多的几头牛羊悠然吃草，田园风光让都市居民第一眼看到就会喜欢。而另外一块草地则很荒凉，最初丝毫没有引起我的注意。

那块地甚至不能称为草地，而是一块开阔的空地，位于小街入口处十字路口的对面，夹在两条市区公路和高速公路之间，另外一边是一个业余运动俱乐部的场地，高高的土坡隔离开高速公路的交通噪音和隔壁运动场的笑闹声。空地边缘稍高，中间略微凹下去，中间一大片方正平整的空地没有种植任何东西，只是偶尔被用作大型展览会的停车场。草地上遍布大大小小的鹅卵石，石子中长着稀稀疏疏的野草，又低又矮，又黄又瘦，远远看去光秃秃的，会以为是一片不毛之地。空地紧邻市区公路的两边栽种几棵树，边缘地带上显然曾经人工铺上一层适合植物生长的土层。两条十几米宽狭长的地带上，毫不起眼的杂草野花自生自灭。这块草地紧邻马路，没有小路曲径通幽，没有大树浓荫如盖，也没有绿草养眼怡神，荒凉冷落极少人来。

不记得是哪一年的夏天，不经意间发现草地上一片猩红，远远看去一大群红色的蝴蝶在草地上振翅飞翔徘徊不去。走近细看，空地边缘尺许高的绿草丛中，一朵朵小小的白色雏菊旁，一大片鲜艳的红花怒放，四五片硕大的花瓣藏起深褐色的花蕊，微风吹来，一群红色的蝴蝶翩跹，一时间错以为走进了莫奈笔下的法国乡间。哦，原来这便是闻名已久的罂粟花了。墨绿的草地上，一朵朵鲜艳的红花燃烧。洁白的雏菊丛中，一只只猩红的蝴蝶飞舞。微风吹过，荒凉枯槁的草地上红色流动，热血奔涌。

环绕草地，边走边看。这里的夏天非常短暂，三十度以上炎热的日子屈指可数。每到夏天，人们纷纷到南方度假享受阳光，没有出门的人也在近处度夏消遣，公园里、高山上、湖水边，到处可以看到悠闲的人影，人人放慢脚步，连天上的白云也会躲起来偷懒，完全没有故乡夏天热火朝天的气氛。没有农人早出晚归挥汗如雨，没有庄稼憋足了劲一天变一个样，甚至没有一声声的蝉鸣不绝于耳，总觉得少了些什么。见到这片荒凉的草地上开满罂粟花，一大群红艳艳的蝴蝶在风中奔放飞舞，鲜红的热血灌注草地，面目模糊的荒地一时间鲜明生动起来，双颊红润，顾盼生姿，不禁眼前一亮。边走边看，边看边想，红色的蝴蝶在草地上飞翔，也在心中飞翔。

从此，每年夏天格外留意这块草地，常常站在阳台上眺望，看草地上是否已经飞来一群红色的蝴蝶。罂粟花开的时节，必然来此散步。常常是两个孩子在中间空旷的荒地上奔跑打闹，骑着儿童车你追我赶，而我漫步花丛用手机左拍右拍。没有其他行人汽车，孩子尽情地跑啊闹啊，鲜艳的红色在草地上翻涌，在孩子

的脸上流淌，也把我的双颊抹上霞红。

今年开春以来身体一直不大好，时常咳嗽，睡眠不好，整天无精打采面色青黄。因为怀疑咳嗽和花粉过敏有关，避免接触过敏源，宅在家中极少出门。春天过去了，身体依然，继而盼望夏天，盼望炎炎夏日带来阳光照亮心胸。遗憾天不作美，这个夏天风雨交加忽冷忽热，身体亦如天气反反复复，心情正如天空捉摸不定。半年来，病情反复工作积压，考虑再三改变计划没有回国休假。七月底先生和孩子如期回国探亲，一个人从机场回来，无法忍受家中的寂静，忍不住走到外边散步。

信步走去，走到那片草地，满心期待血色蝴蝶飞舞红色照亮草地，可是没有，什么都没有！没有成群的红花，没有飞舞的蝴蝶。一点点看过去，依旧如茵的草地，没有艳丽的罂粟，没有娇羞的雏菊，草地上盛开着一片白色的茴香花。细细茸茸的针叶，近半米高细长的秸秆，顶端一簇簇小小的白花，一粒粒灰白的雀斑点缀其上。阴沉沉的天空下，一群灰扑扑的小花在风中飘摇，失去了血色的草地苍白青黄面目模糊。

缓缓走去，仔细搜寻，看不见一只飞动的蝴蝶，找不到一朵红色的罂粟。蹲下来抚摸灰白的花朵，花儿无语，草地也无语。木然走下去，灰扑扑的白花，灰蒙蒙的视野，灰茫茫的天地。

我期盼的罂粟花，你到哪里去了？

没有等到罂粟花开，在一个细雨迷蒙的下午，坐车离开到北部海边休养，路过那片本应开满罂粟的草地，灰沉的天空下，灰绿的草地上，灰白的花朵低垂，无言挥手告别。

在海边投入大自然的怀抱，放松身心尽情奔跑，强劲的海风吹走疲惫，温暖的海水荡涤尘埃，并不热烈的阳光也为双颊增添少许颜色。充电归来，先生和孩子接踵归来，拉着孩子的小手再去草地散步，大片大片灰白的茴香花呈现黄褐色，只有少数依然盛开。草地上还是找不到一朵罂粟花。悠悠漫步，听两个孩子争先抢后诉说国内种种，看孩子双眸闪亮脸庞红润，抬起头来感受阳光温柔的抚摸，一如往年罂粟花开的夏天。

中秋节前夕，下午到另外的地方散步，看到一串串红色的野果在绿叶丛中探出头来，原来已经是秋天了！

这个夏天过去了，罂粟花始终没有开。

明年，明年这片草地上，还会开满红艳艳的罂粟，还会有一群红色的蝴蝶飞舞吗？

（2014 年 9 月）

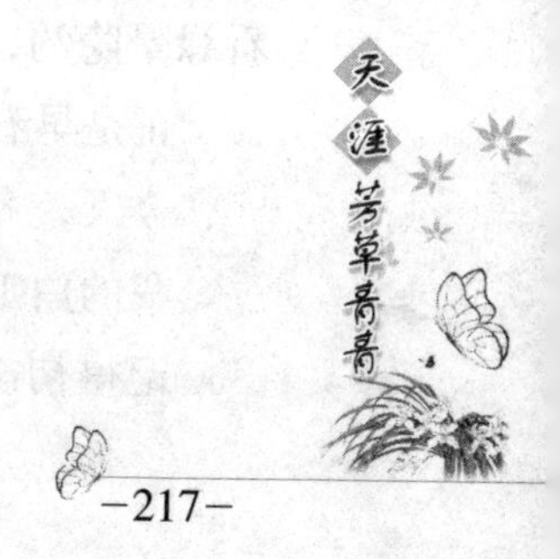

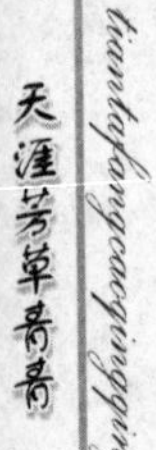

我和白玉兰有个约会

初春的早晨，带着微笑醒来。

我和白玉兰有个约会，今天我要去赴我的约会。

匆匆忙忙地沐浴。莲蓬头轻快地唱歌，哗啦哗啦；长长的发梢滚落一滴滴水珠，滴滴答答。匆匆忙忙地早饭。焦黄的吐司抹上殷红的果酱，咬一口又香又甜；香浓的咖啡加入雪白的牛奶，轻轻搅 起一圈涟漪。匆匆忙忙地更衣。嫩黄的上衣暖阳耀眼，蓝色的裙子蓝天流动，米白的外套春天一样干净，再一再加上一条围巾吧，一条雪白的丝巾，上面几只鲜艳的蝴蝶振翅欲飞。春天，春天是蝴蝶展翅的季节，穿上轻灵的春装，让蝴蝶振翅飞翔吧。

一大早出门，抬头看东方，初升的朝阳温暖地抚摸大地，湿漉漉的空气还残留昨夜的雾气，蓝湛湛的天空一望无际。冬天压抑的灰白不见了，残雪寒冰也不见了。沿着小路向轻轨站走去，没有沉重的皮靴束缚，脚步和呼吸一样轻快。细碎的石子路旁，一棵棵高大的树木肃然默立，还没有一丁点发芽甦醒的迹象，一蓬蓬灌木的枝条上却已经染上一点点绿意，悄悄的，淡淡的，远看绿晕隐约，近看似有若无。

正是早春时节，我和白玉兰有个约会。

今天，今天能够见到你吗，我的白玉兰?

我的白玉兰。

记得初次相见是在天寒地冻的冬天。鹅毛大雪漫天纷飞，我穿着厚厚的冬衣，仍觉得寒冷彻骨。沉重的冬衣压在肩头，压得呼吸沉重，压得脚步缓慢。空旷的墓园里，道路纵横交错，树木在风雪中瑟缩，你和所有的树木一样银装素裹，隐藏在一片雪白里，不愿打扰我，让我一个人在雪地里走啊走，让我在雪地里留下一串脚印，让漫天飞雪把我的脚印掩埋。

初次见面，我们擦肩而过。我的眼里雾茫茫的，只有漫天飞舞的雪花，没有看到你。

哐当，哐当，轻轨进站了。

打开门，我随着人流挤上车。哐当，哐当，轻轨平稳地行驶着，拥挤的人群淹没了我小小的身影。

如同我们第二次见面。

第二次见面，你淹没在绿色里。

复活节。

复活节时，春意已浓。瑟缩了一冬的树木换上了嫩绿的新装，鹅黄淡绿的叶片在枝头浅笑，一蓬蓬连翘怒放，奏响明快的春之歌。松软的草地上碧草迎风，各色小花绽放，雪花莲，早春黄，番红花，海葵花……白色，紫色，红色，黄色……

我醉了，陶陶然在草地上旋转，醺醺然在斑斓中起舞。漫不经心地在草地旋转，浑不经意地和春天共舞。

复活节，我再一次走近你的身边。你，因为我第一次没有看到你而轻嗔薄怒吗？所以你换上一套千篇一律的绿色套装隐藏起来，不让我欣赏你与众不同的容颜？

第二次见面，我和你再一次擦肩而过。我陶醉在复活的春天里，陶醉在斑斓的色彩里，没有留意到隐身万绿丛中的你。

轻轨到站，我一步跳下车。

我的白玉兰，我来了！

我来了，来赴我们的约会。

第三次相遇的时候，我终于见到了你!

早春时节，雪已经化了吧?草绿起来了吗?我不记得了。只记得在一片灰褐萧瑟的树木中，一树雪白在枝头绽放。远望一树雪花枝头堆积，近看一群雪白的蝴蝶悄然凝立。微风吹来，蝴蝶的翅膀微微颤动，轻轻的，微微的。

这个时节,是什么花呢?从来没有见过如此一树纯净的洁白，如此一树安静的喧哗，如此一树素净的艳丽。

匆匆而来，也预备匆匆而去的我，不能不放慢脚步，屏声静气慢慢走近，不敢惊扰了你。抬头仰视。你是如此的高大挺拔，渺小的我不能不仰视。你是如此的不沾片尘，尘世的我不能不仰视。你高高地绽放枝头，对我露出笑脸，却又不让我看清楚你美丽的容颜。美人遮面，佳人含羞，你是如此娴静的淑女，让人不能不保持礼貌的距离。

好遗憾，那次无意中的邂逅那么短暂。尘世中俗务缠身，让我不得不转身，转过身，又频频回首。

第三次,第三次我终于见到了你,却惊鸿一瞥,匆匆分手。从此，我的白玉兰，从此你占据我的心头，挥之不去。

每年，每年期盼和你一会。可惜，每次都缘吝一面。

是我匆匆一别,让你生气了,所以不愿意再见我了吗?不会吧，我的白玉兰，你没有生气，对吗?这不是，我又来了，来赴我们一年一度的约会。

天空蓝蓝的，太阳暖暖的，草地绿绿的。草叶上小小的露珠闪耀春天，树干上灰色的小松鼠跳跃春天，树梢上不知名的小鸟唱响春天。

阳光下，我慢慢走来，一步步向你走来。

微风吹过，雪白的丝巾飞扬，鲜艳的蝴蝶在风中振翅飞舞。前方，我的白玉兰，前方你的身影隐约可见。

（2014年4月复活节）

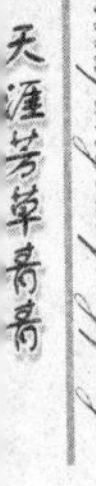

蒲公英咏叹调

从小我就熟悉蒲公英，那是一种在春天开放的野花。在故乡，零零星星的蒲公英随意生长在田间地头，多少次不经意间被勤劳的农人践踏。几片细长瘦弱的叶子，边缘像锯齿，匍匐地上。到了花　期，中间瑟缩挺立一个矮矮的花茎，托起一朵小小的黄花。她是那么不起眼，那么不引人注目，年幼的我多少次在田间嬉戏采摘野花，跑过蒲公英的旁边却对她视而不见。是啊，谁会为这小小的野花驻足，谁会为她停留呢？那时想不到有一天我会喜爱这普通的野花，想不到有一天她会成为我心里春天的象征，更加不会想到之后有一天我对蒲公英的感情会如此复杂如此难以描述。

我对蒲公英的喜爱始于某年春天。那年春天，春风吹到天涯，天空蔚蓝明净，白云悠闲自在，和风熏人欲醉，空气中流淌花香。大自然的一切，一切的一切，都伸出双手邀请人们莫要辜负春光。

正是郊游踏青的好时节，把日常琐碎抛在身后，我和朋友相携散步。一路上，聆听小鸟的歌唱，呼吸田野的芬芳，边走边聊，且看且赏。无意间我们来到一片小树林，林中好大的一块草地，绿莹莹的草地上洒满金黄的蒲公英，一棵棵蒲公英叶片浓绿肥厚，粗壮的花茎顶起簇拥在一起的数朵黄花，或疏或密地布满草地。

第一次看到如此多的蒲公英，高傲地挺立着托起黄色的花朵，我非常惊讶！第一次走近细看蒲公英的花朵，圆形的花冠上密密

地排列着一丝一丝细长的花瓣，细细的花瓣长短不一，一层一层堆积成丰满的花朵。艳丽的金黄，好像春天的阳光跌落草地生根开花。屏息静气，惊讶于蒲公英的美，想不到我在童年不屑一顾的野花竟然也有如此雍容丰满的一面。

不舍得离开，我们坐到草地边上的长椅上休息。远离都市的喧嚣，阒无人踪的草地那么宁静，静到可以听到我们自己的呼吸声。阳光把树影投射到草地上，勤劳的小蜜蜂嗡嗡着飞来飞去，贪玩的花蝴蝶翩翩飞舞嬉戏。我们依偎着坐在那里，时间似乎静止了，没有过去，没有未来，只有此时此刻。那一刻，我们坐在长椅上，坐在阳光里蓝天下，眼前一片洒满黄花的绿色地毯。那一刻春姑娘身披开满黄花的绿色锦缎，在静谧的树林中翩然起舞。那一刻，云淡风轻，岁月静好。

从此我喜欢上蒲公英，每年期待春天来临的时候，眼前总会出现那一片洒满黄花的茵茵草地。每年总要徜徉于碧草黄花间探访春天，看春姑娘是否舞姿依旧芳容如昨。

蒲公英花朵艳丽，让人怜爱，但绝对不是生长在温室里娇怯怯弱不禁风的花儿，而是属于大自然的野花，有着不同寻常的生命力。

蒲公英极易繁殖，黄色的花朵凋落后，花茎留下一簇白色的小伞，那就是蒲公英的种子。微风吹过，白色的小伞随风游走，风儿把它送到哪里，它就在那里落地生根。甚至不需微风的帮助，路过的孩子拔下一簇小伞，轻轻一吹，也能把蒲公英的种子送到新天地。

蒲公英极不挑剔，对生存环境没有任何要求。不论土地是肥沃，还是贫瘠，不论是已经开垦的田野、花坛或草地，还是闲置的荒地，抑或茂密的树林，它都能寻找一点点缝隙深深钻入土地，在那里

扎根生长，开辟出一片自己的天地，长出新的蒲公英，花落后蒲公英再把自己众多的种子托付给春风。如此这般，生生不息。

和其他难以培育的花朵相比，蒲公英生命力之顽强令我衷心感叹由衷赞美。直到我自己拥有了花园后，才明白蒲公英的生命力也可能令人头痛不已。

我自己花园的大部分面积是绿茸茸纯粹的草地。每年暮春时节，蒲公英的种子四面八方从天而降，降落草地马上生根发芽，抢夺绿草的营养，侵夺绿草的地盘。如果不拔除，一棵蒲公英第二年至少变成几棵。如此这般，不用两三年，花园的草地再不会是绿茸茸的细草，而是黄色蒲公英的天下。

因此每年暮春，检查草地拔除蒲公英成为我和先生的必修功课。蒲公英的根非常深，不易拔出。而且即使拔出十几厘米长的根，也不能肯定已经彻底清除。从花园的草地上清除蒲公英的工作艰巨而没有希望，但是又不能放弃，只好拔除没有开花的蒲公英，降低蒲公英的种子在花园飘落的可能性。可是即便自家花园里没有开放的蒲公英，也不能保证没有蒲公英的小伞乘风从对面、左面、右面的草地或者不知道的哪里偷渡过来。防不胜防，拔不胜拔，着实头痛。

一年一度又是春天，连翘黄灿灿，草地绿茵茵。再过两三个礼拜吧，绿茵茵的草地上又会开满蒲公英，细长锯齿样的绿叶托起掉落草地的阳光。之后一之后阳光化身小伞在空中曼舞翩跹，陶陶兮，欣欣然……

眼前浮现蒲公英细细长长的花瓣一层又一层丰满的花冠，脑海拉响白色小伞从天而降的警报，心中轻唱蒲公英咏叹调。

明月光

不知道为什么痴爱明月，不知道为什么痴恋月光。一轮明月，常萦绕心头；满把清光，总占据心房。遥远的明月，切近的月光，让我欢喜，让我忧伤。

墨蓝浩瀚的太空，一轮明月高悬天上。那么丰满，那么明亮，满天星子黯然无光。那么皎洁，那么清凉，荷花低头注目泥塘。明月朗朗的夜晚，仰望天上的月亮。多想走近呀，多想走近你的身旁。多想走近，看清你的模样；多想走近，抚摸你的胸膛。可是你—你总在遥不可及的远方。多少个夜晚，痴痴把你仰望；多少个夜晚，暗暗为你神伤。我痴爱的明月呀，为什么，为什么你总在遥远的地方？为什么，为什么重重阻隔阻挡我对你的向往？渺渺河汉，茫茫穹苍，我该如何用双足丈量？没有道路，没有桥梁，我该如何走到你的身旁？眺望天边，那绯红的桃林，可是夸父失落的手杖？远望云海，那缥缈的白云，莫非嫦娥飘飘霓裳？

夜深颙望，情系明月，千千心结，万种思量。

莫非，莫非你终于感受我的深情，莫非，莫非你终于体会我的渴望，伸出手臂你抱我共舞徜徉，挥舞轻纱你送我远方飘荡。驾一叶小舟，我们迎风破浪。插一双翅膀，我们乘风飞翔。扯一片白锦缎，你为我缝制嫁妆。采一朵红玫瑰，你为我簪在鬓旁。花丛中，曼舞轻歌，花瓣纷飞花香流淌。小溪旁，琴声叮咚，高山流水地老天荒。

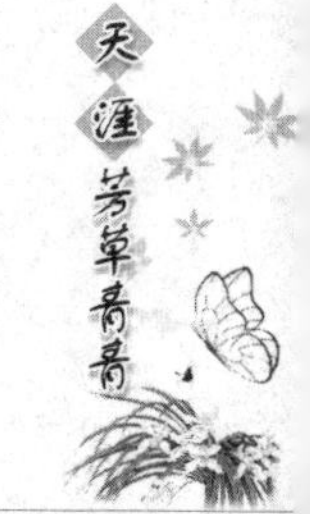

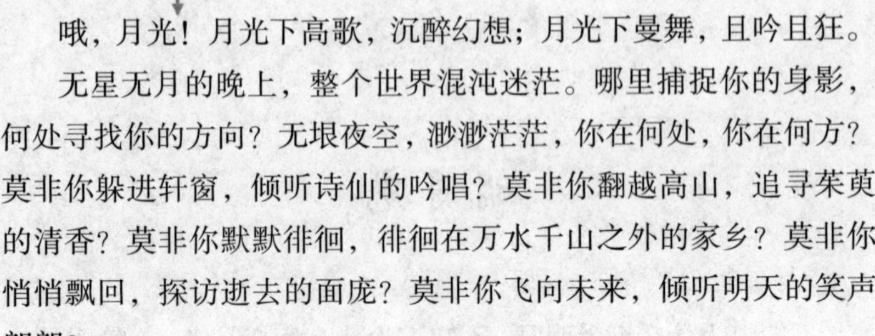

哦，月光！月光下高歌，沉醉幻想；月光下曼舞，且吟且狂。

无星无月的晚上，整个世界混沌迷茫。哪里捕捉你的身影，何处寻找你的方向？无垠夜空，渺渺茫茫，你在何处，你在何方？莫非你躲进轩窗，倾听诗仙的吟唱？莫非你翻越高山，追寻茱萸的清香？莫非你默默徘徊，徘徊在万水千山之外的家乡？莫非你悄悄飘回，探访逝去的面庞？莫非你飞向未来，倾听明天的笑声朗朗？

明月潜形，我心怅惘。月光隐迹，我意彷徨。

照耀吧，我心中的明月。归来吧，我梦里的月光。

（2013 年 5 月）

白玉兰诗会序

青青出身寒微，素喜诗文。弯月斜挂，朝露打衣，树下吟哦神游天外；四壁萧然，一灯如豆，夜深捧读微笑拈花。父为严师，传道解惑；女侍庭前，厚望殷殷。

惜少年赴欧，对高鼻深目，苦习ABCD歌德莎翁。然静夜怀思，终不忘之乎者也李杜苏辛。

及长，斗米难求，辗转兮奔走；白居不易，蹇蹇兮风尘。职场熙熙，终弃旧梦；柴米碌碌，愧对前盟。

倏忽红衰翠减，感流年似水；高堂明镜，羞两鬓星星。长夜漫漫，梦回铁马冰河；芳草萋萋，忍看断壁残垣。回首前尘，悟已往之不谏；重寻旧梦，知来者之可追。遂敲打键盘，灯下码字。流连网络，百度交游。小溪奔大海，堪叹浩渺；蜜蜂醉花间，长嗅芬芳。

偶识蓝晶飞月，齐鲁才女也。善工丹青，巧绘玉兰，形神俱备，淡雅天然。盼余题诗。而余自恨才短，恐污雅绘，心下惴惴。

夫四大名著，唯爱红楼，尝慕大观园海棠雅集，乃传书广邀，行“白玉兰诗会”。幸诸友赴会，冠盖云集。吟诗作词，谈文论道，网络恍似大观；旧雨新知，古典现代，天涯依稀兰亭。

诗会作品，几近百篇。佳作迭现，精彩纷呈。观诸君之作，或清丽典雅，或潇洒疏狂，咏物言志以抒怀，因寄所托而喻义，洋洋洒洒，绝不相类。盖言为心声，文以叙志，故命题相同，立意殊异。

窃思人生亦如是，生老病死，亘古不变。然生时或顶天立地，名留青史；或结党营私，遗臭万年；或营营役役，名随身没。此，皆书写传记也。而余为文不喜华丽奇诡，但求平实明了。处世亦然。不思进取，不冀闻达。朝八晚六，归来且伴娇儿；隔三差五，举案以奉严亲。闲莳花草，闷读诗书。朝乐日出，暮赏晚霞。园内多草，不嗟篱下少菊；心中有壑，何叹眼前无山。待人以诚，交友以心。庶几，无为亦无憾矣！

呜呼，知音难觅，聆听高山流水，念古人旷世奇缘；幸哉，足不出户，结交五湖四海，借今日科技之便。人云网络虚幻，人心不古，空恨世风日下；余见友谊真实，以文会友，欣喜玉兰飘香。

昔兰亭雅会千古佳话，海棠诗社万世流芳。玉兰诗会，网络美谈，岂成过眼云烟？故而拙笔撰文，后日览之，必将有感于斯文。

时维辛卯，序属兰秋，芳草青青，天涯谨记。

（2011 年 8 月）

温柔的光

——应文友所请，改写德国女诗人德罗斯特－许尔斯霍夫的《月出》

又是一天结束了，一天的喧嚣渐成回响。缕缕消散，血红的晚霞；点点沉没，炽热的太阳。旷野里独立的小楼，孤独的影子在暗夜里散放，散放。寂然的房间，一盏孤灯，白荧荧的光。莹白的灯光下，我思念你啊，我迟暮的朋友，我温柔的光。在遥远的夏日，在那个逝去的遥远的夏日，你曾把我的心灵照亮。

在那个夏日的傍晚，遥远的暮色苍茫。斜依在阳台的格子旁，我等候你啊，我温柔的光。雨收云住，极目远望。烧融的水晶，昏暗的穹苍；彩云珠泪暗暗流淌，博登湖水悄悄远漾。静静的雨滴滑落，低唤我收回目光。触手可及的椴树[①]，郁郁苍苍，葱茏的叶片，在脚下密密把枝干遮挡。茂密的树叶间，尺蠖蛾嗡嗡飞舞，赤翅虫翅膀闪亮。轻轻的微风吹过，盛开的花儿昏睡般东摇西晃。啊，朦胧的暮色中，醉人的香气里，一颗疲惫的心缓缓入港，暗暗归航。满载欢喜，满载悲伤，满载往昔的岁月，多姿多彩，令人难忘。

暝色四合，暗夜袭来，我呼唤你啊，我温柔的光。你在哪里啊，在哪里徜徉？难道你一抛弃我，难道，你把我遗忘？尺蠖蛾沉落土中，不再吟唱；赤翅虫亮闪闪的翅膀，如今在黑暗里隐隐飘晃。

无垠的穹苍，在暗夜里流荡。无边的黑暗呀，唤醒沉睡的邪恶，沉睡的以往。湖边矗立的山峦，可是毫不徇情的法官，一群法官齐集森严的公堂。脚下的树枝窃窃私语，似乎在预告，预告那审判的结果，预告那即将到来的死亡。遥远的山谷中，水声淙淙，那是公堂上的民众，对罪恶的痛恨对善良的褒扬。到来了，最后的审判，一生的罪恶，一生的罪恶呀，终究要结账。虚掷的年华，迷路的羔羊，此刻孤零零地独立公堂上。孤寂的心灵，回首罪恶，回首过往，悲哀和懊悔，满溢胸膛。

终于啊，终于，水面反射一点白色的微光，终于水面投射温柔的模样。缓缓升起，款款走来的，那是你啊，我温柔的光。你轻轻地抚摸高山，森然的法官瞬间面容慈祥。你轻轻地拂过水面，水声叮咚，一曲欢歌奏响。你轻轻地亲吻树木，枝叶间的每一颗水滴晶亮，晶亮。每一颗水滴闪耀故乡的灯光，每一颗水滴折射温柔的光芒。

啊，月儿，我迟暮的友人，疲病的身躯看你青春飞扬，唤醒我往昔的回忆，唤醒我生命的回光。你不是炫目的太阳，你没有耀眼的光芒，你没有炙热的火焰，你反射陌生的光亮。你是病诗人的诗章，病诗人的吟唱，你是我—温柔的光。

远去了，无边的黑暗，森严的公堂；远去了，生命的迷惘，血红的太阳。灯光下，病诗人苦苦思念，久久吟唱。思念你，我温柔的光；吟唱你，我温柔的光。

（2013 月 3 月）

---

① Linden 这个词一般翻译为“菩提树”，柏林有一条著名的“菩提树下”大街，但是这个翻译其实不对，Linden 是西洋椴树。第一个把“椴树下”大街译为“菩提树下”的人是谁已不可考，这个译法流传甚广，后人多从此译。我认为不必人云亦云，所以依然译为“椴树”。

德语诗歌原文：

Mondesaufgang

作者：AnnettevonDroste-Hülshoff

An des Balkones Gitter lehnte ich，
Und wartete，du mildes Licht，auf dich.
Hoch ü ber mir，gleich tr ü bem Eiskristalle，
Zerschmolzen schwamm des Firmamentes Halle;
Der See verschimmerte mit leisem Dehnen，
Zerfloßne Perlen oder Wolkentränen？
Es rieselte，es dämmerte um mich，
Ich wartete，du mildes Licht，auf dich.

Hoch stand ich，neben mir der Linden Kamm，
Tief unter mir Gezweige，Ast und Stamm;
Im Laube summte der Phalänen Reigen，
Die Feuerfliege sah ich glimmend steigen，
Und Bl ü ten taumelten wie halb entschlafen;
Mir war，als treibe hier ein Herz zum Hafen，
Ein Herz，das ü bervoll von Gl ü ck und Leid，
Und Bildern seliger Vergangenheit.

Das Dunkel stieg，die Schatten drangen ein,
Wo weilst du，weilst du denn，mein milder Schein?
Sie drangen ein wie s ü ndige Gedanken,
Des Firmamentes Woge schien zu schwanken,
Verzittert war der Feuerfliege Funken,
Längst die Phaläne an den Grund gesunken,
Nur Bergeshäupter standen hart und nah,
Ein finstrer Richterkreis，im D ü ster da.

Und Zweige zischelten an meinem Fuß,
Wie Warnungsfl ü stern oder Todesgruß,
Ein Summen stieg im weiten Wassertale,
Wie Volksgemurmel vor dem Tribunale;
Mir war，als m ü sse etwas Rechnung geben,
Als stehe zagend ein verlornes Leben,
Als stehe ein verk ü mmert Herz allein,
Einsam mit seiner Schuld und seiner Pein.

Da auf die Wellen sank ein Silberflor,
Und langsam stiegst du，frommes Licht，empor;
Der Alpen finstre Stirnen strichst du leise,
Und aus den Richtern wurden sanfte Greise;
Der Wellen Zucken ward ein lächelnd Winken,
An jedem Zweige sah ich Tropfen blinken,
Und jeder Tropfen schien ein Kämmerlein,

Drin flimmerte der Heimatlampe Schein.

O, Mond, du bist mir wie ein später Freund,
Der seine Jugend dem Verarmten eint,
Um seine sterbenden Erinnerungen,
Des Lebens zarten Widerschein geschlungen,
Bist keine Sonne, die entz ü ckt und blendet,
In Feuerströmen lebt, im Blute endet,
Bist, was dem kranken Sänger sein Gedicht,
Ein fremdes, aber o! ein mildes Licht.

作品简介：

《月出》是德国著名女诗人阿内特·封·德罗斯特－许尔斯霍夫（Annette von Droste-H ü lshoff, 1797~1848）的名篇，写于1844年3月。是诗人第二次来到博登湖畔的姐姐家做客时写下的，一组六首诗歌之一，作品回忆作者在博登湖畔看到的一次月出。

诗人在1841年秋到次年夏天第一次来到博登湖畔，在那里她和比她年轻许多的作家莱温·许京，一位早逝的故友之子，过从甚密，惺惺相惜，激发了创作激情，创作了大量诗歌。在她第二次访问博登湖的时候，两人的友谊已经转淡。1843年春夏诗人曾经长时间生病，一度生命垂危。1843年秋，诗人第二次造访博登湖，物是人非，诗人已是暮年，心情和第一次相比发生了很大改变，深感生命已逝，怀疑人类的友谊，怀疑自己的一生，把无限情思寄托给月亮，诗人笔下“温柔的光”，而这“温柔的光”象征“病诗人的诗章”，是诗人能够看到的自己一生的唯一的意义。事实

也是如此，诗人在她的作品中获得永生。

这首诗共六节，可以分为三部分，每部分两节，十六句。第一部分：黄昏，等待月出。第二部分：黑暗中的危机，太阳已落，月尚未升。第三部分：月出，解脱。

第一部分：第一节，描写诗人眼里的黄昏景象。第二节，描写转移到内心，诗人内心平安、平静，沉湎在“幸福的过去和回忆”。

第二部分：无边的黑暗，黑暗中的危机。第三节，黑暗中黄昏看到的景物全改变了，群山让诗人产生自己在法庭接受审判的幻觉，而那是毫无希望获胜的审判。第四节，描写作者的内心，内心的孤寂和恐慌。

第三部分：月出，解脱。第五节，月亮终于升起来了，再次改变了所有景象，诗人看到故乡的灯光，重获内心安宁。最后一节提到的“太阳”寓意人生、生活。诗人第一次到博登湖的时候曾经渴望热烈的生活，现在她却追求平静。她的友人不再是人类，而是月亮，月亮那“温柔的光”才是她“迟暮的友人”。

这首诗表面写的是月出，实际写的是诗人的内心世界，一个迟暮且孤独的女诗人的内心世界。

改写这首作品时，我尽可能忠实原作，又把仅仅看翻译难以读懂的内容表达出来，以便能够更好地理解这首名篇。这首作品基本上是用过去时态写成的，但是在第三节诗人改用现在时，直接和月亮对话，呼唤月亮。第六节，也是用现在时态写下的。这些在中文翻译中难以体现。另外，要理解这首诗，也需要了解诗人的生平，了解这首诗的写作背景。

悲欣交集在旅途

——读悠扬琴风的诗歌《荒谬的梦幻》有感

一

荒谬的梦幻

我是一股任性的清泉
你在天边轻声呼唤
无边的沙漠横在
横在我们中间

我无所畏惧地冲向前
你在天边轻声呼唤
无边的沙漠吸干
吸干我的血汗

我无所畏惧地冲向前
你在天边泪水涟涟
无边的沙漠搅碎
搅碎我的骨干

我终于化作雨飞到了你的身边

你却默默走过已不是我的容颜

二

人生之旅长路漫漫，踏上征程喜悦欣然。天空是那么的蓝，阳光是那么的暖，风儿是那么的柔，花儿是那么的艳。洁白云层缥缈轻淡，一股清泉喷涌山巅。初生牛犊不知艰险，瀑布飞流直下三千。那么清冽那么甘甜，朵朵水花纤尘不染。满载希望，冲出深潭；奔涌跳跃，不知疲倦。冲下山石，琴声叮咚；奔入树林，轻拢慢捻。流过山谷，毫不迟疑；跨越沟壑，步履矫健。一心一意，流向远方；一意一心，奔向天边。远方声声轻轻呼唤，声声呼唤扣动心弦。天边隐隐彼岸梦幻，隐隐彼岸如梦如幻。

走过山谷漫过平原，芳草湿润层林尽染；洇过阡陌穿过果园，农田碧绿枝头红艳。泉水淙淙，渐行渐远；泉水潺潺，渐行渐缓。淙淙潺潺，涌向天边；潺潺淙淙，沙漠横拦。茫茫沙漠，无际无边；漫漫黄沙，前路横断。泉水无畏，横冲向前；泉水无惧，直闯彼岸。彼岸彼岸，声声呼唤；彼岸彼岸，乐园梦幻。

漠漠黄沙无边无沿，前路茫茫难越天堑。乐园梦幻，难道终是梦幻；遥远彼岸，莫非永远遥远？不！横冲直撞冲向天边，左突右蹿泉水滚翻。滚滚黄沙巨口吞咽，泉水无声暗暗沉淀。日渐消瘦，曾经丰盈的容颜；涓涓细流，曾经汹涌的山泉。悄悄沉落，沉入无边深渊；暗暗升起，天边淡淡云烟。一缕云烟飘飘荡荡，缕缕云烟纠结牵缠。飘向天边，追随天边的呼唤；荡向彼岸，向往彼岸的梦幻。云烟堆砌搭背勾肩，云烟遮蔽天边幽暗。蓦然间惊雷隆隆电闪连连；猛然间雨幕闪亮水珠飞溅！

我来了，终于飞越沙漠无边；我来了，终于来到彼岸乐园！

可是—可是你，你在哪里，我心中的呼唤？可是你，你在哪里，那梦幻的彼岸？遥远的天边，我声声呼唤。你在哪儿呀，那美丽的梦幻？

三

你在哪儿呀，那美丽的梦幻？

茫然抬起头来，你在哪儿，我又在哪儿呢？

我在哪儿呢？

我在市立医院的一间病房内。一个炎热的夏日，为了遮挡滚滚热浪，百叶窗全部放了下来，大白天房间也显得幽幽暗暗。年迈的父亲住院了，周末我来医院陪伴父亲。父亲迷糊睡去，我坐在病房窗前，反复读琴风前一天写的这首诗歌《荒谬的梦幻》，反复读，反复读，不觉泪光盈盈。

泪光朦胧中，我看到琴风，一个商人，一个诗人，一个在路上跋涉的人。

琴风，生长在一个并不富饶的小城，成长在一个并不富裕的家庭，做过基层干部，终究下海经商，躬行儒商之道。“知人之需谓儒，供人之求谓商。儒而商者……义之则生其利，仁之则广其财。儒商非生而有之，乃后天修炼而成也！”(见琴风《儒商赋》)。行走在儒商之路上，琴风还不满足，在工作之余挤出点滴时间，广泛阅读博览群书，勤修文学，写下大量诗歌、散文、辞赋；精研哲学，从哲学的角度看世界、看文学；深造美学，创立“伟美人生”美学研究会，期待开创美学新篇章，从美学角度陶冶情操，并潜移默化改变生活影响社会。

琴风擅长诗歌，任何题目在他笔下似乎都能入诗，文学、哲学、

美学在琴风笔下融汇成一体。琴风诗歌每每是情诗的外衣，哲学的骨干，生命美学的肌肤，偶尔直接明了，更多时候则是婉转低回耐人品味。是什么样的情感促使他写下这首诗，他想通过这首诗歌表达什么呢？不同的读者会有不同的理解不同的感受，追逐爱情的人会读出对爱情的追求，追逐名利的人会读出对名利的渴望，追求理想的人会读出励志及人生的荒谬。

荒谬？是的，荒谬。

为了追求梦想，为了跨越种种不可逾越的障碍，为了冲过“沙漠”，追求理想的人不得不痛苦挣扎扭曲改变，血汗被吸干，骨干被搅碎，头破血流粉身碎骨，最后变成另外一种形体，才飞跃梦想的彼岸。可是，彼岸，真是梦想的彼岸吗？自己，还是当初的自己吗？苦心孤诣飞跃沙漠的“雨”，还是当初那“任性的清泉”吗？

泪光朦胧中，我暗问自己，我—同样在路上跋涉的我，还是当初的我吗？

当初的我，曾经是一个没见过世面的乡下小女孩，怀揣简单而模糊的愿望，一手提着一只箱子，一手拉着更加年幼的弟弟，迈出国门，来到人地生疏语言不通的他乡，懵懵懂懂地走向新生活，全然不知道即将面临多么严峻的考验。走下飞机的第五天，年迈的爷爷，在他乡唯一的亲人，发生意外，躺倒医院，多日昏迷不醒。面对病床上的爷爷，面对不知世事艰难的弟弟，一夜之间我长大了，告别父母庇荫，让自己的脚步在医院和公寓间轻盈地飞起来。

考验，一个又一个目标，一关又一关的考验。为了继续未竟的学业，努力从头学习一门全新的语言。半年后，进入普通的当地中学，在完全陌生的环境里学习成长，小心翼翼地把自己关在玻璃门内，睁大眼睛观望，观望在另外一个世界里长大的同龄人如何欢笑跳闹。近距离隔着玻璃观望，把阳光和喧哗同时关在门外。在大学时代，第一次面对失败，痛下决心打开玻璃门，走出去，走到门外，投身人流。开始工作，步入社会，一路闯关，破茧化蝶。

破茧化蝶。当年那个青涩稚嫩的小女孩破茧化蝶，成为一个成熟的职业妇女，两个孩子的母亲，工作有成，孩子乖巧，家庭和美。破茧，化蝶，破茧成功，化蝶成功，翩翩飞舞的蝴蝶还是当年的蛹吗？作茧，自缚，沉睡，撕裂，刺破，变化，这一系列沉重的动词托起蝴蝶轻盈的翅膀。

一路走来，苦吗？累吗？痛吗？从不刻意去想，只是"无所畏惧地冲向前"，闯过一片又一片"沙漠"，朝着既定目标大步走下去，跌跌撞撞地走下去，疾步如飞走下去，义无反顾地走下去。

不觉人到中年，驻足回首，分明听到天边的呼唤在心中回响，分明看到淡忘的旧梦在心头复活。在繁重的工作和烦琐的家务之余，重拾旧梦，码字写文，可能吗？不太晚了吗？在无边的沙漠中跋涉，能走多远呢？茫茫沙漠，滚滚黄沙，哪里有道路，何处是尽头？

眺望天边，天边没有答案。只有隐约的呼唤从天边传来，隐隐约约，不绝于耳。

沉思中时光溜走，午后阳光的角度改变，起身相应调整百叶窗的角度。透过百叶窗的缝隙，玻璃窗户上映照出一个浅淡的面容。这就是我吗？这还是当年那个小女孩吗？不，今日之我已非昨日之我，而明日之我呢？保罗·柯艾略在《牧羊少年的梦幻之旅》中说，当一个人做出决定时，实际上他就潜身于一股巨大的洪流之中，这股洪流将把他带往一个在他做出决定时从未想象过的地方。在追求的道路上一次次蜕变，而今不懈追求儿时的文学梦，

又会给我带来什么样的改变，又会把我带到哪里呢？

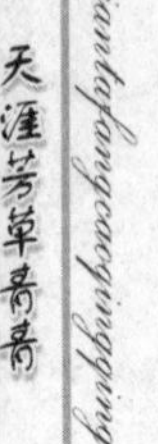

咳—，咳—，突然父亲再次咳嗽起来，慌忙起身拭去眼角的一滴泪，微笑转身，去看父亲。帮父亲揉揉胸口，枕头垫高一点，端过一杯水，用小勺子盛起一滴，不能多，一次只能一滴，慢慢从嘴角滴入父亲口中，看着他艰难下咽。父亲，父亲！

父亲，曾经腰杆那么挺直的父亲，曾经勇敢面对时代风浪，不论多么艰难都伸出臂膀保护家人的父亲，曾经不管时代的浪潮把他打到哪个角落，他都能在那个角落里活出精彩的父亲，我一生仰望的人，如今瘦骨伶仃，静静地躺在病床上，艰难地吞咽一滴水。

泪水再次冲出眼眶。

这是明日之我抑或后日之我吗？

我终于化作雨飞到了你的身边你却默默走过已不是我的容颜

父亲安静下来后，再次坐到窗口，手拿打印的诗歌，反复读结尾两句。我终于化作雨飞到了你的身边，你却默默走过已不是我的容颜。我终于化作雨飞到了你的身边，你却默默走过已不是我的容颜。一丝苦涩泛上心头。

经过长途跋涉，经过痛苦扭曲挣扎改变，经过艰苦卓绝的努力，终于实现梦想，终于飞越沙漠到达彼岸时，却发现彼岸梦幻并非心中梦幻，今日之我也已非昨日之我，该是怎样的感受呢？

悲欣交集。弘一大师临终留言蓦地涌上心头，提笔在琴风诗歌旁边写下《悲欣交集在旅途》，最后一捺长长的，长长的，再猛然一顿，留下一点，深深黑黑的一点。

四

姐姐来了，嘱咐两句，走到门口打开门，再回过头来，幽暗的病房内，父亲躺在病床上，双眼微阖，呼吸粗重。

走出医院大楼，暑热迎面而来，阳光刺眼，下意识地眨动眼睛。这，这和病房属于同一个世界吗？是吗？

大楼前边是绿化带，白花花的阳光下，一排排树木撑起一片绿汪汪的浓荫。信步向绿化带走去。绿荫掩映间，几条小路纵横伸展。该向哪里去呢？犹豫片刻，随意选了一条走下去。走下去，小路的尽头或许并没有什么不同，可是我仍然要选择，仍然要沿着选择的道路走下去，一直走下去。

（2015 年夏）

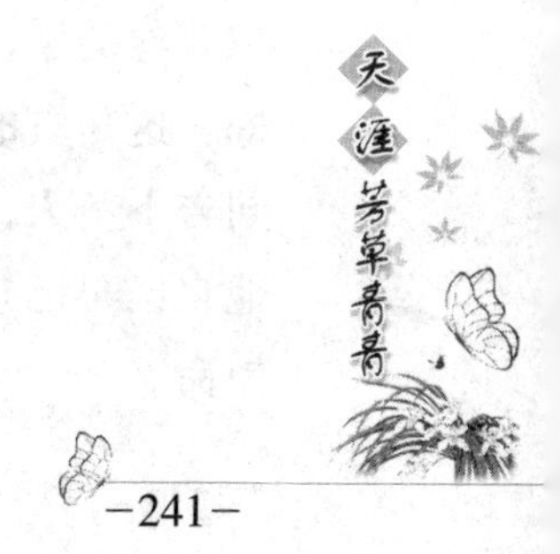

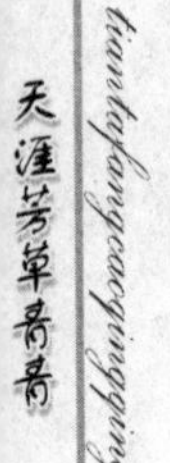

Lebe deine Träume 在梦想中生活

——保罗·柯艾略的《牧羊少年的奇幻之旅》有感

德国有一句谚语说：Träume nicht vom Leben，sondern lebe deine Träume。我把它翻译为：不在生活中梦想，而在梦想中生活。这是我在阅读，慢慢阅读《牧羊少年的奇幻之旅》（德文版题目“Der Alchimist”）的时候，一再想到的一句话。

梦想，谁没有梦想呢？可是有的人，大部分人选择在生活中做梦，满足于在幻想中描画美丽的幻象，并不真的期待梦想变成现实，也并不真的相信梦想会变成现实。而另外一些人选择在梦想中生活，努力让梦想成为自己现实的生活。牧羊少年无疑是后者。

牧羊少年圣地亚哥本来是神学院的学生，这是父亲为他选择安排的人生道路。可是他有一个梦想，梦想到处旅行认识大千世界，为此他放弃了神学院，选择成为牧羊少年，他边牧羊边流浪带着羊群四处流浪认识陌生的世界。

带着羊群流浪的少年一点点观察羊群，向羊群学习，为自己建立起稳定的生活，平凡，甚至卑微，但是相对安定的生活。然后少年有了新的梦想，他连续两次做了同样的梦。梦中一个孩子拉着他的手，告诉他在遥远的埃及金字塔边有宝藏在等着他去挖掘。这是真的吗？这个梦是什么意思呢？牧羊少年很不安。他询问吉卜赛人，询问撒冷之王，付出羊群的十分之一，得到相同的他自己早已知道的答案，那就是他应该到埃及去寻宝，那是他的使命。

使命？什么是使命？那是他的使命吗？只要卖掉羊群，他就可以遵从使命踏上寻宝之路。但是应该这么做吗？放弃手中已经拥有的，为了得到梦里虚无缥缈远在天边的宝藏？这是一个很难做出的抉择，我们每个人在一生中都会多次面临的选择。牧羊少年反复思量，是踏上冒险之路还是满足于安稳的生活，像他的羊群一样满足于食物和水，像父亲一样满足于为一家人提供食物和水？

或许因为年轻，每个人年轻的时候都很清楚自己的使命，或许是因为天性，勇于冒险不甘心在生活中梦想，牧羊少年卖掉了羊群带着撒冷之王的忠告踏上旅途。

撒冷之王告诉少年下面的话，这句话在书中反复出现。“当你真正渴望实现某一目标时，整个宇宙会协力帮助你实现愿望。”我对这句话深信不疑，精诚所至，金石为开，这是我们中国的谚语。

带着钱，带着忠告，牧羊少年上路了，踏上追梦之旅。钱，忠告，这些足以实现梦想吗？不，远远不够。做出决定仅仅是开始，就像跳进一股强劲的水流中，水流会将他带到他做决定的时候做梦也想不到的地方去。

踏上非洲第一站，牧羊少年因为轻信被人骗走全部钱财，身无分文。这时牧羊少年和我们一样懊悔、自责、彷徨。是放弃梦想踏上归途？是从此不再相信任何人？是从此用一个被抢被骗者的眼光看待世界，还是用冒险者的眼光打量新天地？是在一个陌生的世界里栖栖惶惶，还是睁大眼睛勇敢地迈出探寻的步伐？这是人生对牧羊少年的考验。

牧羊少年没有向后踏上归途，而是向前迈出第一步。在空旷的市场露天睡了一觉后，在陌生的世界里，在言语不同的地方，他笑着走向卖早点的人，用劳动换来第一顿早餐。然后他走进一家门可罗雀的水晶店，擦水晶器皿换来一顿午餐，随后开始在水

晶店工作，想赚足够的钱回到家乡再买上一群羊，重新开始。为了这个目的，他努力擦拭水晶器皿，想方设法让水晶店热闹起来，制作架子摆在门口吸引人，用水晶器皿装茶水卖……

将近一年后，牧羊少年挣到足够的钱，可以体面地回到家乡了。这时他再次面临选择。是放弃梦想回到家乡过安稳生活，还是继续追梦之旅？水晶店的老板，一辈子梦想到圣地麦加朝圣，靠这个梦想支撑着活下去的水晶店老板，清楚自己不会向麦加迈出一步，也清楚这个不安于现状的少年不会踏上归途。

是的，牧羊少年找到他在水晶店认识的英国人，一个梦想学会炼金术的英国人，通过英国人找到运输的马帮，跟随马帮走向沙漠，走向无边无际的大沙漠。途中他观察沿途的征兆，学习沙漠的语言，遭遇沙漠中的种族战争。马帮在沙漠中绕了无数弯路，但是一直朝着同一个目标走去，终于来到绿洲。

绿洲，多么吸引人的字眼。在那里他遇到他命中的姑娘，两人一见倾心。在那里他遇到炼金术士，愿意带他到埃及金字塔的炼金术士。该走，该留？牧羊少年又一次面临选择。这一次他希望留下来，留在他心爱的姑娘身边。为了爱情放弃梦想，这是多么浪漫的理由，多么可以理解可以原谅的理由呀。可是心爱的姑娘对他说，她是沙漠中的女人，是愿意等候，愿意永远等候男人归来的女人。姑娘流着泪，送少年离开。沙漠女人，能够等候愿意等候的沙漠女人，也是女人，也会为离别流泪。

剩下的旅途已经不重要了。即使惊险百出，也不过是顺理成章。牧羊少年第二次第三次失去全部财产，几次差点丢掉性命，但是他坚持走了下去，勇敢地走了下去，绕了一个大圈，最终在故乡找到藏宝。

但是世俗的财宝真的是他找到的宝藏吗？不，不是，他找的宝藏是成长成熟，是学会和自然对话，是学会倾听内心，是纯洁的爱情，是他在生活中学会了“炼金术”，学会并做到了在梦想中生活。

万物归一，世间万物都是宇宙整体的一部分。当你真正渴望实现某一目标时，整个宇宙会协力帮助你实现愿望。牧羊少年有一个梦想，勇敢地去追寻梦想。因为他的渴望，因为他的不放弃，于是一连串的人，卖早点的人、水晶店老板、英国人、马帮的人、骆驼手、姑娘、炼金术士等，来帮助他实现愿望；于是一连串的东西，他的羊群、水晶器皿、大沙漠、沙漠里的鹰等，一连串的动物帮助他；于是一连串的事情发生了：他在市场被骗走钱财，在市场遇到卖早点的人，被偷后走到水晶店，水晶店老板雇用他，在水晶店认识英国人，英国人恰好要跟随马帮到沙漠去……

幸福的秘密就是去欣赏世界上所有的奇妙景观，但不要忘了汤匙里的油。牧羊少年踏上追梦之旅，被骗没能让他退缩，困境没有让他绝望，钱财、爱情、生命危险没有让他放弃，绕了很多很多弯路，他一直朝着既定的目标走去，走去……

我呢？我们呢？是不是因为不再青春年少就忘记了自己的梦想呢？是不是像卖水果的人一样早忘记了自己最初的梦想？是不是像水晶店老板一样永远在生活中梦想，而不愿意，甚至害怕真的迈出一步呢？是不是像英国人一样，永远在书本中研究，而不放开手去做呢？是不是像很多人一样，以为自己没有那么好的福气，以为自己不配呢？合上书本，我陷入沉思。

他们绕了很多弯路，但是一直朝着一个目标走去。永远，永远不要忘记你的目标是什么。这句话在耳边回响，反复回响。

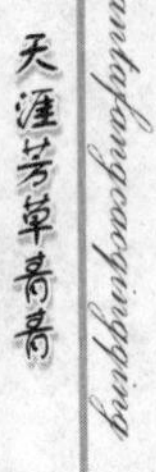

青灯黄卷忆故人

——重读骑君散文有感

书卷多情似故人，晨昏忧乐每相亲。

喜欢读书的人，对此自有体会，我也一样。可是在出国后，再读中文书籍，真的别有一番滋味在心头。

三十年前，我少年出国远涉重洋，初履异乡，语言不通，风俗不同，骤然失去从小一起长大的朋友，异常苦闷。在课堂上变得沉默寡言，不再谈笑风生。思念故乡的一草一木，思念故友的一颦一笑，课余不思痛下苦功攻克语言关，反而大量阅读中文书报。手抚方块字，如见故友；翻阅中文书，如闻乡音。大量阅读中文刊物，无意中在报纸上邂逅琦君女士。

那时在欧洲能够看到的中文报纸只有三种，《中央日报》《大公报》和《星岛日报》。《中央日报》的副刊水平很高，不乏名家，可是文章通常较长，字体小，看起来比较累，是需要好好消化的大餐。《大公报》和《星岛日报》有一两版文学杂谈专栏，每个专栏板块不大，长的文章分期连载，是很好的小品。记不清是在《大公报》，还是在《星岛日报》，我第一次读到琦君女士的散文。

当时《中央日报》在台湾印刷，空运到欧洲，看不到当天的报纸。《大公报》和《星岛日报》在欧洲印刷，邮递到订阅客户家中，也不准时，但是每天傍晚在火车站专售世界各地报纸的书报亭，可以买到空运过来的当天报纸。为此祖父每天不辞劳苦跑到火车站去零买，而我每天傍晚都期待祖父回家的时刻。

嗵、嗵、嗵，沉稳的脚步声在走廊响起，我马上放下手头正在做的事，站到门后，握紧门把手，在祖父走到门口伸手掏钥匙的瞬间打开门，送上一个微笑，然后注目祖父的手中。祖父笑着把报纸交给我，由我来按需分配。老人家交游广阔关心时局，必读新闻版面，了解国家大事，看看老友行踪，文艺版就留给我。偌大的客厅里，祖父坐在窗前的餐桌旁，手持放大镜，逐条逐字看新闻报道。我坐在沙发上，打开落地灯，迫不及待地扫过副刊专栏，再反复品味我喜欢的文章。

每一期报纸总有十多个专栏，其中包括琦君女士的散文专栏。时隔三十年，专栏的名字忘了，可是“琦君”的名字没有忘。文章题目全部忘了，可是零星细节没有忘。记得她父亲有一文一武的随从副官；记得她父亲高声诵诗，用声音陪伴她走过一条黑暗的长廊；记得她有一个珍重收藏的宝贝，哥哥弟弟珍爱的玩具，兄弟先后夭亡，留下她独对遗物悲悼；更记得她的母亲有一头乌油油的长发，每年在洗头日长发披落飘飘若仙，让她相信在外为官的父亲会给母亲买一套亮晶晶的水钻发夹，然后父亲回来了，带回来一位如花美眷……

琦君女士经历战火，漂泊海外，思乡念土，写下很多回忆文章，娓娓叙述家乡风物童年种种。透过文章我认识的她不是现实中的高龄名家，而是一个比我还年幼的小姑娘，和我一样漂泊异乡，同病相怜，心有戚戚焉。眼中看的是她的幼年故事，心中想的是我自己的童年经历。她的桂花在我眼里是故乡的槐花，她的哥哥弟弟是我的老师同学。我也有自己的宝贝，一个漂亮的小匣子，收藏儿时故友的来信，抚摸来信如握故人之手，在等待下一封来信的时候，反复看，反复看。陪伴她在晚年重回故乡，走过故乡的小巷，听着乡音叫卖声，看她手捧家乡小吃，泪流满面。想象我在某一年重回故乡，再吃江米条，再吃山里红，会流泪吗？这样想着的时候，已经双眼湿润。

中学几年，如此这般埋头中文书籍报刊，在书籍中寻觅故国，在文字中寻访故人。混到高中毕业，进入大学，发现不能继续混日子了，于是痛下决心告别中文，挥别旧梦埋头苦读。毕业后在职场拼刺，倏忽人到中年，惊觉故土遥遥，故人渺渺，旧梦飘飘，不胜惶恐惶惑，提起笔来试图挽留时间的脚步，伸出手去试图寻摸故人的衣角。

重新提笔，很自然地书写心中情感，第一篇文章题为《十度春风》，纪念祖父去世十周年。那一年亲爱的祖父逝世十周年，回想生活点滴，回忆音容笑貌，追忆最后时刻，含泪提笔写下十年前无法写下的文字。十年来不敢触碰的细节，一点点回忆。二十年没写的文字，一个个搜寻。一个字，再一个字，一行，又一行。透过一个个方块字，那个冬天的雪花再次纷纷扬扬充斥天地，茫茫风雪中祖父的面容若隐若现。夜静更深，停笔抬头，悄声问：爷爷，你，还好吗？

从此再次走进文字中，重新寻寻觅觅，寻觅回乡的道路，寻访走散的故人，寻找失去的青春。

灯下提笔，幼年情景历历在目，儿时故友重新走来。怎能忘记老家那小小的院落，槐花飘香，香椿青翠，梧桐摇曳。北屋里油灯飘忽，父亲讲故事的声音依然绕梁。西屋里炊烟袅袅，母亲的面庞被蒸气熏得红彤彤水津津。南屋里书声琅琅，笑声朗朗，几个女孩迎门读书，对镜梳妆。怎能忘记故乡那小小的校园，教室里我和同学们一个个挺胸端坐，看谁能坚持更久。操场上我和好友奔跑追逐，好友的辫子在背上跳跃，我的短发在空中飞扬。

怎能忘记故乡那小小的村庄，村北金黄的麦田风中起伏，村南墨绿的棉田花朵盛开，村东的青纱帐密不透风，村西的菜园瓜菜累累。怎能忘记那村里的左右邻居乡里乡亲，曾经给我讲故事的伯伯，曾经给我包扎手指的婶婶，曾经为我治病抓鸟的堂兄，曾经为我梳头的邻家姐姐……

深夜里，灯光下，一幕幕往事浮现脑海，一个个故人露出笑容，在文字中重新向我走来，走来。

练笔几年，心中疑惑，什么样的文章才是好文章呢？这样写个人回忆生活琐事有意义吗？深感自己理论不足见识不广，必须广泛阅读学习名家，于是再次想起琦君的名字。

近日先生归国，为我带回来琦君女士的散文集《青灯有味似儿时》，展卷阅读，似乎再次看到三十年前认识的那个女孩。遗憾这本文集没有收录我还记得的文章，于是上网搜寻，找到让我三十年难忘的文章，在《髻》里再看到她母亲缎子般闪亮的头发，在《金盒子》里再看到她和哥哥、弟弟玩耍争夺，在《下雨天，真好！》里再听到她父亲吟诗……

打印出来，深夜独坐家中顶楼，灯下反复阅读品味，思考为什么这些文章让我三十年不忘。

琦君女士是正宗科班出身，毕业于之江大学中文系，师从国学大师夏承焘教授，不难看出她文学修养深厚，但是从不刻意卖弄华丽，行文极为平淡，如话家常。回忆文章如同发黄的老照片，画面感极强。可以看到她母亲披着长发在厨房忙碌，一绺绺的短发不时拂着她白嫩的面颊；可以看到她和哥哥围着金盒子捧着香烟片，可以看到她和弟弟一起包扎泥兵的腿；可以看到亮晃晃的煤气灯，老老少少的邻居们挤满大厅，大人们坐在一排排的条凳与竹椅上，孩子们挤在紫檀木太师椅里，一个个光脚板印在茶几上。

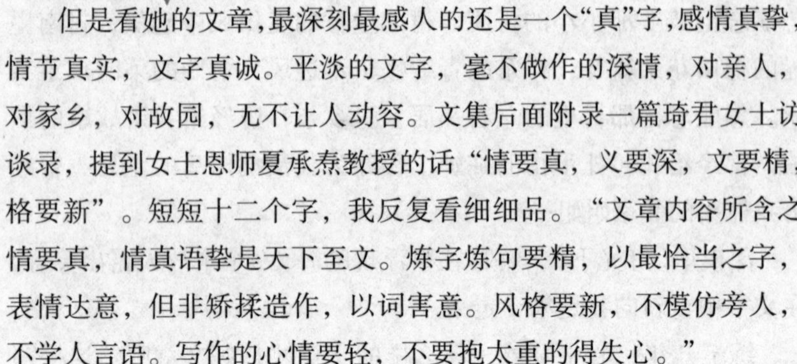

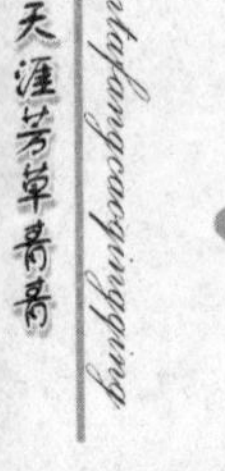

但是看她的文章，最深刻最感人的还是一个“真”字，感情真挚，情节真实，文字真诚。平淡的文字，毫不做作的深情，对亲人，对家乡，对故园，无不让人动容。文集后面附录一篇琦君女士访谈录，提到女士恩师夏承焘教授的话“情要真，义要深，文要精，格要新”。短短十二个字，我反复看细细品。“文章内容所含之情要真，情真语挚是天下至文。炼字炼句要精，以最恰当之字，表情达意，但非矫揉造作，以词害意。风格要新，不模仿旁人，不学人言语。写作的心情要轻，不要抱太重的得失心。”

看到此处，击节赞赏，这不正是解我疑惑的答案吗？这不正是琦君女士魅力所在，不正是我三十年难忘她的文章的原因吗？女士说自己只是“兢兢业业，诚诚恳恳地写我所见所闻，所思所感”，这不也正是我想做的，我该做的吗？

好书不厌看还读，益友何妨去复来。重读琦君女士作品，如晤故人，会心微笑，伸手相握。

时光匆匆，人生漫漫，且让我于青灯黄卷中再访故人重寻旧梦，且让我于文字中记录浮生所见所闻所思所感。

（2014年9月）

红与白

红与白。

衣柜中的红与白。

红色和白色是我一向喜爱的两个颜色，一度这两个颜色是我衣柜的主色调，有各种各样的搭配，或许素静的白色上淡淡的红花，或许艳丽的红底上醒目的白花，或许一袭红裙配雪白的围巾，又或许雪白的衬衣配红色裙子……

红与白，两种截然不同的颜色，一度塞满我的衣柜，一直充满我的生活。

红与白。

婚礼上红与白。

白色，纯净的白。

纯白的软缎，简单的裁剪，喇叭样散开的长裙，上罩一层蝉翼白纱，几条薄纱卷成花边斜斜散开，呼应裙脚的一圈，形成几道涟漪，走动时波浪起伏。

向上看，两条袖子上细微的波浪反复重叠，两朵雪白的浪花托起盛装的新娘，漆黑闪亮的长发微微卷曲，细心地插起来，头顶雪白的面纱垂落，透过面纱白皙红润的面庞隐约可见。

白色的面纱，白色的婚纱，白色的皮鞋，一个西式打扮的新娘款款走来。

红色，艳丽的红。

大红的软缎，亮丽抢眼。金色团花，疏疏朗朗。金色绲边，勾出美好的曲线。传统的大红，典型的中式旗袍，衬托一张精致的东方面孔。黑色微卷的长发自然梳落，头戴一个大红的发卡。

红色的发卡，红色的旗袍，红色的皮鞋，从头到脚红色的中国新娘含羞微笑。

结婚是每一个女人一生中最重大的日子，出生在东方成长在西方的我接受中西方文化，婚礼也是中西合璧，东方婚礼的红色和西方婚礼的白色贯穿我的婚礼。

那天我身穿雪白的婚纱，缓缓步入教堂，和心上人携手步上红地毯，走向神圣的祭坛，发下神圣的誓言。

那天我身穿大红的旗袍，快步走进饭店，和心上人一起鞠躬答谢来宾，一起切蛋糕，一起对宾客举杯。

白色的宗教典礼，红色的世俗婚礼，红色和白色交会。庄严神圣的西式典礼，热闹喜庆的中式喜筵，东方和西方交融。

红与白。

婚姻中的红与白。

红色，火热的红色。

千年的等待，等来三生石畔的约定，等来今生的狭路相逢，四目相接碰撞出闪亮的火花，那是红色的火苗。

相知相恋你侬我侬，花前月下相依相偎。

春天，我们携手走过草地，搜寻点点新绿，感受生命的萌动。夏天，我们漫步玫瑰花丛，静听蓬勃心跳，沉醉迷人花香。秋天，我们并肩山头而立，共赏满山斑斓红黄，细描将来共度时光。冬天，我们相扶相携，寒风怒号雪花飘飘，紧扣十指相互温暖。

相携走过四季，春日的和风，夏日的清风，秋日的金风，冬日的寒风，吹得火苗熊熊，红色照亮心胸。

白色，冷静的白色。

结婚后慢慢明白，仅仅有感情基础还远远不够。

火热的感情不能拿来交纳房租，不能用来解决温饱，过日子不能不斤斤计较。囊中羞涩，走过娇艳的玫瑰花，走过鲜嫩的草莓，假装没有看见。

浓烈的感情不能让学业进步，不能让事业腾飞。坐在狭小的房间里，埋头枯燥的书桌，不去看窗外耀眼的蓝天，不去听小鸟婉转的歌唱。

一日三餐，锅碗瓢盆磕磕碰碰，磕去浪漫，碰掉温柔。家务琐碎，哗哗流水冲洗杯盘，也冲淡醉人花香，冲淡火红爱恋。

走入婚姻多年后，慢慢懂得婚姻需要两个人用心经营。感情的烈火需要理智控制，才能长长久久地相互温暖，而不是相互烧灼。

炽烈的感情是热烈的红色，冷静的理智是宁静的白色，感情和理智是婚姻中的红与白。在婚姻中，日复一日，年复一年，火热的红色终会让位给冷静的白色，炽热的爱情最终转化为温馨的亲情。

红与白。

东西方文化中的红与白。

红色是东方，喧哗似火，热情似火。

东方喜欢热闹，过年过节也好，红白喜事也好，生日满月也好，无不希望邀请众位亲朋到场，大家坐在一起大声谈笑，大到国际形势，小到亲友短长，一一说来慢慢讨论。桌子上杯盘罗列，鸡

鸭鱼肉交响辉煌，青菜豆腐低吟浅唱。饮宴间，一定要再三劝酒布菜，务必让每个人吃到撑；酒足饭饱，桌上必须要有相当分量的剩菜，才能显示主人热情好客。

国人聚会菜式复杂，请客送礼却简单，不用费心头疼，一个大大的红包，送的人简单，收的人开心。

白色是西方，冷如清风，淡若白水。

在西方，亲友到饭店吃西餐，每人各点自己喜好的，每人各守一盘，安安静静吃自己的，决不会推来让去。不想吃什么，不想喝什么，也不会有人硬劝。

请客送礼，别担心，尽可以大大方方地问对方想要什么样的礼物。主人如果想要红包，也会毫不遮掩地告诉你。没准收到喜帖的时候，准新人会附上一个地址，告诉你在哪家商店有一整套新人选好的家居用品，大到客厅橱柜卧室床铺，小到厨房杯盘刀叉，由你自己选择，避免新人收到第五个咖啡机的尴尬。

到友人家做客，主人提前问你喜欢吃什么别欢喜感动，主人要求你自己带吃的喝的来，也别惊讶意外。上门做客，不知道送什么的时候，带去一点自己亲手制作的东西，即使细微到一瓶自己制作的果酱，或者从自己花园剪下的一束花，主人只会更加喜欢热情道谢。

东西方文化差异如此之大，在西方生活久了，回到国内参加宴会，声浪敲打耳膜热情压迫肠胃的时候，不免回忆西方一人一盘安安静静的西餐。可是，在西方，当接受一份正式的邀请，同时听到主人说想吃什么请自己带来的时候，真想问问谁是主人谁在请客？

东西相望，火红的是东方零距离的喧闹，雪白的是西方的远距离冷淡。游走于东西方，对喧闹的红色和冷淡的白色同时又爱

又恨。

红与白。

人生岁月中的红与白。

人的一生，从简单单纯的童年开始，经过含露欲滴的少年，经过蓓蕾初绽的青年，经过多姿多彩的中年，最终走进复归宁静的老年。

人生的色彩，从简单纯粹的黑白分明，一点点增加，一点点丰富，达到五颜六色随意涂抹的顶峰，然后一点点剥蚀一点点消减，终于复归安静的白色。

绚烂多彩是人生的红色，平静淡泊是人生的白色。人生从白色开始，经过红色，复归白色。人生的红与白，循环往复，生生不息。

红与白。

充满人生的红与白。

走过喧闹，走过斑斓，晚年独坐客厅回首一生的时候，我会泡一杯茶，一杯玫瑰花茶，看红色的花瓣在热水中徐徐舒展，看一杯白水被花瓣渐渐染红，端起杯子慢慢呷一口。

（2014 年 6 月）

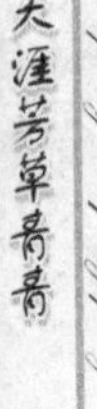

文字的影子

——读影子爱人文集《牵牛那个花》有感

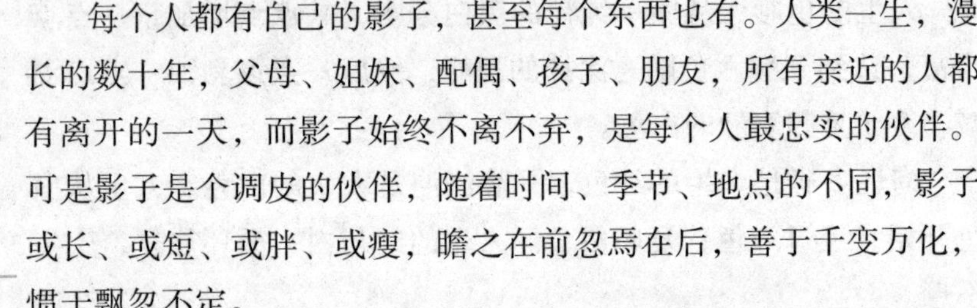

每个人都有自己的影子，甚至每个东西也有。人类一生，漫长的数十年，父母、姐妹、配偶、孩子、朋友，所有亲近的人都有离开的一天，而影子始终不离不弃，是每个人最忠实的伙伴。可是影子是个调皮的伙伴，随着时间、季节、地点的不同，影子或长、或短、或胖、或瘦，瞻之在前忽焉在后，善于千变万化，惯于飘忽不定。

能够通过一个人的影子认识那个人吗？我想答案是显而易见的，不能。魁梧的人，影子未必肥胖；纤瘦的人，影子也不见得苗条。所以通过影子认识一个人，不靠谱。

能够通过一个人的文字认识那个人吗？答案绝对毋庸置疑，可以。文如其人，用心写作的人，他或她的精神面貌、品行、喜好必然也反映在文字中。

闲暇写文已满五载，认识文友“影子爱人”也已经四年了。“影子爱人”，本名赵淑梅，笔名“梅子”，我习惯称她“影子”。虽然素未谋面，自以为数年来文字来往，也有一定的了解。最近收到影子文集《牵牛那个花》，七十几篇文字，从方方面面展示影子的生活、经历、所思、所想，有熟悉的文字，也有陌生的篇章。捧阅展读，透过一篇篇文字，一个个鲜活的影子，向我走来。

影子走入我心中，缘于爱书。

初遇影子，读到的是影子的诗歌。彼时没有耐心细品，印象浅淡，直到读到影子的散文《闲人“吃”书》，才陡然亲近起来。

平生爱书，曾写过一篇《书痴自述》，读到影子文中有：“吃”应与“痴”同义，大感亲切，引为知己。看影子出门在外，必先找书店买书，新书在手，与书为伴，沉浸其中，“偶然间抬头，异乡灯光璀璨处，留下我这过路人一声满足的轻叹”。这情，这景，写的不就是我自己在异国他乡埋头中文书籍的感受吗？“一本书的磁场究竟有多大，那要看读书人的痴狂有几许”，“读书读得满腹辛酸，吃下去的看似欢笑，实则是眼泪。掩书沧桑，谁又能够说清历史的烟云呢”，读到此句，恨不能当场拥抱影子。

继而影子走出书斋，走进闺房。

身为女子，自然对服饰情有独钟。影子喜欢什么样的打扮呢？且看影子写她的《旗袍情结》。

十来岁的影子看到外婆年轻时候的旗袍，“那是一件墨绿色的丝缎旗袍，上面绣着一只带着金线的凤凰”，从领口一直蜿蜒到旗袍底部，“阳光正好从木质方格窗棂穿透进来，落在旗袍上面的凤凰上”，“在阳光下闪着无比华丽的光”。年幼的影子觉得摸上去的感觉，“像极了睡在云朵上的不真实感”。这个画面穿过文字向我走来，梦一样虚幻，云一样飘忽。

长大的影子，机缘巧合，在西子湖畔得到另外一件极品旗袍“梅开双城”。“那件旗袍白底子，领口镶嵌着一圈米粒大小的碎钻，竖领，凤凰扣，每一颗纽扣都是大红色的，瓷实紧凑，像极了一颗颗没有绽放的蓓蕾。衣服的袖口和下摆零星绣着梅花花瓣。在腰部有一枝绽放的红梅和肩头探出的一枝红梅遥相呼应”。影子“把头发高高地盘在头顶，头上戴着一朵大红绒花，走在异乡的西湖边，仿佛置身时空旋转的洪流”。读这段文字，在脑海细描

西子湖畔绰约的影子，恨不能并肩携手走进张爱玲笔下场景。

再看影子走入厨房。

影子和我年龄相仿，人到中年，生活中少不了柴米油盐酱醋茶。厨房里的影子，“一句话也不说，话都在细碎的工序里，除了手指的忙碌，杯盘清脆的撞击声，世界是静的”，这静静的世界也让我惊喜连连。

且不说影子受母亲亲传的馄饨如何鲜美诱人，且不说影子在下雨天制作跟汪曾祺老先生偷师的回锅油条如何香气四溢，单是影子的“韭菜盒子”已经让我垂涎三尺。同样是北方人，极爱韭菜，遗憾在异国不可能吃到春天的新韭，平生恨事也。读到影子写春天新韭，“根部呈紫红色，嫩生生被割回家”，洗净切碎，“荤素搭配都可。烧热了饼铛，把做好的盒子生胚放上去，两边慢慢煎，直到金黄，吃起来，香味四溢”，恨不能跟随和影子同楼的六岁男孩的脚步，“风一样跑下楼来，站在厨房门口……眼巴巴等着”，等影子把一个新鲜出炉的盒子放到手上，抖着手，卷起舌头，宁愿舌头被烫，宁愿风度尽失，也必须当场狼吞虎咽一番。

一篇篇文章，一个个影子，最让我倾倒的是春天的影子。

认识两年，自以为已经从多方面认识影子的时候，影子一篇《春天·骨朵之美》，再让我称绝倾倒，惊艳不已。

自古以来，春天为文人们关注青睐，写春天的诗文车载斗量，故要写出新意难而又难，可是影子做到了，窃以为《春天·骨朵之美》当为影子传世佳作。文章起笔不凡，娇媚动人。“花骨朵，花之媚骨”，“将开未开，朦朦胧胧，不早不晚，欲擒故纵，妙不可言”。继而一段排比：“草尖是青草的花骨朵，破冰回暖是河流的花骨朵，破茧的蚕蛹是蝴蝶的花骨朵，蝌蚪是青蛙的花骨朵，柳眉儿是柳枝的花骨朵，初恋是爱情的花骨朵”，而春天，“春

天是四季的花骨朵”。至此读者的心早已融化在春天的骨朵里。(这篇文章曾被文友“悠扬琴风”信书勇先生精心点评，恕不赘述)

收到文集，捧阅细读，看到熟悉的影子，也看到陌生的影子，看到农家小院里攀爬杏树高坐枝头的影子，双脚轻荡；看到在青草绿地松软的泥土上，在羊粪马粪的气味间，牧羊的影子，趴在地上看“蚂蚱的细小举动”，听“洞穴里虫子的窃窃私语”；《一九八一年的夏天》，想“吃化肥”的影子；在《林子》间奔跑的影子；痴迷露天电影的影子；养花爱花的影子，行走北海湖畔，用地黄花做酒杯《清煮秋天》，《簪花吃酒话风流》……

典雅端庄的影子，《如玉女子》款款而行；泼辣妖媚的影子，大“骂”春天“小贱人”；“有一种感觉叫你明明知道他在那里，却永远无法相见”，那是怀念父亲的影子；在《那个低头走路的少年》身后几步远的地方，准备“竖起所有的刺，为他挡住外界的入侵”，那是身为母亲的影子。

透过文字看影子，一个个侧面，一个个影子，越读越觉得惶惑。影子，你到底有多少个侧面，多少个影子呢？行走红尘间，“用文字安慰自已以后再用文字谋杀读者”的你，还会带给我多少惊喜呢？

(2015 年 7 月)

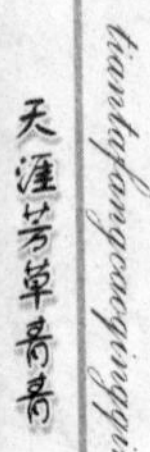

云海无言

——读无言无为的《云海文集》有感

小时候不大会玩，喜欢一个人独自发呆。记忆里夏天是发呆的好季节，炎炎烈日下，在老家屋顶上看晒粮食的时候，没有人会来打扰我。一个人躺在那里，任阳光灼晒，任蝉声聒噪，我只是仰望蓝天，眺望远方，放飞思绪。

湛蓝的天空，不知道从哪里飘来一朵两朵的白云，神秘地出现，悄悄地飘远。白云呀白云，你从哪里来，又到哪里去？你有着怎样的故事？白云和白云之间认识吗？两朵云彩相遇的时候，是微笑相拥，还是相对无言？

儿时的我，躺在屋顶，望着白云发呆，没有答案。直到有一天，命运之神无声召唤，命运之手用力拉扯，我自己也化身一朵白云漂洋过海，这才了解了一朵白云的故事。后来，偶然飘入网海，和很多云朵相遇相识相知，其中一朵的名字居然就叫“云海”，全称“云海 boping”，云海波平。不过我认识她的时候，她名叫“wuyan无为”，无言无为，所以我更习惯叫她“无言”。

我和无言，来自不同的世界，分别在各自的天空飘荡，按照正常轨迹绝不会相逢。可是有一天，那么巧，两朵云彩同时飘荡到同一块异乡的天空。那块天空叫“庆云文苑”。我在庆云文苑驻足时日已久，可算外地元老了。两年前，庆云文苑组织“美丽庆云”征文活动时，不知从哪里突然飘来一朵云彩，神秘地出现在庆云文苑的天空。

初遇无言，读到她写的有关庆云的一组文章，觉得人如其名，人而“无言”，自然神秘；生而“无为”，蕴含禅机。

且看《雪》后的无言：“雪厚及台阶，一些树枝的长青叶上，有小堆的雪躺在摇篮中。天是雾，雾就是天。不知从何处走来一只脖羽金黄的公鸡，深一脚浅一脚地踩在雪丛中……空气非常新鲜，想奔跑在这纯净中。可是雪太厚了，于是张开双臂，慢慢旋转着。那种无限扩张的自由，一直传达到天地幕合的地方。无相无我，我在哪儿？每一步落下，只看到我一个人的脚印……于是调皮起来，一边踩出各种图形，一边与雪说着季节的故事。”此情此景，是不是很神秘很禅意，是不是让人只敢远观不敢走近打扰呢？

随后读到一组文章，神秘的云彩，化身为雨，来到尘世间，和万物结合，显露出红尘烟火的一面。

这组文章中，最让我吃惊的莫过于《说酒》。或许太传统守旧了，在我的意识里，酒，白酒、烈酒，那是只和男子有关的事物，和女子，读书知礼的淑女，完全不沾边。当我看到无言不知道自己从几岁开始喝酒，能够单凭品尝就能断定一瓶白酒的价格，误差低于五角，眼睛眨了半天，不知如何反应才好。继而看她大谈，什么酒的“产地、品牌、酒精度、主要原料”，什么“工艺、特曲、陈曲、头曲、二曲”，什么“酱香、浓香、清香、米香”，完全不知所云。而等她把天南地北的几种名酒混到一起，加上野山参，自己炮制新酒的时候，我只能举起双手投降了。当时最迷惑的一点是，无言无为，她真的是女人吗？

天上云彩飘落人间，在尘世行走，远没有在天上那么优雅随意，且看无言如何行走人间。在人间行走，固然有徒步环绕《庆云水

库》呐喊的淋漓酣畅，固然有漫步北海吟咏的诗情画意，但是也有需要《花钱买路》的时候，也有感叹《行路难》的时候，也有风餐露宿的时候。这些行走，让我相信，无言，她不是天上的云彩，而是滚滚红尘中的一员。

无论是神秘无言，还是蕴含禅机，抑或自由行走，无言，她都和我太不相同了，所以初识无言的一段时间，虽然关注，却交流不多，恐怕在彼此心中只是心灵外围的“宾”，不是内心深处的“朋”，直到夏天的《蝉》唱响起。

仲夏的一天，晚上七点钟之后，无言为了拍摄蝉蛹如何蜕变，竟然在黑暗的树林中睁大眼睛观察拍摄了两个多小时！怎不让我咂舌吃惊呢？

在黑暗中，无言静静看蝉蛹如何爬出来，爬到树上，仔细观察蜕变的全过程，直到软弱柔软的翅膀“变硬，变得宽大透明”，注意到蝉的翅膀“前翅很美，有着翠绿的翅脉与花纹，后翅滑如丝帛，嫩如凝脂”。这些描写固然细致入微，值得欣赏，但是令我震动感动的不是这些文字，而是《蝉》的生命之歌，也是无言自己的生命之歌。

蝉，经历四个成长阶段，从卵、幼虫、蛹到成虫，经历漫长的三五年，甚至十几年。在此期间，幼虫小心潜伏在黑暗中，吸收营养，等待时机成熟。“黑暗激励着原初的生命，以纯净的本能等待成熟，把痛苦与快乐沉淀成养料，使生存获得最有力的体验。向深处爬行，保全自己，不畏艰难。没有一丝光亮。黑暗可以使路途弯曲，但是目标不会弯曲。血和泪是前进的代价，信念让它变得坚强，为了看到天空的笑容，为了看到雏菊与草丛，在狭小的洞中，执著地蠕动。”

经历五次蜕皮涅槃，历经黑暗，经历危险，蝉终于“慢慢向高处爬去，开始吸风饮露的生活了”，不禁随着无言一起感叹：“每一次生命的转化，都是一个起点。每一次蜕变都会看得更远。每一次光芒的交替，都在游向理想的彼岸。”

第一次读到这段文字时，我对无言的生活经历所知甚少，直到她的文集出版，这才了解到，无言，她也是一只成功蜕变的幼虫，这本文集是她蜕变成虫后展开的翅膀。翻看文集，再读此文，体会愈加深刻。经历漫长的潜伏期，经历无边的黑暗，经历种种已知未知的危险，无言，她也成功蜕变，展翅高飞，开始吸风饮露的生活，顽强高唱生命之歌。“虽然以后还会跨越很多障碍，但是，流转的光华，隐不住它（她）无邪的本性。在漫长的岁月中，不被异化，不被扭曲，用心感受湛蓝的天。昂着头，挺着胸，坚持生命原始的清白。”

今天的我，依然喜欢抬头仰望蓝天上的白云。现在，我了解每朵云彩有每朵云彩的故事，也许非常不同，也许无法彻底了解，但是可以远远欣赏，默默祝福。今天的我，深信两朵云彩相逢交集的时候，不会相对无言，而是相拥微笑。

你说对吗，云海，无言？

（2015 年 7 月）

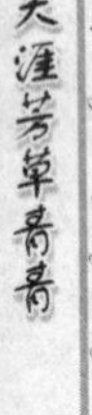

烟火红尘低吟浅唱

——读低吟浅唱 999 文集《香尽秋色不说寒》有感

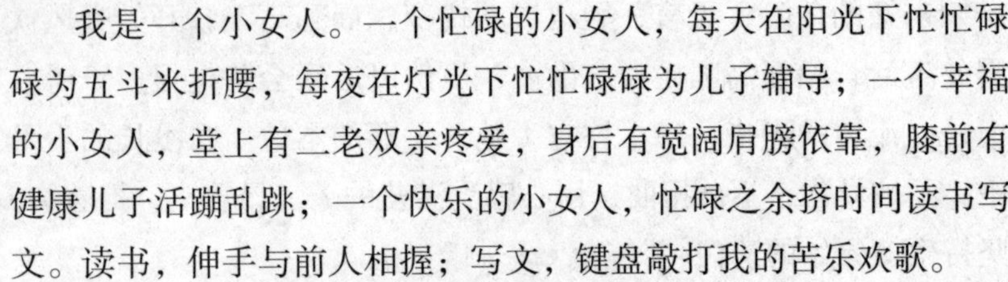

我是一个小女人。一个忙碌的小女人，每天在阳光下忙忙碌碌为五斗米折腰，每夜在灯光下忙忙碌碌为儿子辅导；一个幸福的小女人，堂上有二老双亲疼爱，身后有宽阔肩膀依靠，膝前有健康儿子活蹦乱跳；一个快乐的小女人，忙碌之余挤时间读书写文。读书，伸手与前人相握；写文，键盘敲打我的苦乐欢歌。

我是一个小女人，一个平凡的小女人，挤出点滴时间，快乐写文遨游网络，某日在网上偶遇同类，另外一个小女人，另外一个忙碌着、幸福着、快乐着的小女人，忙忙碌碌行走在烟火红尘，仍不忘低吟浅唱的小女人，她的网名就叫“低吟浅唱 999”，本名张庆杰，而我一直叫她“浅唱”。

浅唱和我一样，人到中年，有两个孩子，丝丝缕缕，说不尽对儿女的牵挂，一双儿女是浅唱眼中最美的春天。

春日，携儿女踏青，“一双儿女无拘无束地跑在了前边”，浅唱随后欣赏春光，一边暗问“我的春天呢？他们又跑到哪儿去了？”一边告慰自己，“我知道总有一天，我的春天，我的孩子会像这春天的鸟儿一样……挣脱开妈妈的怀抱，向更高更远处飞翔”。

是的，这一天真的到来了，很快到来了。为了孩子有更好的明天，浅唱横下心来放手，送刚过十岁的儿子到远方求学，送别儿子，决绝地再不回头。她十二岁的“大头儿子”怪母亲无情了

吗？是否等若干年后读到母亲的文字，才能明白“儿女都是父母的心头肉，走到哪儿，心就牵到哪儿”，才能体会母亲对儿女“留在身边，闹心；放到远处，揪心”的复杂情结呢？

浅唱和我一样，人到中年，自己做了父母，愈加深刻地体会到父母的爱。

浅唱是家中长女，从小深得父母外婆的宠爱，是父亲的“宝贝闺女”，是母亲眼里“最美的花”。

父亲出身清贫，造就他坚定顽强的性格，可是儿时的浅唱生病晕厥，从数十里外匆匆赶来的父亲，那个坚强的男子汉，把女儿“抱到怀里伤心地大哭了一场，第一次在母亲面前掉了眼泪”。

浅唱儿时生活也很清苦，“母亲一手摇着纺车，一手捏着棉花，一收一放……边舞边唱”，浅唱在这样美妙的歌谣中入眠。不纺线的夜晚，母亲在煤油灯下飞针走线，做出一身身新衣服。过年了，母亲为浅唱穿上新衣，“小脸儿洗得干干净净”，梳上可爱的羊角辫，扎上蝴蝶结，再在眉心点上一点红色，“远远望去就像《西游记》里的哪吒”，是母亲眼里最美的花。

多年后的母亲节，浅唱“把自己打扮成一朵花”，要“带着阳光的明媚，带着春风的温暖，带着幸福的笑脸”，把“最美的自己带到母亲面前”，只因深知，她是“母亲最幸福的依赖”，这样会看到“母亲最欣慰的笑脸”。

浅唱和我一样，人到中年，有幸福的家庭。

浅唱和夫君有共同的爱好—摄影，并把爱好变成事业，二人携手经营自己的婚庆公司，经历创业的艰难，一步步走向幸福小康。结婚十多年，“当初蹒跚而青涩的爱，已经变得成熟而稳健，再不会为了鸡毛蒜皮而打得不可开交，云卷云舒，一样的去面对；潮起潮落，一样的依偎”。

难得结婚这么多年后，清晨慵懒的浅唱，在“睡意蒙胧中，眼睛还没有睁开，耳畔已萦绕起了老公温润的唇语，‘宝贝，亲亲我的脸’”。原来，那一天是浅唱的生日。那一天，浅唱由衷体会到，“幸福不是金钱买回来的，而是真心换回来的。从风风雨雨中走过，由坎坎坷坷中闯过，在平平淡淡中守过，柴米油盐里浸过，锅碗瓢盆里碰过，才能提炼出真金般闪闪发光的爱，才会酿出甜甜蜜蜜的平凡里的幸福”。

浅唱和我一样，人到中年，为工作、为家庭、为生活忙碌奔波，“不再做小女孩时那些幼稚得不着边际的浪漫梦幻，挑起肩上所有的责任，脚踏实地地过日子，做一个安然若素的烟火女子”，“一双纤指心甘情愿地弹拨着锅碗瓢盆的交响曲”。“日复一日，年复一年，把一道道粗茶淡饭，烹饪熬制成最美味的甘甜；把琐碎的锅碗瓢盆，奏成一曲曲欢快幸福的乐章；把最平淡无味的日子，过得如春天一般温暖”，“把岁月用真心捂得温馨而润泽”。

但闲暇时，同样喜欢“品茗观花读书写字”，“没有倾城的容貌，没有妖娆身姿，没有飘飘的衣袂，但对美却永远有一种执著的追求”，“努力用那颗痴心把浓浓的墨，研得花枝招展，芳香四溢”，“于是指尖轻弹，旋转出一段段起舞的文字”。

看吧：“花儿很香，那都是从泥土中实实在在长出来的，不是哪个仙女撒下来的；梦想很美，都是从暖暖的烟火中熏出来的，不是从某朵云彩上飞下来的。”

行走烟火红尘，“风起，云起，胸无波澜；雨来，浪来，人还依然”；悄然低吟浅唱，“梦，在言语里昂然赶路；心，在沧桑浮沉里执著前行”。

近日收到浅唱文集《香尽秋色不说寒》，展读之余，烟火红尘低吟浅唱的小女人形象愈加深刻丰满，遂提笔为文，祝愿远方的另外一个小女人，一个忙碌着、幸福着、快乐着的小女人，好好走吧，愿看你欣然行走烟火红尘；好好唱吧，愿听你快乐轻歌低吟浅唱。

（2015 年 7 月）

叶子，生命之歌

——读悠扬琴风的诗歌《叶子》有感

平生唯爱读书，家中藏书若干，不乏中外名著，可是有的百读不厌，有的翻看两页就搁置一旁，因此体会到人和书之间，也和人与人间一样，能够相遇相知是莫大的缘分。所谓经典名著，各有自己的者群体，各有适合阅读的时间，读得太早不能理解，读得太迟空留长叹。而个人喜欢的作品不见得是名篇，之所以喜欢，不过是恰巧在正确的时间在正确的地方狭路相逢，正如张爱玲的名言，“于千万人之中遇见你所要遇见的人，于千万年之中，在时间无涯的荒野里，没有早一步，也没有晚一步，刚巧遇上了”，书中人物触动心弦，书中情感引起强烈共鸣，才一读再读不忍释卷，透过文字与书中人伸手相握相对微笑。近日读到琴风诗歌新作《叶子》的时候，便有此感觉。

近年来，看父母一天天衰老，看孩子一天天蹿高，痛切体会到自己人到中年了。少年时候大把挥霍时光，对四季流转浑不在意。

而今对时光流逝之速分外敏感，每到秋冬看落叶萧萧天地肃穆，感慨有之，感叹有之，彷徨亦有之。

不觉又是冬天，一年将尽，每天早上踏着薄薄的白霜去上班，晚上踩着深深的暮色回家，走在路上不禁反问自己，这一年就这样过去了？！这一年，我做了什么？

周末上午，怀着这样的中年情结，读到这首诗歌，读了两遍，信步踱到窗口。窗外，蓝天清高淡远，温暖的阳光伸出橘黄的手，轻抚光秃秃的苹果树的枝芽，轻抚树下的枯叶，也轻抚长青篱笆青青的绿叶。

站在阳光下，反复细读这首诗歌，内心平静祥和丰盈饱满，在字里行间体会百味人生，于无声处倾听生命之歌，一个中年人深沉内敛的生命之歌。

这首诗歌可以分为三大部分，第一部分包括第一、第二和第三段，第二部分由第四段至第六段组成，第三部分是第七段，结尾升华。

诗歌的第一部分写青年时代的人生修炼。

诗歌在第一段徐徐写来，以“哦，叶子”起手，直接写自己和叶子的对话。在春天，两者约定要写一首诗歌，一首生命的诗歌。为了写好这首诗歌，必须要先“把一切弄清晰”，要“修炼成传奇”。“修炼”这个关键词承前启后，过渡到第二段写如何修炼，从春到夏，从秋到冬，作者在不同的季节、不同的地方修炼。第三段具体而诗意地写修炼，思索“怎样破题”，考虑“怎样起笔”，以“蓬勃的青春”和“艰涩的哭泣”点到修炼的艰难和欢欣。

第二部分写中年时代的人生感悟。

这一部分还是以“哦，叶子”开始，第四段写时光远去，经过一年辛勤修炼，作者仍然没有完成这首诗歌，所以再和叶子展开对话。第五段阐述为什么诗歌还没有完成，因为作者最初设想这首诗歌应该有“美丽的意象、高格的主题”，继而体会到这一切，“美丽的意象”和“高格的主题”并没有意义。为什么会产生这样的改变呢？这个疑问在第六段得到解答。通过修炼，作者体会到“语言所能表达的，终归要消散在语言里”，而生活高于艺术，生命存在的价值不是语言所能表达描绘的，语言终究是贫乏无力

的。第三部分结尾，经过修炼，经过探索，作者感知生命的“物性”和“人性”，体会到生命的“灵动”和“奇异”，心胸开阔，境界提升，内心澄澈清明，才会在“风吹来”时，听到“一首歌轻轻唱起”。诗歌结尾言犹未尽，余韵悠悠。

这首诗歌以“叶子”命题，题目很有意思，在我看来，诗歌中的“叶子”同时具有“物性”和“人性”两面。不仅如此，叶子的“物性”和“人性”两面分别在三个层次得到阐释。

第一层浅显具体，具体而写实。据我所知，作者，悠扬琴风，有一位诗友，名字叫“叶子”。这位“叶子”曾经写过一首诗歌《悠扬琴风》，因此推测这首《叶子》应当是两人之间酬答的诗歌。“叶子”，第一个层次的人性，就是这位友人“叶子”。物性，则是大自然中的叶子。这首诗歌，你可以把她看作作者和友人“叶子”的唱和酬答，也可以看作作者和大自然中的叶子的问答。

第二层暗喻象征，诗意化阐释。叶子，大自然中树木花草的叶子，春天蓬勃而发，秋天萧萧而落，是四季流转岁月流逝的象征，因此“叶子”的第二层物性是一天天流逝的岁月。同时，“叶子”也是作者走过岁月走过四季留下的一串串足迹，也代表作者自己，在反思，在追寻，在探索，在自问自答。

第三层深藏抽象，哲学化深思。在这一层次，“叶子”是这首诗歌，是诗歌的文字，更是作者的生命之歌。大自然中的一片片“叶子”，是生命中的一个个日子。一片片叶子，从“绿到黄”，从“嫩芽初发”到“光怪陆离”。一个个日子，从春到夏，从秋至冬，经过“蓬勃的青春”，有过“艰涩的哭泣”，追求过“美丽的意象”，追寻过“高格的主题”，终于领悟到生命的存在大于语言的表达，生命“在那里，在那里”，存在过，修炼过，努力过，体会到“物性的灵动”，感受到“人性的奇异”，这个过程已经完美地诠释生命，所以才能够在“风吹来”时，听到“一首歌，轻轻唱起”。

《叶子》，这首诗歌是一首生命之歌，一个曾经跋涉曾经修炼的中年人之歌，用诗意的语言思索人生，从哲学角度思考人生。经过修炼，经过思考，这首歌不再是青年时的激情张扬，而是深沉内敛，是一首“轻轻唱起”的歌。同样人到中年，读到这首诗，听到这支歌，怎能不被震撼，怎能不细品，怎能不静听呢?

一篇作品一旦问世，她便不再属于作者，而属于读者。不同的读者，会从不同的角度读出不同的内容，因之赋予她不同的意义不同的内涵。你看到的《叶子》，也许和我看到的，有很大的不同。一如此刻，窗外的花园里，冬天温暖而不狂野的阳光抚摸青青草地，抚摸常绿篱笆，也抚摸枯干的果树一样。这，就是真实的大自然，就是真实的生命。不论你恰巧看到什么样的叶子，且让我们一起欣赏这片叶子，欣赏她清晰的叶脉、细腻的纹理，静待风来，听“一首歌，轻轻唱起”。

（2015 年 12 月）

附原作

叶　子

作者：悠扬琴

哦，叶子，在初春的清晨
我曾答应过你
为你写一首诗
倾诉生命的记忆
你说你可以等
等我把一切都弄清晰
把一切都修炼成传奇

春天我在医院的高楼上
夏天我在繁华的集市里
秋天我在激情的课堂上
冬天我在博雅的书斋里

我时常想起那一片叶子
想起那一首诗
该怎样破题，怎样起笔
怎样写出蓬勃的青春
怎样写出艰涩的哭泣

哦，叶子，时光已经远去
从嫩芽初发，到光怪陆离
从绿到黄，直落到我心里
叶子，叶子
我的笔，还不曾拿起
而你，却从未问过
诗歌长成了何等样的东西

叶子，叶子
我总想给你的诗歌应有
美丽的意象，高格的主题
但是呀，但是
这一切似乎都没有必要的意义

语言所能表达的
终归要消散在语言里
而你以生命的存在
微笑着，在那里，在那里
永远地在那里

等我，等我与你共享
物性的灵动，人性的奇异
叶子，叶子
风吹来
一首歌，轻轻唱起

诗歌，凝练的散文

——读张凤辉的诗歌《温暖》有感

不知道是气候真的变暖了，还是生活条件好了，有了更好的御寒衣物和设施，现在的冬天远远没有儿时的寒冷。圣诞假期，坐在宽敞明亮的客厅里，坐在温暖的阳光下，跟孩子讲起儿时生活的艰苦。忆苦思甜，没有其他原因，仅仅为了让他们懂得感恩懂得珍惜。谈话中，回忆起冬天彻骨的寒冷，仿佛再次感到寒气扑面，可是伴随寒气而来的也有丝丝温暖。也许正因为儿时冬天的严酷，才更加能够体会珍惜丝丝缕缕的温暖，不期然想起近日读到的张凤辉先生的诗歌《温暖》。或许因为童年的经历相似，或许因为同样人到中年，这首诗歌《温暖》深深打动我心，因此不揣鄙陋冒昧写上两笔。

张凤辉先生是山东文化素养很高的朋友，和先生偶然相识于网络，素未谋面，对彼此的了解仅限于诗文，但是感觉并不生疏。个人认为能够打动读者的诗文，必须发自作者的内心，充盈作者的真情实感，因此也必然打上作者个人深深的烙印，例如这首诗歌，透过《温暖》，我分明看到少年时代的先生向我走来。

这首诗歌是如今人到中年的作者在冬天回望童年，回忆童年的冬天，寒冷彻骨却温暖赤子的冬天。透过诗歌不难了解到，作者童年生活清贫，在“冰雪深处的土坯院落”里，“土炕上浓烟散尽的火盆”不离不弃“暖着我的童年”。准确地说，温暖作者的与其说是“火盆”，不如说是作者的双亲，父亲和母亲。父亲细心保护“幼小的石榴树”，母亲深夜飞针走线为孩子做衣服。父母细心的呵护，不仅温暖了作者的童年，而且穿透岁月的风霜温暖今天的作者。

自幼喜爱文学，却不太欣赏诗歌，自己写文也更喜欢散文这种体裁。先生诗歌、散文、小说无不造诣精深，一向敬仰。被这首温暖人心的诗歌感动，故此多读几遍，细品之下猛然领悟过去看到的一句话：诗歌，是诗意凝练的散文。

这首诗歌不长,共五段,起转承合,圆转如意,每一段各有妙用,暗合散文笔法。

诗歌第一段,从现在开始写起,徐徐展开。又是冬天,满怀“粗粝的往事”，拖着“锈迹斑斑的身躯”，拉着“磨钝”的记忆，一个久经沧桑的中年人向读者走来。寥寥四句，把写作的时令、作者的年龄、写作的起因交代得清清楚楚。

诗歌第二段转折，切入回忆，粗笔勾勒“冰雪深处”的“一处土坯院落”，“土炕上浓烟散尽的火盆”不弃不离一直温暖作者。这一段是大写意,粗笔描绘“土坯院落”,勾画出童年生活的背景,但是描绘粗中有细，把“土坯院落”比喻为“土炕上浓烟散尽的火盆”，不仅让“土坯院落”的形象立体化，而且“浓烟散尽的火盆”这个意象更能让读者切实具体地感知作者童年生活的温暖。

第三段是特写，从童年斑斓多彩的生活中，作者精心选材攫取两个画面，用细腻的工笔具体细致地描写父亲、母亲如何给予孩子温暖。入冬了，父亲细心地围护“那棵幼小的石榴树”，“柴草扎了又扎，泥巴泥了再泥”。众所周知，“石榴树”在传统文化中象征“孩子”和“家庭”，“那棵幼小的石榴树”就是那个“顽皮的孩子”的象征。三句，二十五个字，一个慈父形象跃然纸上。

冬天的深夜，母亲在油灯下赶做靴子、棉衣的画面，应当是那个时代生长在农村的孩子共有的记忆。即使在孩提时代懵懵懂懂地没能感受到，成年以后一定能体会母亲缝制的不仅是“布头、旧絮”，更缝进去母亲“厚厚的爱”。深厚的母爱，包围孩子，抵御冬天的严寒。

在第三段的特写之后，作者毫不拖沓立刻采用蒙太奇手法，在第四段摇换镜头虚化画面，从抒情角度书写童年的温暖。“北风呼啸，吹不灭缝缝补补的一盏油灯”，抒情地概括童年生活。“北风呼啸”代表时令，也暗喻生活的艰苦；“缝缝补补”，具体的意象是母亲缝补衣服，抽象的意象是父母一起缝缝补补的生活；“油灯”，既是现实中真实的油灯，也是父母温暖形象的抽象化表达。“冰天雪地，冻不僵蓬蓬勃勃的满怀心事”，转换角度，改为描写童年的作者。

“冰天雪地”,生活艰苦,可是有父母温暖的庇护,作者仍然“蓬蓬勃勃”地成长。

从舒缓的起手开始，经过轮廓大写、工笔特写、虚化描写，诗歌达到高潮，该收束结尾了。如何结尾呢？作者的选择非常巧妙，笔头一转，把时令切为初夏，并切换镜头，从一个不属于这个家庭的“串乡人”的角度，从远处眺望这个家。“池塘南边，小巷东侧”，写出家的具体位置，那是深深刻入作者记忆的地方。“火红的石榴树”、“顽皮的孩子”，那是外人眼里看到的红火幸福的家庭。诗歌写于冬天，描写的内容是冬天，结尾把时令转换为“初夏”，似乎矛盾，其实别具匠心。如果把人的一生划分为四季，那么万物蓬勃生长的“初夏”正代表每人一生中的少年时代。诗歌描写作者在中年回忆少年时期，正是从现实中的初冬回望人生的初夏。蓦然回首我心依然，沧桑中年不失赤子情怀，首尾呼应，给诗歌画上一个圆满的句号。

文学体裁原是相通的，可以互相借鉴。统观全篇，这首诗歌就是一篇凝练简洁的叙事抒情散文。从起手到结尾，叙事脉络清晰，选材详略得当，行文虚实结合，通篇没有赘笔。表现手法形式多样，时令转换，角度切换，信手拈来挥洒自如。细品之下，不但体会到诗歌之美，而且领悟散文也应如此，诗意，凝练，简洁。

通读数遍，受益良多，因而写下点滴体会与诸友分享。水平有限，不当之处，请作者和文友们见谅。

（2015 年 12 月）

附原作

温　暖

作者：张凤辉

那么多粗粝的往事
我的记忆磨钝了
记不起锈迹斑斑的身躯
穿过了多少个冬季

只记得冰雪深处
一处土坯院落暖着我的童年
像土炕上浓烟散尽的火盆
不弃不离

那时一入冬
父亲就围护那棵幼小的石榴树 柴草扎了又扎
泥巴泥了再泥
母亲用平日积攒的布头、旧絮 铺着她厚厚的爱
赶做我的靴子、棉衣

北风呼啸
吹不灭缝缝补补的一盏油灯
冰天雪地

冻不僵蓬蓬勃勃的满怀心事

初夏，有个串乡人
这样描绘我的家——
池塘南边，小巷东侧
一攒火红的石榴树
一个顽皮的孩子

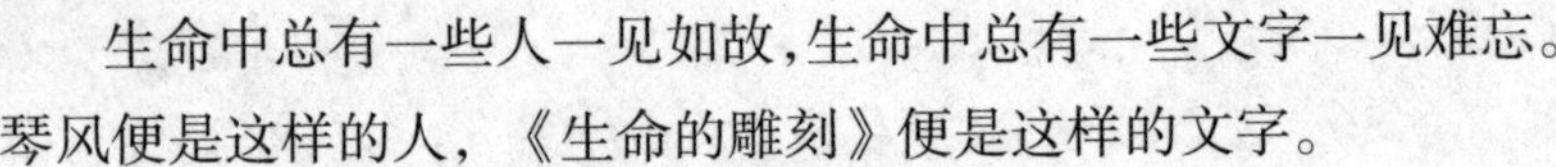

打磨文字，雕刻生命

——试评悠扬琴风的《生命的雕刻》

生命中总有一些人一见如故，生命中总有一些文字一见难忘。琴风便是这样的人，《生命的雕刻》便是这样的文字。

记得四年前无意中踏足百度文学类贴吧，茫茫网络不知如何偶遇琴风，应邀来到当时成立未满一周年的庆云文苑吧浏览，第一次看到这篇《生命的雕刻》，大为震撼，想不到在充斥风花雪月的网络也有如此文字，想不到在急功近利的时代也有如此雕刻生命的人。

四年后，再看这篇文字，透过文字看琴风，看琴风笔下的雕刻，看琴风雕刻生命。

《生命的雕刻》，这篇文字并不长，不到六百字，分为四个自然段，也是文章的四个部分，起承转合结构严谨分明。

第一部分写作者初见雕刻的喜悦。“美妙的雕刻，千年不变。她优美的身姿，在无言地诉说。”作者在这无言的诉说中感到分外的快乐，快乐是因为“久违的心绪在凝固的舞蹈中复活”，快乐是因为“困顿的解脱在坚固的玉石中蓬勃”。

这段文字非常简洁，作者没有花很多笔墨描写雕刻之美，没有具体描写这是一尊什么样的塑像，作者在哪里看到。这一切无关主题，所以无关紧要。作者重点写自己的快乐，把自己的快乐传染给读者，吸引读者往下看。

第二部分写作者关于雕刻的追思，想象万古洪荒前的一块顽石如何变成眼前美妙的雕刻。本没有生命的顽石，在沉睡千万年之后，被工匠挖掘出来，一点点精工细琢，把心血倾注雕刻，把生命注入雕刻。

这部分是全文重点，写多少能工巧匠流下汗水和泪水，经过多少日夜，付出多少心血，才赋予顽石生命，才赋予顽石神采，才雕刻出栩栩如生的生命。这巧匠雕刻的是塑像，是塑像的生命，也是自己的生命。巧匠的生命和雕像的生命合二为一，顽石因巧匠获得生命，巧匠因雕像获得永生。

第三部分写作者面对雕刻的沉思，沉思雕刻的意义，沉思生命的意义。在沉思中作者挣脱沉沦，摆脱寂寞。在沉思中，作者和雕像无言交流，默默诉说，领悟美的力量，领悟生命的愉悦。

同样读者跟随作者沉思，体会作者的感受，领悟生命的意义，生命的喜悦。

第四部分写作者的反思，反思美是如何被创造的，反思生命是如何被打磨的。引领读者动用心智和力量，雕塑自己的心灵，雕刻自己的生命，给自己，给世界，留下“一首清凉的歌”。

在第四部分主题得到完美的升华，在高潮处戛然而止。

综观全文，作者行文简洁流畅，如行云流水。立意积极向上，主题鲜明深刻，励志而不说教，读来受益匪浅，值得一读再读。

结识四年来，不断地读到琴风的文字，不断地了解琴风事业的发展。在岁月的长河里，琴风用心打磨自己的文字，精心雕刻自己的生命。今日的琴风文笔更加成熟，辞赋华美，散文优美，诗歌精美，评论精到，各种体裁信手拈来举重若轻。

这篇《生命的雕刻》不是琴风最华美最成熟的文字，而是他今天几近完美的押韵散文的基石雏形。但是唯其如此，才更能够

看到琴风雕刻打磨的痕迹，看到文字如何被打磨，生命如何被雕刻。

透过这篇文字，我看到那个挥汗如雨的巧匠，看到那座日趋完美的雕像，我也看到在打磨文字的琴风，在雕刻生命的琴风。

终有一天，琴风，你会把自己的文字打磨得熠熠生辉，把自己的生命雕刻得灼灼闪亮，通过文字“永远永远地存活，给自己，给世界，一首清凉的歌”。

（2014 年 5 月）

附原作：中德对照版《生命的雕刻》

Skulptur des Lebens

文：悠扬琴风 Text:YouYangQinFeng

翻译：夏青青倏 bersetzung:XiaQingqing

美妙的雕刻，千年不变，她优美的身姿，在无言地诉说。一段历史的记忆，从她的眉间滑过，她的笑容温暖着千年后的我，让欣喜、快慰和豁达荡漾在无际的心河。看浮云碧空，因为她的存在，分外的，分外的快乐。快乐的是一种久违的心绪，在凝固的舞蹈中复活；快乐的是一种困顿的解脱，在坚固的玉石中蓬勃。

Wunderschöne Skulptur，unverändert ü ber tausend Jahre. Ihre graziöse Gestalt erzählt stumm ein St ü ck Geschichte. Ihr Lächeln erwärmt mich nach tausenden Jahren. Freude， Trost und Ruhe öffnen mein Herz. Sieh，weiae Wolken und blauer Himmel，welche Freude ihretwillen. Freude， ein längst vergessenes Gef ü hl，erwacht zum neuen Leben， verfestigt in ihrem Tanz. Freude， befreit von der harten Umklammerung des Steins，erbl ü ht in fester Jade.

万古洪荒的那一刻，天地的演变把你的胚胎形成了，历万万千千年，你沉睡在混沌之中，没有年华的概念，也没有苦乐。在你重见天日的时候，有多少人为你流下汗水、泪水，甚至鲜血。那个工匠，他不仅仅是为了完成一项工作，他甚至把自己全部的生命都倾注在你的身上了。他夜以继日地工作，把你从岩石中慢

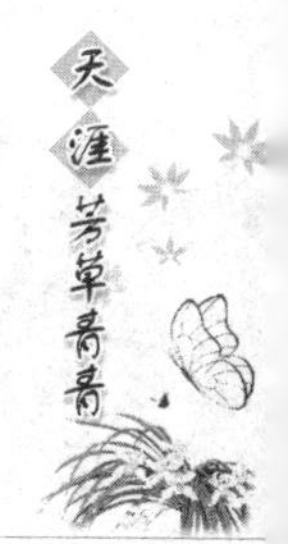

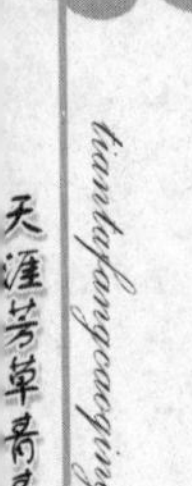

慢地雕刻，让优美沉静的你得以复活。谁说你只是一块石头呢？你凝结了工匠多少爱与美的思索。他呕心沥血兢兢业业，一点一点把你的神采、你的灵动、你的美，呈献给世界，呈现给我。

In prähistorischerZeit wurde der Grundstein f ü r Dein Dasein erschaffen. In tausenden und abertausenden Jahren，schliefst Du in Dunkelheit，ohne Jahre，ohne Zeit，ohne Freude und Leid. Wieviel menschlicher Schweiß，Tränen und Blut wurden vergossen，als Du erneut den Himmel erblicktest. Der Bildhauer，er arbeitete nicht einfach an einem Werk，er hat viel mehr sein ganzes Leben in Dich hinein geschnitzt. Er arbeitete Tag und Nacht，um Dich aus einem Felsblock zu erschaffen，um Deine schöne ruhige Gestalt zum Leben zu erwecken. Wer sagt denn，dass Du nur ein St ü ck Stein seist? In Dir steckt die Liebe des Bildhauers und seine Gedanken ü ber die Schönheit. Er arbeitete mit Herzblut，Verstand und Liebe. St ü ck f ü r St ü ck erbl ü hten Deine Gestalt，Dein Ausdruck und Deine Schönheit vor den Augen der Welt，und vor meinen Augen.

千年的等待，你可曾就是为了见到我；千年的风霜，你可曾只是自己走过。美丽的，你给我的生命的启示，让我永生铭刻；美丽的，你给我的美的力量，将会让我更加愉悦地生活。谢谢你哟，在我半醒半睡之间犹能唤醒我，不让我沉沦，不让我堕落。美丽的，我无以诉说，我何须诉说。心中有你的位置，便不再有卑微，不再有寂寞。

Das lange Warten in tausenden Jahren，das alles nur um mich zusehen?Du hast ausgeharrt in Wind und Frost，hast wirklich alles alleine ausgestanden. Du，die Schöne，Du gibst mir neue Inspiration zu leben. Eine Inspiration, die ich ein Leben lang nicht vergessen werde. Du, die Schöne, Du verleihst mir die Kraft der Schönheit. Eine Kraft, die mich mit großer Freude das Leben umarmen lässt. Vielen Dank, dass Du mich erweckt hast, halb aus dem Schlaf und halb aus dem Wachen. Du lässt mich nicht sinken, nicht fallen. Du, die Schßne, was kann ich noch sagen, was soll ich noch sagen. Mit Dir im Herzen gehe ich durch das Leben, ohne Verzagen, ohne Einsamkeit.

美是被创造的，美是人格，美是活生生的生活，是对石材的雕刻，是对生命的打磨。动用你所有的心智和力量吧，只为一尊属于心灵的雕塑，永远永远地存活，给自己，给世界，一首清凉的歌。

Die Schönheit wird erschaffen. Schön ist der Charakter. Schön ist das lebendige Leben. Schön ist aus Stein eine Skulptur zu hauen. Schön ist das einfache Leben. Nehme Deine ganze Intelligenz, Deine ganze Kraft, und erschaffe Deine eigene Skulptur des Herzens. Möge sie in Ewigkeit der Nachwelt erhalten bleiben. Möge sie ein frisches, klares Lied singen, f ü r Dich und f ü r die ganze Welt.

（2010 年）

信笔道来，挥洒自如

——读青青的《茉莉花串》

作者：张修梦天涯芳草青青发到吧里（笔者新建那个贴吧）三篇随笔，《书痴自述》《茉莉花串》《那年的月饼》，篇篇写得圆熟可爱，令人感动。她写作非常认真，每篇至少修改两三稿之多。为人也特别谦和，总想再找些不足之处。下面，我还是集中说一下她最短的《茉莉花串》吧。

这篇小文，以“茉莉花串”为线索，集中描述与之相关的一两件事，表现了对以卖花老人为代表的劳动人民的同情和赞美。全篇信笔道来，挥洒自如，写得十分精致。

文章开头先不做惊人之笔，只是用告知性语言写道“茉莉花串是用茉莉花串成的小小手串”，起笔平实自然，恰似一首歌的音乐主题，定下运笔基调。接着写对茉莉花串的“不胜向往”，为下文铺垫蓄势。用“可惜”一转，用“意想不到”再转，将读者领入阅读的迷宫，欲罢不能。

正文仍先娓娓道来，如话家常，对事情发生的时、地、人、因做必要的交代。“东张西望”，“眼前一亮”，切入正题极为迅速，显得不枝不蔓，笔力老道。先是一个“花”的特写镜头，再将镜头拉开，出现卖花老婆婆的全景，笔力从容，写得很有层次。老人的“眼巴巴”，与下文“我”的喜与急，形成对照。买花的情节写得很有情趣。作者在此处凸显几个买的小波折，虽简笔勾勒，三个人物的形象却是呼之欲出。这些细节描写的成功之处在于体现出强烈的生活气息，以形传神，准确地透视出人物各自的复杂心理。正文极少解释性语言，尽量用文学笔法来表现。如此段写“我”走向出口时的“嗅”与说“好香”的“废话”，活画出“我”的喜不自禁。

第三自然段由花及人，集中写对卖花老人的身世推想，以抒情议论的口吻点亮文眼，“……卖花老人……把这美丽的鲜花带给爱花的人们，好像这茉莉花串，虽然失色憔悴，还在默默把幽香带给人间”，赞颂劳动人民默默奉献之香，乃是生活中的真香。

写第二次买花，笔法故意含混，是为了由点到面，写更多的“卖花老人”。作者在此处明写护花，暗写对人的祝愿，进一步体现作品的感情倾向。

但作者并未就此停笔，友人送的一盆茉莉花，本非作者曾买来的那些花串可比，可还是让作者想起那位卖花老人，以至触花生情，默默祝福。这种牵挂是多么美好的情愫！但凡读者，不能不被这种情绪感染，一种人间大爱便因此传播开来。有责任心和使命感的文学创作者，当如斯！

总之，该文线索明晰，主题健康；前铺后垫，结构严谨；转折巧妙，引人入胜；感情真挚，行文自然；信笔勾勒，尽出精神。再有就是观察细致，显得很有生活，比如第二自然段对茉莉花串结构的描写，就说明这一点。篇幅所限，不再赘述。

以上仅为一家之言，多有偏颇之处，见谅。

红白相间的花漾人生

——有感于夏青青散文《红与白》

作者：赵淑梅

在文学上，用服饰话题解读人生和诠释生活内涵的文字还是不多的，青青的散文《红与白》无疑给阅读者带来了一股清新和雅意。身在海外的青青言谈之间，有对红白人生理智的分析和透视，亦有人在天涯的寂寥和感慨，更主要的是言语中透出的对中国服饰深深的眷恋和热爱，令人内心温热。

在自我意识中，一直以为白代表了一种空，一种破碎，一种巨大的孤独和坠落。春天，拍摄了很多种花絮，发现白色在镜头中很难定位，它很难以清晰的姿态成型在你的面前，最后不得不一次次遗憾地删除了。青青在《红与白》这篇文字中，用白色直接阐明了一种对生命的淡然、冷静、理智和从容的处事之道，是退居于红色之后的另一种别样人生，不能不说这种手法巧妙地解释了我对于白色暂时的迷茫和不解。

自古红色是热烈的，蒸蒸日上的。中国人讲究喜庆，喜欢大红，红得热烈，红得醒目，红得人内心充满爱情。穿着大红旗袍的青青在花样年华和心爱之人步入婚姻殿堂，不能不说生活充满了无穷尽的魅力和畅望，但是生活又是再简单不过的，中西方色彩和服饰上的差异令东方女子青青一下子成熟起来，如她自己所言：

火热的感情不能拿来交纳房租，不能代替柴米油盐，不能让学业进步，不能让事业提前腾飞。相对于西方冷静的处事方式，青青很快找到了中西方之间相对于自己来说的最佳生活方式：走过喧哗，淡然人生，简单行走，从容举杯。大红过去，回归淡淡静白，这是整篇文字透出的女性的智慧和修养。

青青的文字在很多时候很有画面感，让读者有一种如遇故人的温馨和放松，可以想象庄严神圣的教堂，披着洁白婚纱的青青是何等的瞩目和幸福，天使在歌唱，爱在飞翔，相对于国人的婚礼来说，婚纱的定位必须和教堂相辅相成，才能彰显其雍容华贵。青青身在异国群鸽腾空的教堂下和幸福牵手一生，不是每个人都能拥有此殊荣。想象在异国身着大红旗袍的青青一定也赚足了异国女子羡慕的眼神。旗袍是中国的国粹，至今还没有哪一个国家的女子能够穿出民族风的味道。可见，衣服在很多时候，彰显了一个民族的气质和精华。

通篇文字不难看出，青青是一个勤于思考的女子，由红白服饰演变到中西方文化礼仪的不同，字里行间亦透出很多无奈的酸涩，西方人待客之道放在中国那叫失礼，西方人冷静、理智，不去打扰别人的生活，不干涉别人的隐私，这一点值得推崇。中国人在这方面似乎恰恰相反，在一个楼道里相处，如果你乔迁新居，不出一个月，家家都会知道你姓什么叫什么，三姑六婆似乎比你还门清，但是可取之处似乎更多，有了困难，打声招呼，热心人无处不在。中国人的热情在酒桌上更是登峰造极，话语投机是要不醉不归的，便是我自己，性情之人，在酒场上亦有过浓睡不消残酒的经历，何况更有海量之人，可见国人还是喜欢红色的生活，激进，热情，向上，相对于白色的冷静的理智人生，也难怪青青对西方的待客之道颇有微词：“真想问问谁是主人谁在请客？”

说到此，不免想说一句：还是家乡好！还是故土情深。

红白服饰，红白人生，其实说到底，代表的是一个人的生活态度，生活方式，无论把日子过得怎样，但求平和，自然，爱身边所爱，亮丽自己的人生，或许这才是主要的。

原创鉴赏

故国之恋

——品读青青散文《毛毛草和太阳花》有感

作者：悠扬琴风

青青是久居欧洲的海外华裔，她家学渊源，见识卓越。我们相识于网络，相见于庆云。虽交流不多，但彼此都留下了深刻的印象，引为文学同道中人。青青的文字冲和优美，蓄满深情，总在平淡之中展现其内心的丰盈与纯美。文字很多时候往往是人修养的外化，青青是一个值得尊敬的朋友，动静之中既有现代职业女性的干练与理性，又富有东方故国传统女性的淑惠与神韵，所以读她的文字，常不觉能进入一种全新的情感世界中去，以文字神交，共心灵鸣唱。

前几天青青发过一篇文章让我评阅，题目是《毛毛草和太阳花》。约略读过，便觉得此文当是青青文学路上一篇里程碑式的文章，为她欣喜之余，更不揣鄙陋，提了几点看法。青青悟性很高，极为勤勉，竟四易其稿，把一篇美文打磨得晶莹剔透，熠熠生辉。我将四篇稿子打印出来，放置案头，反复体味，诚意阅读。动情处，心旌为之摇曳，思接千里。感念时，梦幻与之同醉，泪光盈盈。

一篇好的散文便若一位美女（或英雄），当有灵魂之美——思想，体态之美——结构，肌肤之美——文字，服饰之美——意境，飘逸之美——多蕴。青青这篇文章在某种程度上已是美的结晶，读罢文章，仿佛有众里寻他千百度蓦然回首的感觉，凌波微步，

暗香盈盈，让人心生欢喜，不忍释卷。

每个人都有故乡情结，青青客居海外三十年，童年的回忆更是弥足珍贵，近乡情更怯不敢问来人的感触，在文章的开始已让读者深切地感觉到了。这段文字简练生动，从结构上有宏观的视角，为后来文字的切入点，毛毛草和太阳花的导入，做了有力的铺垫。特别是最后一句："行前心中忐忑，不知等待我的故乡是什么模样"，把故乡拟人化，让读者很快也进入状态。文章的思想之美，应该是割舍不断的乡情，把淡淡的哀伤、浓郁的欢喜熔铸在物象之中，使之成为思想和情感的载体而加以描摹渲染，让无法言表的感情，变得清晰美丽。这表面是文字之美，而本质上还是思想之美。

文章的结构之美，一，思乡，返乡；二，故居，回忆，行走，梦幻，毛毛草；三，新生活，新感触，太阳花；四，结语。开篇扣人心弦，结尾余音绕梁，主体丰盈多姿，不落俗臼。主体部分的写作，毛毛草以虚写为主，太阳花以实叙为主，虚实有度，开张自然。文字色调上，前半部分以冷色为主，后半部分以暖色为主，如鱼饮水，冷暖自知。前文忧伤中内藏欢愉，后文欣悦里似含失落，悲欣交集，无言有爱。整篇文章结构谨严，对照分明。以两种植物为线索贯穿起散落的珍珠，以两种花草为象征挥洒出情感的画幅。让读者仿佛从侧身欣赏曼妙的维纳斯，体态之美，似隐似现，若有若无。

驾驭文字的功力，青青总的来说是很好的。难得她的行文深富生活气息，尤其是她能以气来推动血的运行，文字有流淌之意而无堆砌之嫌，内容呈天真之姿而无矫揉之态。她在文中八次提到毛毛草，每一次都相似，每一次都不同，层层深化，前后呼应。第一次是初见匆匆，第二次是细细描摹，第三次是把回忆融入其中，第四次是把情感深埋其里，第五次写感情的动荡，第六次写梦幻之前的毛毛草，第七次写毛毛草的延展，亦即思想的深化，第八次是扣题和回环。整个文章读下来，随着作者笔触所至，通过一个个不断变化的场景，以及不变的主线，把一个远方游子归乡的心路历程，表达得淋漓尽致而又含蓄隽永。

关于创造意境，我常感觉就像人穿衣服一样，作者想去表达怎样的主题，就穿什么样的服饰，用以营造氛围。有时候某些人往往把自己所有的宝贝都拿出来穿戴装饰，看似全面，其实却淹没了主题，不懂得取舍，失去了本真的自我。青青在这方面做得很好，文章当造境的时候则细细描摹，使场景有极强的画面感，伸手可触。如写故居的毛毛草、回忆、梦幻、太阳花等几段文字。文章当留白的地方则巧妙地留白，粗略地勾勒，给读者留下想象的空间，让读者也能循着作者的文字轨迹进入自己的内心世界。这是真正的艺术的魅力之一。创造意境，穿戴服饰固然重要，更重要的是一个人内在的气场，由内而外的修养、学识、德行、爱心的外化。这些展开来说篇幅太大，从这篇文章来说，隐约也能感受到青青内在的约略通过文字却也不单是文字而形成的气场。这是无言的意境，是任何单纯以文字技巧取胜的庸碌之客永远也达不到的九重天光明顶。

飘逸之美，体现在作者注入的物象之情感是不断变幻和运动的，这一点青青在写作的手法上有意无意地运用了意识流的写法。特别是写毛毛草（相较而言，太阳花写得有点单薄），每一次下笔都有心灵随之律动起伏，很多细致的感情变化，只可意会不可言传。正如一位伟大的诗评家所言，一首诗，当你无法评说的时候，那才是绝美的诗歌，当你评说的时候，你不必说，只要引用诗歌的句子就好。飘逸之美体现的另一个方面便是多蕴，之前青青的

很多文字也是非常好的，这段时间以来，在以物象象征情感表达内心这方面，很多文章都有了极大的进步，虽不能说完美，毕竟已经起步，而且是在很高的境界上书写她内心的世界。作为朋友很为她高兴，作为文学爱好者在评判文字的同时，也学习了她很多的东西，这是阅读的欣悦，更是人生的欢畅。

《毛毛草和太阳花》，不是我读过的世界上最美的文章，却是我迄今为止读过的最动情的文章之一。在她回忆往事描写少年时代自己在故居的生活场景的那一段，当是文章的文眼。一篇文章能有三两句让人心颤的文字就够了，不必太多，太多了就是煽情。一篇文章不在于你写得有多美，有多珠圆玉润，锦心绣口，你若写得让人读后恋恋不舍，不舍之中还能对生命的本我有所裨益、有所梦想、有所感念的话，那便是无上的功德了。这是一篇普普通通的归乡文字，这是一位平平淡淡的生命歌者。文章还有许多的地方需要打磨，作者还有许多的领域需要开拓，那是后来的事。我读这篇文章的时候，我只想说，生命中，遇到你，很欣喜，很快乐。你梦里的毛毛草和太阳花会永久地成为一种无可替代的画面在我未来的生命中铭刻。谢谢青青，谢谢你的文章，很愿意，很愿意一生都做你的读者。

（2013 年 5 月）

原创鉴赏

读青青《黄花正年少》有感

作者：悠扬琴风

题记用席慕蓉《青春》的最后三行，给文章一个恍惚的轮廓，一个想象的空间，一个留恋的基调。含着泪，我一读再读 / 却不得不承认 / 青春，是一本太仓促的书。为正篇的展开做一个美好的前奏，正所谓“转轴拨弦三两声，未成曲调先有情”。

正文第一段，从一种观念入手写，写风景，写花朵，写歌曲，有大有小，有具体有抽象，很自然地导入贯穿整篇文章的线索，歌曲承载的岁月记忆。文章的主线，在文章中的作用不一而足，各有千秋。有时候丝丝相扣，有时候伏线千里，有时候若隐若现，有时候首尾关联。作者所选的音乐对同时代的人，都会唤起一种历史的记忆，都会唤起一种对青春岁月的怀想。

文章的展开先从写实入手，从日常生活的点滴写起，逐步地推进，然后再加入歌曲的内容，逐步从一种静态的时空，向一种动态的时空变化。让所有的读者随着作者梦幻的思绪浮游天地，流连往昔。人在凡俗而琐碎的时间很难有这种感觉，而车里的音乐，安静的旅途，最是营造这种氛围的最佳时机。梦幻随着歌声起伏跌宕，歌曲所承载的线索能力，联想效应越发显得优雅高妙。歌词本身的美，连同往事交互辉映，让文章呈现一种蒙太奇式的奇幻效应，让时空错乱，让心潮跌宕。

重播，是何等的一种心态呀，只轻描淡写的一句，青春不能重播，这是写作的藏锋，这是叙述的留白。这是一种不舍而又淡然的智慧。这是一件平平淡淡的对青春的回望。自己懂的，何必说与孩子，又怎样去说呢？文章只是描写了一个很短的上班路上听歌，以及听歌所产生的联想的简洁而平凡的故事。故事里也只是平平淡淡的人，平平淡淡的事。这一切在当时发生的时刻，亦不曾觉得别样的美，为何在思绪的空间里，在写出的文字里确是如此的动人呢？因为有爱，有对生命的爱。有留恋，有对时空错失的流连和回望。就像若干年后，你也会回望那日和丈夫孩子一起去上班上学一样。当你回望的时候，往往会是失去时或者远离时，可能贯穿将来回望的不再是一首歌，不再是具体的物件。王右军说“每览昔人兴感之由，若合一契，未尝不临文嗟悼，不能喻之于怀”，诚哉斯言，此文可做一注解。

文章的结尾，通过夏日的霞光，心中的歌唱，把历史和现实熔铸在一起，展现了一种成熟而欣悦的生命美感，一种融汇自然、融汇历史的美，悄然滋润作者的心田，悄然滋润读者的心田。文章的妙处又岂能讲得尽。好好地爱这个世界，好好地爱这个人生。以感恩惜缘的态度去面对无涯过往，以向死而生的态度去面对有限未来，生命展开的画卷就会永远的，永远的——黄花正年少！

读后感言

相逢在文字中

相逢的人会再相逢，以某种形式。也许初见咿呀学语，再会已是玉立婷婷；也许初见气象峥嵘，再会已是秋水盈盈；也许初见华枝春满，再会已是天心月明。人生是连续的，也是突变的，你不知道你能遇到谁，也不知道下一次在何时何地以何种方式再遇到。偶遇青青，是在百度贴吧，我们一起经营庆云文苑、天涯芳草，和朋友们一道诗文唱和，写作思考。在我的印象中，青青是一位有担当、有性情、有热心的女性。不期然在 2012 年秋的某一天，她竟然从几万里之外翩然来到了我们眼前，举手投足音容笑貌让我们叹为观止。青青既有西方女性的干练深刻，又有东方女性的淑惠轻盈，联想起她的诗文来觉得这些惊艳又都有其内在的必然。流年似水时光荏苒，四年后青青从网上把她近年来写作的散文给我看，并嘱我写一篇感言。

写好一篇读后感，需要有足够的理论深度和对作者的深切了解，这两点我都不具备，之所以不揣鄙陋接了这份盛情之邀，在于阅读她一篇篇既熟悉又陌生的散文在心中激起的涟漪。她美好童年贫苦而珍贵的农村经历，少女时代远赴欧洲砥砺求学，青年时期刻苦工作积极进取，这些离我遥远而又近切的故事，化作一篇篇色彩斑斓的散文，让我看见，让我听见，让我喜欢。我深知谁的世界不是千疮百孔，谁的人间不是荆棘布满，但是有的人就能在这滚滚红尘中有一份对生命的敬畏，有一份对生活的超然，

在夜深人静之时，写出对生命的真爱，写出对生活的祈愿。读一本书就是读一个人，通过影子的影子，看见对方，也把自己照见。读了又读，那些亲情的美善，故土的眷恋，孤独的凝重，友情的甘甜，阅读的欣悦，旅行的畅然……是文字的飘舞，是心香的呈现。读《蝴蝶》，最深的爱里是最深的痛，通过小小的蝴蝶，回望这一生与父亲的陪伴，亲情总是在拥有时淡得像水，失去时才发现痛得如钻。墓园，墓园，蝴蝶呀，你不要飞，且慢，且慢。读《涛声依旧，月落风霜》，借一首歌串起三十年来与故国朋友的深情，时间空间跨度都非常的大，娓娓道来，美不胜收。几千字的散文，一韵到底，足见青青驾驭文字的能力，而更让人掩卷沉思的是她在字里行间表露的对故乡对过往的深情回望。读《桃花开了》，给了我许多思索不得的答案，一个被德国文化浸染三十年的女性，如何能在内心保存东方女性的淑惠，甚至比东方更东方。是血脉里涌流着华人的基因，未曾染尘的华人的基因呀！万里之外，千年之上，你如古代的女子，满满是对生活的爱 意，对美丽的敬仰，从童稚中可以看到，从品位里可以懂得。读《大西洋，一天的四季》，仿佛亲临你所见到的大西洋，跟随你的笔触所指，海水，沙滩，海鸟，夕阳都是一幅幅画卷，一幅幅写满你所思所见的画卷。我一直相信同样的风景，不同的人，会有不同的观感，而你的散文，就是你的视角，你最真的爱恋。读《路边的野花》，看到的青青，是一个温柔母亲，平平常常的场景，因为有着爱的光辉，有着 美的渲染，一切在文字中流淌的，竟是如此随意，又如此的让人流连。读《明月光》，我更感觉是青青对写作梦想的追求或者说对某种理想的渴望，文字优美澄澈，感情丰盈激越。那是一种美文中的美文，读，就是一种享受。“照耀吧，我心中的明月。归来吧，我梦里的月光”，我在想，她另外一个网名叫“明月”，是不是对这种梦想的寄托呢？或许是吧。读《白玉兰诗会序》，感知到青青的古文功底、组织能力也是极好的，青青开创的天涯芳草文学社团，人数众多高手云集，所谓振臂一挥应者云集，盖因青青的人格魅力之所致吧。记得一位评论家说过，最好的评论就是用作者自己的作品说话。真正的阅读是阅读文本本身，而我有幸与作者有一面之缘，再读她的文字便觉得分外亲切。细细想来，也许更多的是我被青青文字中所表现出的积极的人生观审美观，甚至文字本身的温度所温暖所感染吧。

生命是一个过程，起于茫然，归于沉寂。我们每个人都在其中，一直以来，我以为身体寂灭之后还可以有文字永存，而我现在想，从更大的时间尺度上来看，终究一切都还是无，都还是大虚空。但这并不是我们消极颓废的理由，恰恰相反，这更应该让我们珍惜现在，珍惜当下的生活，珍惜你面前这本用生命的爱，用唯美的情，用淡然的心，写出的这本书。读一本书就如同走近一个人，若单是读她宏阔的文字，或许觉得高不可攀，若单是读她细碎的文字，又觉得仿佛是邻家姐妹。这些散文华美的是珠满华庭，流光溢彩。平淡的是家长里短，风雨尘寰。一个总的感觉就是这些文字都是有温度的文字，其实每个人的生活，都该是有温度的，纵是生命中充满无奈、纠结，甚至荒诞。我们每个人内心的世界映照外在的世界，才是我们真实的存在。文字也是有气场的，虽然行诸文字已是幻影的幻影，但是我们也能看到某种作者内心深处的痕迹，勾连起我们自己的生活，若有共鸣则是心心相印，若无感觉便会匆匆而过。读一本书，真不必认为每一篇文章每一段文字都是精彩的才可以称得上好书。我认为精彩的你未必认同，你认为妙极的我不一定喜欢，朋友如山，千百个角度，会有千百般的美感，阅读本是一种修炼，也是一种探险。完美的作品只能

是不自知的虚幻，生命从来就是不完美的发展。

相逢的人会再相逢，无论读者朋友们见过或者没有见过青青，都不是最重要的，最重要的是她的文字值得我们一读再读，她在两个不同的世界里穿越时空和历史，跨越西方与东方，她用饱满的深情诉说一个真。翻开这本书，细细体味，你会在平凡的故事里把自己的心绪勾连，你会在绚烂的风景中把自己的感怀遇见。所有的阅读都是为了照见不曾发现的自己，所有的发现都是对未来航标的改编，如果说工作是为了更美好的生活，那么阅读本身就是美好生活的一片天。让我们跟随青青的文字走进她富有温度的生命中去吧，有一种相逢，从容又淡然，有一种相逢，隽永又久远。这本书是青青写作生涯中的一个里程碑，也是她一个新的起点，祝福青青，也祝福所有的读者朋友都幸福美满，愿我们在阅读这本书的时候能够温暖她的温暖，发现她的发现。